野渡

严彬　马培杰／编

凤凰网读书文库

广西师范大学出版社
GUANGXI NORMAL UNIVERSITY PRESS
· 桂林 ·

出版统筹　汤文辉
品牌总监　范　新
责任编辑　余慧敏　徐　婷
书籍设计　广大迅风艺术　刘　凛
责任技编　李春林

图书在版编目（CIP）数据

野渡 / 严彬，马培杰编. —桂林：广西师范大学
出版社，2014.1
ISBN 978-7-5495-4515-5

Ⅰ . ①野… Ⅱ . ①严…②马… Ⅲ . ①中国文学－
当代文学－文学评论 Ⅳ . ①I206.7

中国版本图书馆 CIP 数据核字（2013）第 258825 号

广西师范大学出版社出版发行

（广西桂林市中华路 22 号　邮政编码：541001）

　网址：http://www.bbtpress.com

出版人：何林夏

全国新华书店经销

湛江南华印务有限公司印刷

（广东省湛江市霞山区绿塘路 61 号　邮政编码：524002）

开本：880 mm × 1 240 mm　1/32

印张：9.25　　　字数：220 千字

2014 年 1 月第 1 版　　2014 年 1 月第 1 次印刷

印数：0 001~8 000 册　定价：33.00 元

目 录

序：做个自由幸福的读书人

序：做个自由幸福的读书人

这样一个娱乐至死和网络至死的年代，静心读书的日子，已变得比北京的蓝天还少。

网络无处不在，快餐化、碎片化、娱乐化、情绪化的海量纷繁信息，通过微信、微博、电邮、短信、推特、朋友圈、APP推送、游戏更新、电商打折、APP更新等，以"非死不可"之势来袭，马不停蹄地消费你我，吞噬着我们吃饭、如厕、开会、驾车前后的分分秒秒，不知不觉中，夺走我们的闲暇时间，扼杀注意力、思维力、原创力。我们内心日益浮躁、肤浅、纠结、冷漠、迷茫，渐渐远离思考的价值、理性的尊严、内心的宁静和生活的本质。

在电视与网络的双重夹击下，在这个制度转轨、社会转型的大时代，在物欲膨胀、消费过度、理想无力、信仰已死、意义缺失的当下，个体如何能不随波逐流？靠什么保卫我们的自由？

答曰：读书。

读书？读书有什么用？

当视讯取代文字，数码取代铅字，从纽约到京港沪的民营实体书店一个接一个关门；当年轻人日益感受理想丰满现实骨感、上行遇阻、社会板结、身份决定未来——书、书香、书店、读书、读书人、读书会，这些词会继续存在多久？我们离书的墓地有多远？

最近一次参加凤凰网读书会活动，重回睽违二十多年的涵芬楼书店，又看到、触摸熟悉的《汉译世界学术名著》丛书，回想起八十年代末轰轰烈烈的大学里的读书会、全国书展、全民读书热，还有那套著名的《走向未来》丛书——那时想象的"未来"，从时间上应该已经到了、甚至过了吧？

从那时到现在，回望文明的过去，遥想人类的未来，书籍，随技术、社会的演进，无论展现形式怎样改变，哪怕遭受时代的冷遇，我们有理由相信，它永远不能、也不会消失。

读书，带给人力量、智慧、自由、幸福，带给我们美好的社会。

读书意味着知识，知识就是力量。法律面前人人平等的理想，也许受到整体社会环境的制约，但知识面前人人平等的理想，相对更容易被个人所把握，因个体努力而实现。古训"书中自有黄金屋，书中自有颜如玉"，不管是什么样的X二代，要想冲出身份社会的陷阱，"读书改变命运"仍是颠扑不灭的真理。随着中国经济市场化艰难而持续地演进，知识就是财富，读书就是力量，知本胜过资本，这个大趋势也将越发显现。

读书意味着智慧。在汲取知识之上，读书使我们有幸与古往今来的伟大灵魂及人格对话，超越生活时空或命运境遇的局限。透过书籍，我们得以体味先贤亲历的或作品中勾勒的人生颠沛、困顿、聚散、寂寥、苍茫、坚守、悲悯、决绝、风骨、情怀，虽不能至，心向往之。人生旅程，千回百转，最难得春风得意马蹄疾，又或是为伊消得人憔悴，更无论望尽天涯、千帆过尽、蓦然回首。书籍的力量，帮助我们在关键时刻豁然开朗，以智慧勇气作出最明智的选择，峰回路转，柳暗花明。"三千年读史，不外功名利禄；九万里悟道，终归诗酒田园。"终生的读书，是生命智慧的不断修炼，是人生体味的反观升华，让我们从年少时的率性、偏执、勇猛、激狂，到达成熟后的雍容、豁达、圆润、平衡，在看清了功名富贵的转瞬即逝之后，终不改追逐梦想的本真之心。

读书意味着自由。我们汲取书籍的力量、智慧，通过自足、自信、自主而自由。这是一种真正的自由，它比人们想象的建立在财富基础上的自由意志的自由更加真实、高尚，而不受生物学、物理学、心理学等支配的"自由意志"并不存在。古今中外智者先贤的书籍智慧，以高山仰止的深邃思维与广阔视野，抚慰我们骚动的自我，帮助我们超越波澜起伏的不受约束的激情，达到内心平和与平衡的东方智慧之境，成为一个强大的自由自主的人，即使在面对人生苦难或社会动荡时，也能拒绝做环境或命运等外力他律的奴隶，而"平静地背负起所有赤裸的真理，直面一切现实，达到至高无上的权力"（济慈）。

读书意味着幸福。人生不如意事十之八九，每个人都有多少件"未完成"的心愿、梦想，或秋月当空，对酒当歌，或埋于心底，深夜梦回。兰亭已矣，梓泽丘墟，"寄蜉蝣于天地，渺沧海之一粟，哀吾生之须臾，羡长江之无穷"，人在时空上的渺小，生命本质的悲剧性，怎不让人感慨唏嘘。读书，给我们力量、智慧与最高的自由，让我们跨越时空岁月，超越人生的无常，摆脱对死亡的恐惧，无论人生境遇，在每一个瞬间和当下，乐观地接受现实的不完美，以平静的心态，享受生活中的美好，追寻精神上的永恒，成为自我幸福的主宰。

　　读书，使社会更美好。儒家读书人所谓"为天地立心，为生民立命，为往圣继绝学，为万世开太平"，对国家社会而言，一个热爱读书的民族才会有光明的未来。通过读书，才能发展、保障个体的知识素养、自由精神、独立人格、道德勇气；读书的人越多，理性的力量、民意的声音、公民的意识、民主的实践、公共生活的参与才能越壮大，真正的现代性文明社会才可能建立。

　　这套"凤凰网读书文库"的精神之源，多是我（和我们）钦佩敬仰的作者、学者、思想者以及精神上的老师、人生中的朋友，为之代序，荣幸而惶恐。

　　让我们一起，做个自由、幸福的读书人。

凤凰新媒体首席运营官 李亚

2013年11月3日

从废墟到花园

——朱天文北京访谈录

一 — — — — — — — — — —

我像海底里的金鱼

朱天文：各位朋友，大家好！从上海书展来到这个地方，总有人问我这一趟的感觉怎么样。我觉得这一路非常的震惊，就像一个文化震撼一样，让我感觉像是一个摇滚巨星。文学是非常寂寞的一件事情，而且我又不用电脑，如果在台北的家里，我妈妈在的话，她会接电话，通常也是说谁谁去大陆了，去日本了，其实我就在她的旁边，她帮我把很多的电话挡掉。为什么这样呢？好像很不近人情。不用电脑，用手写，还不接电话？因为台北是自己生活的地方，自己的朋友不是在出版界，就是在传媒界，如果你自己不稍微做一下区隔的话，大概就无法写作了，也是没有办法的事情。来到上海和北京，我想十天就回去，不在这个地方生活，所以当时译文出版社的责任编辑陈飞雪说希望为这四本书来这里，我想那就去吧，好像在大陆的书目前都出完了，那就来一趟吧。既然"山顶洞人"决定走出洞，随便你们怎么办。我在台湾绝对不上电子媒体，人家认识你，那么，你的生活，比如坐公车、去咖啡厅写稿子，会变得很难。但这次既然决定来，那就随便译文出版社怎么安排了。

决定是一回事，出来以后才发现，世界怎么会变成这样？！"山顶洞人"一路被惊吓到这个地方，我们今天还不是终站，明天还有一场。可给我的感觉是，明天结束以后得赶紧回到台北的"山顶洞"里。因为在场有这么多的朋友，让我觉得很像是一只海底的金鱼。我记得写《荒人手记》的时候，詹宏志讲到金鱼在唱歌——金鱼在海底唱歌的频率，几千里以外的另外一只金鱼也可以听到。我在写作的状态里，我发出的声音，其实根本不知道多遥远的人会收到这个音波。我这一趟走下来非常震惊，原来有这么多的人在看我的东西，而且居然受到我的影响。所以我会觉得赶快结束赶快回去，因为我的书已经全部出版，没有新作了，我觉得应该再回到自己的状态里，再写出新的东西，才能够回报这一趟行程。

陈飞雪跟我说要有一个题目，我说：从废墟到花园。我记得这个题目也是北京出版人田伟青的《出版人》的题目——《从废墟到歧路花园的新天使》。当时我给陈飞雪定的题目就是按照这位出版朋友定的，这里有三个元素，一个是废墟，一个是歧路花园，一个是新天使。我不知道有多少朋友读过这位出版人的文章，或者在去年看过一些访问，所以如果我讲重复的话，请听过的人忍受一下，再听一次。

为什么是废墟、歧路花园跟新天使呢？现在出了四本书，尤其是《荒人手记》写完之后，我回首来看这部长篇小说，我给了它一个说明——所有的说明其实都是在后面的，都是事后之明，并不是写之前就可以清楚的。是写完之后，回头再看的时候，好像它有这么一个意思。这个意思就是废墟里的新天使。什么是废墟里的新天使呢？最有名的当然就是本雅明所讲的"新天使"，是画家保罗画的一幅画《新天使》。本雅明很喜欢这幅画，在纳粹德国时期他从德国逃到法国，就带着这幅画，而且到巴黎的时候他曾经想过办一个杂志就叫《新天使》。这幅画里，新天使眼睛张开着，嘴巴张大，翅膀张开，他的脸望向后方，他看到历史的灾难，像碎片一样落在他的前面，这个碎片越积越高，他好想把灾难的碎片变成一个整体。但是从天上刮来的风暴把他一步一步吹向他所背对的未来。这个风暴之名为"进步"。意思就是说，我们大家都是向着未来在前进，可是新天使是背对着未来，脸是望向过去，被风暴一步一步推向未来。这就是新天使的图像。我觉得这个图像说明了《荒人手记》书写者的样子。他为什么面向着他的过去呢？我觉得作为一个书写者，其实就是我记得、我记得……当所有人往前去的时候，只有他的眼睛一直看着后方，我记得、我记得……然后把"我记得"的东西书写下来，所以是一个新天使的姿态。

关于废墟。在废墟里面，他捡拾碎片，把碎片分类出来，粘成一个整体。新天使的姿态是一个捡拾者，本雅明也讲过，是一个漫游者，是垃圾的捡拾者，这个垃圾是时光过去留下来的东西。他工作的姿态就是捡拾、分辨，把它修补成一个整体作为纪念——二战之后所有人跟人的阻隔，种种废墟的形象。当时我自己写完一个长篇，想要再写下一个长篇的时候，就是一个废墟里的"新天使"。现代主义的小说家里，在中国，第一位当然是鲁迅，鲁迅之后是张爱玲。现代小说就是拆生命的房子，用砖块盖小说的房子。我在写完《荒人手记》《巫言》的时候，就是想写一个小说书写者的创作过程，他是怎么在拆生命的房子，然后来盖小说的房子这么一个状态。《巫言》算是我的最新作品，是两年前的。结果写出来之后，我想写的"废墟里的新天使"这个图像，居然成了歧路花园，这是我写这个长篇最大的收获。号称写了八年的一个长篇，把一个"废墟"变成"花园"，这是我这八年做的一件事情。

时间其实就是死亡

朱天文：为什么是一个花园呢？好比说对时间的焦虑。时间其实就是死亡，时间就是生老病死，两者之间最短的距离就是直线。你怎样面对时间？时间就是死亡的话，你的方式很多，可能只是一个姿态，你的姿态跟时间充其量打成一个平手。所以在《巫言》里面采取了一个方式，这也是写出来之后再来看的，基本就是离线——不断地离开线上，离题，偏离。你在不断离题之中，时间是不是就会迷路？这当然是一个非常隐喻的说法。你在不断逃逸之中，死神就找不到你。所有的宗教跟文学，其实基本上都是在处理死亡、生老病死、时间的问题。你每一次的离题、每一次的岔路基本上就是一个花园。这个花园的意思就是细节、细节、细节，而这个细节就是你此时此刻的当下，当代平凡的生活。作为一个书写者，他不过就是把你再平凡不过的生活或者是理所当然到你已经视而不见的状态书写出来。你视而不见的时候等同于是没有的，这是托尔斯泰讲的。当一个人进入无意识的动作，那个状态对他来讲等于不存在。有一天托尔斯泰发现自己从这里走过去的时候，忽然察觉自己没有拿什么东西，他觉得这是非常可怕的，因为如果是没有的话，到死的时候理所当然没有。作为一个书写者，他不理所当然。他等于把大家认为理所当然的东西撕开一个破口，把它陌生化。因为你已经习惯到看不见、无意识、不存在，把它陌生化之后，在电影里面像是一个框框，把这个场景框出来放在银幕上，大家一看是不一样的。这个陌生化对一个书写者来说就是他的文字。他把日常框出这么一块来，让它不是理所当然的，不是这么无意识的，好像把那个状态给解放出来，然后给它重新命名，这是书写者在做的事情。你在歧路花园里面，怎么让人家逗留？这个花园要好看，这个花园总有很丰富的东西。这些是什么？在我来讲也是写出来的，就是细节、细节、细节，你就在这个细节里面流连忘返，驻足观看。

还是张爱玲那句话，在红灯映照的当下，在现实的生活里面，热热闹闹。你就盯住这个，这个就是歧路花园里面的细节，而你看到了，把它框出来，让大家看到不是这样的，日常生活还有别的东西，它不是这么理所当然的。因此时间就找不到你，时间迷路了就很像中国画里面的留白。人之前的生不问了，人之后的死也不问，就给它一个大的留白，这个留白在文学上就是一个底色，永远的惆怅，永远的悲哀。大的方向是悲哀、悲观，因为有时间就有死亡，这是谁也改变不了的，它变成一个大的留白，这可能是处理生死的态度吧……一种惆怅、咏叹变成你文学所有的底色，在这个底色之下就是红灯映照歧路花园里的当下生活的细节，而这个生活的细节里面其实是别有东西可以看的，它不是废墟，是你可以去的。其实是自己写出来的，原先想写一个小说家，一个非常失败的、与生活也是格格不入的（小说家），但是他把这种失败和格格不入变成了一篇一篇的小说，所以是废墟里的新天使。但是没有想到，当八年断断续续写完的时候，回头一看，这个新天使稍稍不一样了，它不是在一个废墟里面，它是在一个花园里面。

这是我两年前的一个状态。我跟陈飞雪讲，这一趟回去以后，在我新的作品写出来之前，我再也不出来了，因为没有东西可以跟大家报告，再讲的话就是我刚才讲的那一番话，就是从废墟变成歧路花园，写出一个花园来，这个花园里面是人的发现、物的发现，这个物并不是败物、劣物，而是从理所当然的日常状态里把它解放出来，重新看它。这个状态是我这一趟能跟大家讲的，讲的也是我两年前写出来的，所以我很希望回去以后再变成"山顶洞人"。也许两年的时间，把时差的故事写一个短篇小说集，就叫《时间差》。《时间差》这个故事写完，回头再看这个短篇小说是不是又会有新的东西，如果有机会，我很愿意再出来跟大家交流。

二

深度就藏在表面里

读者：港台文学个人视角都比较小，写的生活也比较狭窄，是依靠什么来表现文字的深度呢？

朱天文：卡尔维诺说过一句话："深度是隐藏的，藏在哪里？藏在表面。"你不要急着把你的思想、你想要说的话一股脑说出来，否则你去写论文好了。在说故事传统里面，让故事去说，让故事把后面的东西说出来，让故事里面的人物变得饱满、丰富、有生命，它的深度就是在这里。小说发展到现在，一百年、两百年，最开始当然是说故事，即说什么，这么长的时间，大概四分之一的时间是在说什么，四分之三的时间是怎么说。你不能无视于过往人家做的东西。说到我自己，目前为止，最新的作品不讲故事了，而且连一点点的叙事都没有，叙事是零，连叙事的基本线索都没有，离题、离题、细节、细节。所以深度在哪里？让故事自己把背后的东西说出来，而且意义很多，甚至是互相矛盾的。而你在写论文的时候，如果互相矛盾，是不可能统一在论文里面的。但是在小说里面是成立的，自我矛盾、自我反对、两个价值观的对立，都可以包容在小说故事里面。叙事是零的时候深度在哪里呢？我觉得就是细节，就是表面。你看到的细节是生活里的琐碎吗？唠唠叨叨吗？可能不见得。可能是把你日常生活里不察觉的状态解放出来，用新的眼光看它，深度就在这个地方了。

外省第二代的乡愁是一个想象的乡愁

读者：有三个问题。第一，您觉得您这个身份在您的文学创作中起什么样的作用？您和台湾这一代的作家有什么不一样的地方？第二，我们都知道胡兰成先生对您影响非常大，他对您的人生观和写作最大的启发和触动是什么？第三，您大学时念英文专业，从事中文写作，在母语和外语的交流中，要怎么找一个立足点？

朱天文：眷村。有一句话讲"江山不幸诗家幸"，在倾城之恋里完成团圆的结局，外省第二代是占了这个"便宜"的。因为外省第二代的父母亲是 1949 年从大陆随着国民党军队到台湾的，第二代在台湾出生，比如我从小听父亲讲他的老家，所有的回忆都是光辉的，都是扩大、美丽的，其实我们从来没有去过老家。父亲说你都不知道我们老家的梨有多大，放在屋子一个角落里能香一个月。我们小时候在饭桌上听父亲讲，那是多么的动人，所以父亲的乡愁就变成了我们的乡愁。其实这个乡愁是一个想象的乡愁。这是一层。第二层就是想象的中国。父母那一代可能觉得顶多 5 年就回去了，但是没有想到开放探亲的时候已经 40 年过去了，很多老一辈人去世了，所以外省第二代的成长过程，势必离不开想象的中国、想象的乡愁。到台湾 20 世纪 70 年代的时候，当时流行美国 60 年代的东西。一批老师去留学，再从美国回来，就把美国 60 年代的民权、草根等所有这些都带了回来。当时说民谣，我们要唱自己的歌，要创作自己的歌，我们为什么要听美国音乐、听西洋音乐？所以大概 70 年代开始就把眼睛移望自己。所以，70 年代之前想象中国，想象中国是诗词歌赋里的中国，是你喜欢的李白、白居易诗里的中国。但到 70 年代开始改变了，要开始看看我们自己了。

1988 年开始开放探亲。一开放探亲我们就跟父母亲回到大陆，包括我父亲自己都说，从小所讲的老家、故乡，当你真的来的时候，会发现生活习惯不同了，四周的人际关系不同了，你才发现，原来你在台湾，你的人际关系都在那里，你的人际网络都在那里。再就是到 90 年代，外省第二代感觉压迫非常大，面对非常大的压力，这又是一次刻痕。总之这几次刻痕都会变成你的一个独特的负荷跟负担，因为老是被四周的空气无形地压迫，你不舒服，就必须想很多事情：为什么会是这样子？当你想很多事情的时候，你出来的作品的深度跟复杂度远不相同。反之，太舒服了，想不深的。所以，这十年台湾外省第二代作家往往比本土作家好，可能是有这几个因素。

胡兰成的最大遗产是补修中国学分

朱天文：胡兰成留给我们最大的遗产，是补修中国学分。我们从小非常西化，看美国电影、听美国音乐，看书也是翻译小说，只要是中国的东西全部是考试用，只要是考试的，没有人要读的。碰到胡兰成之后，我们重新开始读中国的东西。他教我们读东西就是要读原典，不是读二手的。现在很多做学问的都是读人家的书评或者是二手资料，或者看看论文，根本连文本都没读过，这是很糟糕的。从胡兰成这边重续中国学风，就是读原典。当时我们古文很差，文言文简直就像外国话，但是必须要读，要有做小学生的心，居然看进去了，好好地读了《诗经》，读了"四书五经"的若干。这东西当时不觉得，但是你多了这些东西，到现在都影响的是一个"群"。我们从初中就开始看张爱玲。你喜欢一个作家当然会受她影响，甚至刻意地模仿她。在我成长期种种的尴尬、不适应时，我找到了张爱玲的《我的天才梦》，大肆发展自己的这种作怪、任性。其实都是每个人青春成长期的特点，不适应世界，跟世界相处、跟长辈相处、跟你的环境相处都是尴尬，而在尴尬里我丝毫没有压抑，而且大肆发挥，后面的支撑就是张爱玲的《我的天才梦》。如果你把这个一直发展下来的话，它是非常个人主义的。写作当然是个人的，要对抗也是个人，因此，我如果大肆发展的话，我可能真的变成一个"山顶洞人"这样写作。但我还是会跑出来跟大家聊天，这是胡兰成留下来的资产，就是一个"群"，而且是呼群保义。做一件事情总是多找两三个人，这是我们年轻的时候干的事情。我们那时办了《三三集刊》，四处约稿，要恢复汉文明，到中学、大学巡回演讲，找大家帮我们写稿，这就是一个群。

胡兰成有一种能力，就是有些人到他的面前会很紧张、很害怕。比如，他看到你有什么好处，不仅当面说，而且四处跟人说这个人怎么样、怎么样。比如张爱玲，很多人认为她是言情、鸳鸯蝴蝶派的时候，他居然说鲁迅之后有张爱玲。因此你会觉得我有这么好吗？我有这些吗？但是你被他说出来之后真是盛情难却。他这样夸赞你，你即便不是这样也要往上蹭，你不要辜负他对你的期许。在他的眼光注视下，你会一直要往他所期许的方向努力。他让我们去日本游学，让我们看最现代的国家，而它的传统同时又保存得这么好；让我们去看樱花，在樱花树底下让我们想象清末所有的流亡分子到日本，让我们走他们的路，这是鲁迅来过的，这是谁谁谁来过的……这个遗传给我们的是什么呢？在你年轻的时候，你曾经糊里糊涂也好，但若你承接了一个人给你的东西，你要能够承受得起。有的时候你的容器是浅浅的，人家给了你什么你承受不住，好想赶快还给他。你应该大胆承受人家给你的恩泽，等到有一天你自己有这个能力的时候，你就把当年所承受的同样传给你认为值得再承受的人。我们总是面对年轻的朋友，当我们觉得这个人真不错时，也要学学胡兰成当年是怎么带我们的，我们也这样去带他们。

常做最不擅长的事情

读者：王德威教授称您的写作是文字的炼金术，在现在大陆青年一代当中，很多青年写作者在学您写作的方法，整个华文版图里面为什么会出现这个状况？它的发源点在哪里？好像无论写作者还是读者口味越来越偏向这面。

朱天文：我也在想这个问题，我们的东西怎么这么多年轻人在看？到底他们在看什么？看到了什么？1949 年是一个很大的分野。1949 年以后特别口语化，基本是一个口语的文学，不仅是左翼文学，因为尽量要让普通大众来看。王安忆非常主张这个，所以她曾经讲过失语的南方、港台或者马来西亚，她认为这种都是书面的，而口语本身要透明化，尽量在写实上，在口语说故事上面，这是一个传统。1949 年的时候有这么一批人到了台湾，沿袭的是书面的文字传统。中国自古以来，语言可以好多好多，但是为什么到现在总有一个书面的传统？我这次才知道有一个《台港文学选刊》，情感不一样，很真实，很多人说文学应该是这样，特别指的就是书面语言，而不是说口语的语言，说故事的语言，叙事的语言，它特别重视文字这个东西。我们是在比较书面的语言传统中长大的，所以不觉得，而且，四分之一的小说发展是要说什么，四分之三是怎么说，这个更是书面文字的传统。

读者：您把这个技巧发挥到了极致。

朱天文：可是对我来讲，我在写长篇的时候，对创作者是有意义的，但对读者不一定有意义。对创作者，你很想你自己一定不能停在那边，一定是能做的、擅长的不要再做了，应该做做别的。下一步写《时间差》的故事，就是非我所长的。我们到日本去的时候看了一个"能乐"（编者注：能乐，在日语里意为"有情节的艺能"，是最具有代表性的日本传统艺术形式之一）的家，写了一个"到得归来"——这条路你走彻底了，叙事是零的时候，觉得可以回来了。所以写完上个长篇后，我想写写故事看，做我最不擅长的，也不大做的，其实是对自己的一个挑战。

读者：我想问一个不靠谱的问题，您相信 2012 年是世界末日吗？如果您不相信的话，您能推想一下所有一切幻灭的前一刻，你会想什么事情？

朱天文：这个没得想，而且也不去想它。活在当下已经是一个奇迹，过好眼前的每一天，如果末日到来，也没有办法。此时此刻做一个书写者就是你的优势，前人不知道今天怎么样，后人更无法想象今天。如果我活在李白那个时代怎么怎么样，没得想的；百年后人家看我们也是这样，你在这个时代留下什么东西。这是一个优势和千载难逢的机会，我很爱说"难逢难值"，此时此刻就是难逢难值，你怎么不把握它？看见它，把它记录下来。

读者：我一直对《巫言》封面那句话很感兴趣，您说"我知道菩萨为什么低眉，我曾经遇到不结伴的旅行者"，您是在怎样的情境下写下这句话的？

朱天文：菩萨低眉，其实根本不是什么慈悲，我觉得是要自保。我们通常讲菩萨低眉就是金刚怒目，你说你的，我说我的，干脆利落，这是朱天心喜欢的方式。"菩萨低眉"通常的意思是慈悲，看看菩萨相是很美的。但是落在我的头上根本就是自保，你老是看见东西，那你看到了你管不管？你不能看见却假装没看到。我没有办法，看到了就要管，所以我非常理解释迦。悉达多太子以前在宫中，有一天他走出城门，就像我们看到满街可怜的流浪猫、小动物（印度更是），如果你不捡它，它就会被轧死。悉达多当时就是这样，所以他离家出走去修道。你只要眼睛一张开，看见了，不能假装没看见，你只好一直管。你看见之后是有责任的，你要管，不能只管一半，要管彻底。其实好多事情你是管不来的，人的一生是有限的，你的精力是有限的，你的时间是有限的。要善用这个有限的东西，你只好把眼睛的帘子放下来，好像遮着一半，不看了，因为一看到，自己就完蛋了。这就是我说的自保的状态。

"不结伴的旅行者"是说，这条路你总是自己走，没人能帮你走的，很多的教训、前人经验都是。追溯到一个人的最后，病痛、死亡都是你一个人，没有人帮你。所谓佛陀之路，也无非是每个人把这条路走出他自己的样态，走到底。所以不结伴的意思是讲个体生命的无法取代，你知道太多也没用，你就要自己走一趟，走了这一趟变成你自己独特的一条路。从某方面来讲，这也是人的悲哀。我好希望如果能有一个按钮，把我这一生所学所得、累积的经验传给他人。比如胡兰成在70岁碰到我们，他觉得时间不多，恨不得像《第五元素》的神父，把人类从开始到现在所有的知识都传授给一张白纸的我们。这是非常令人羡慕的。可是人类的这种悲哀就是大的留白，你知道再多，到你的下一代他还是要重新走一趟，从零走到最后，这好像是一个非常大、非常大的悲哀。

凤凰读书：刚才天文老师说"菩萨低眉"，我透露一个小故事。上个月在香港碰到天心老师的时候，她说天文老师家附近有一个外省的老兵，年纪已经非常大了。外省老兵在台湾地位都很低，因为他年纪很大时才娶了有智障的年轻女子为妻，靠收破烂为生。这个老兵长得很像朱西宁老师，所以朱家当年看到他很可怜，年纪很大，很辛苦，就把所有的废纸都留给这个老兵，这个老兵每周一次来朱家收废纸。后来他身体越来越不好，所以让他每个月少出来两次，每个月给五千台币让他能够生活。那个老兵也生了儿子，后来有一年过年的时候他带过来给朱家的人看。当时天心老师说好担心这个孩子觉得爸爸是收废纸的，会看不起他，可是这个小孩出现的时候，很光鲜，很开朗，朱家觉得很放心。这个收废纸的老人每年过年的时候给朱家一只鸡，天心老师说那个鸡非常好吃，可是他们从来不敢问他从哪买的、怎么做的，就怕给他增加负担。这就是朱家的"菩萨低眉"。

侯孝贤只做会做的事情

读者：前段时间侯孝贤导演来到北京，在他的谈话中他有意识地表现出想通过电影艺术来突出、捍卫中国文化的特色。您有没有体会到他在拍电影的时候有这种意识在里面？

朱天文：我从来没有听侯导讲过，我想他可能有点人来疯吧。其实这也是捍卫不了的。他本人就是这样，你做的东西总是流露在里面，如果你有意识要捍卫什么，有的时候不见得做得好。尤其创作，包括电影，需要有感而发，有话要说，不可能人家弄个剧本给他拍就行。他从来不是这样。所以有感而发、有话要说的创作者，他整体的呈现，这也是刻意不来的。我们可以喜欢很多东西，但是让你来做，你只能做你会做的。我也很羡慕很多人写的东西，但是我就是不会写。就说天心，其实我们两个是互相羡慕对方的，她会写的我也想写，她写的

东西大都很热，而且她还可以跳出文学的范畴。我就比较限于文学，好像门槛稍微高一点，你总要有一点点文字的基础，如果是文学人来看就毫无问题。可是天心的能耐是让非文学人读着也觉得好。非文学人读的时候，有没有减低文学上的品质、素质呢？毫无。叫座叫好是每个作家的梦想，写到有一天忽然很叫座，那你把它当成红利，当成意外，你不要设想读者要什么你去写什么，没有这样的事情，这样的话太瞧不起读者了。你怎么知道你迎合读者，读者就需要这个东西？你能做的是给你所能给的，全部没有保留地给出来，读者看的时候取他所能取的。所以我觉得侯导不会拍那些，他可以欣赏、喜欢那些，让他做的时候他只能做他会做的。

　　读者：对于一个有神经官能症的人来说，可能受过家庭暴力，对于温情的渴望是很大的，甚至有点不择手段。我看到张爱玲那个样子，很高傲的样子，我没看到她的照片之前，我读过她的散文，我觉得很舒服，很美，但是看完照片的时候我非常痛苦，我也不知道为什么痛苦，觉得被骗了，感觉温情的东西没了，给我的感觉是这个女人用文字在卖弄，用文字打开一个世界的窗户。但是看您的书，我就看了您的《世纪末的华丽》，不知道为什么，虽然也有高傲的东西，但是读您的文字就像我小时候发高烧，姥姥是世界上唯一让我感到温情的人，读您的文字就有这样的感觉。我是一个靠感觉活着的人，读您的书有很想接近您的欲望。

　　朱天文：其实你的感觉没有错，你接受的讯息是正确的。我从 17 岁高一的时候开始写作，一直写到 20 世纪末，所以叫《世纪末的华丽》。你看到一个人的生命从 17 岁到三十几岁，就是这四本书的痕迹。从最早很清纯、很天真，基本就是在写自己的故事；慢慢离开学校到了社会上，那是一个阶段；碰到胡兰成以后我们办《三三集刊》又是一个阶段；到了自己三十几岁又是一个阶段。作为台湾读者来讲，如果愿意一直跟的话，跟着我们一起长大，一起变成中年，大家一起老去。当然，在大陆我的这些作品不分时间先后，同时展现在大家面前，也许你第一个读到了三十几岁写的东西，觉得有一点点残酷，有一点点鄙视人生真相，有一点点赤裸裸的东西。如果你是一个忠实的写作者，你只能忠实于那个阶段你最在乎的。如果三十几岁还像十几岁时写的，而且大家都喜欢看，也很受欢迎，我也觉得有一点点不诚实、不够真诚，或者是装可爱，所以你接收的讯息是没错的，第一本就读到三十几岁的东西。也许可以读读散文，散文跟小说不一样，散文里面是另外一种感觉，可能比较容易亲近。

只跟侯孝贤合作

读者：您是一位优秀的编剧，您写作电影剧本的经验可以跟大家分享一下吗？您这么多年造型好像都没有变？

朱天文：因为这是最容易整理的方式，如果短头发的话，长了要剪，要去美容院剪就会很麻烦，如果长的话扎起来就没有关系，这是省钱省事的方法。

我所有的编剧经验都不准，也是自己的选择，只跟侯导合作。编剧这个事情，一开始可能觉得有点野心、有点好奇，但是慢慢你会发觉这是跟文字如此不同的另外一个系统，就像人家说我的名言是："电影是导演的，编剧无份。"我不太想跟其他导演合作的原因是频率不同，如果要合作就要讨论，你要先把频率调到一样，彼此没有争执再讲，这是很累的。时间有限，精力有限，你感觉你的时间很像沙漏，现在已经倒过来了，基本上年过半百，感觉时间在嘀嗒嘀嗒地响，那么所有时间都用起来，能够表达的就是文字。我基本上是把编剧这个事情当成谋生工具，如果一年、两年、三年写个剧本，我就可以来养我的小说。我是抱着这个想法在写剧本的。

读者：您写小说之后，没有把小说展现在银幕上的冲动吗？

朱天文：拍个电影很花钱的，很昂贵。我们多简单，成本低到只要稿纸，只要一支笔。你的成本低到这样，相对来说你的自由就大，你不用负担成本，你如此的轻盈，不用担心什么，可以大肆发挥。可是电影成本很高，相对而言你的自由度就比较低。如果有人肯拍，有出钱的老板，那是另外一件事了。

朱天文的集义、养气

读者：您提到的最新作品是两年前的《巫言》，而且《巫言》写了八年，在这八年中或者最近一段时间，当发现自己跟心里想表达的东西有一些出入，或者很难表达出自己心里想写的东西的时候，您如何处理这种焦虑感？您刚才提到"山顶洞人"，我觉得书写者一般会是很孤独的，但是我们又要跟整个世界、家人、朋友做一些交流，如何处理孤独感与群体感之间的关系？

朱天文：每个人是不同的，我只能提供我自己的方式。我们今天也讲到集义、养气，这个"义"是什么意思？就是好的事情、好的东西。人是要靠好的东西来养的，"义"就是每天做一点，比如早晨八九点起床，很快冲了咖啡牛奶、喂了猫以后赶快上楼开始写稿，不管你写得成写不成，总之是你一天脑子最清醒的时间，然后工作到一两点告一段落。每一天都这样做。而年轻的时候不是这样的，一有劲的时候没日没夜地写，之后好久都不写，是暴冲式的。如果是作坊式的，那就是集义、养气。我现在虽然没写，但是读很难的书，需要用力读的书，很多念头像会飞翔一样，然后你会做笔记。这个功夫是在写长篇的时候养出来的。比如这段时间你跟你的书做约会，因为你不知道今天会写出什么来，这个人昨天是这样，那他今天会怎么样呢？今天会有什么东西呢？你进入状况的时候每天很期待这个时间，跟你的书做约会，写了这么一点点，哪怕一天五百字、一千字，到了午后就不做了，做其他的杂事，就这样一天一天地积累，那就是集义、养气。好的事情做得多，一天做一点，以后气就足。就像你要存钱，你不能不存钱，如果不存钱，到提款的时候你一点也提不出来。所谓提钱就是集义、养气的"益"。你每天做一点点，你心平气和，你觉得每一天又会写出一个进展，这就是最大的回馈，你也会觉得一切的孤独都是值得的。

因为心平气和，你可以跟家人、朋友做其他事情，因为你今天的份都做到了。这是我的方式，每天"存钱"。我这一趟出来还算是理直气壮，觉得气蛮足的，因为"钱"蛮多的，你不会觉得虚虚的。可是如果你没有新作品，你还在东讲西讲，接受访问太多，你讲的总是这些话，就好像钱都提光了。

电影需要不同声音

读者：我想问您两个问题，第一，在您和侯孝贤合作的这些电影当中，哪一部是您最满意的？第二，曾经有人说侯孝贤是台湾电影的票房毒药，那么在今天的台湾，您认为是需要这种毒药，还是需要票房？大陆是这样的情况，需要的是票房，不是毒药。

朱天文：最喜欢的电影是《风柜来的人》，在侯导自觉跟不自觉时候的一个作品。你不自觉的时候是浑然天成，浑然天成有他的力气跟元气满满的地方。可是当国外的这些导演来的时候，像杨德昌这些学电影的人回来之后，你开始知道原来大师电影是这样，就像你看见了，你不能假装没看见，你知道以后就自觉了。我们讲混沌，你凿开他的七窍，不自觉有不自觉的元气满满，问题是你知道以后怎么做。所以《风柜来的人》是一次机会，把七窍凿开，混沌就会死掉。那时候侯孝贤跟杨德昌这些学电影的人混以后，不知道怎么拍电影了。后来我看了《沈从文自传》，觉得非常好看，所以给他看，他看完以后知道怎么拍电影了，就好像找到一个登山口——原来不知道登山口，但是看完这个仿佛知道了。所以他在拍《风柜来的人》时，他跟摄影师说把镜头放远，一直在说"远"。这种"远"的感觉就是《沈从文自传》里的角度，那个角度就是天的角度，《风柜来的人》是拍他自己青少年阳光灿烂的日子。《沈从文自传》是采取了天道的眼光在看他自己的事情，所以我喜欢这一部电影，从他不自觉到自觉，非常敏锐、非常新鲜、锐气十足的一部片子。《海上花》也是很有意思的片子。

第二个问题，电影到底是需要毒药，还是票房？我觉得世界这么大，商业根本不需要鼓励它，商业就是赚钱，会有它的方式去做。求仁得仁。世界这么大，你总要允许几个票房很好的，也要允许有炒的空间。总要有一些不同的。如果他拿到了资金，也不怕失败，那就让他去吧。如果你还有能力做不是市场的东西，又有钱去拍的话，那就讲你想要讲的、拍你想拍的，否则后世的人来看的话，会觉得怎么那个时代拍的东西都是一样的。总要有几个不一样的声音，他愿意这样做，就留给他一点声音吧。

读者：每次我跟人聊为什么喜欢朱天文的时候，我会说她跟别人不一样。对普通的作家来讲，像深情、优美都不难做到，包括深刻也可以通过训练得到，但是我觉得天文老师的东西非常辽阔，所涉及的范围特别广，这究竟是您的天赋还是刻意地锻炼？第二，从《荒人手记》、《世纪末的华丽》一直到《巫言》，我在读的过程中看到写漠视的情节，读的时候会感觉很荒芜，但是看完又会感到很温暖，我想知道您对漠视的这种关照来自哪里。

朱天文：我觉得还是得自我们年轻时候办《三三集刊》，还是受教于胡兰成。当时他讲要做一个"士"，与知识分子不同，你要超过文学的范畴，小说只不过是一个"益"而已。作为一个士，你什么都要训练、培养，书读得杂，什么都看。我们曾经也非常看不起小说家，觉得那只是一个工匠技艺。其实人一生只能做一件事情，你把它做好，做到彻底，做到人家不能取代的时候，你的人生责任也差不多了结了。你讲的辽阔之感就是年轻时候这段，杂杂的，跳出文学范围的关注、关心，对接触面、材料的吸收总是非常好奇、非常开放，什么都去看，而不限于文学的文本。到现在你会发现这真的是一个宝库，比起你的同代，你多的就是这一块。

未亡人的哀悼与伤逝

——《时光队伍》里的"盗梦空间"及其他

一 — — — — — — — — — —

小说家用小说的幻术去读神

苏伟贞：现场各位朋友大家好，我是苏伟贞。很多事情是没有办法一个人完成的，包括写作，还有今天现场跟各位朋友见面的过程，所以我把我的两个好朋友拉下水，一起来完成。这是我第一次在大陆面对读者和一些朋友，所以以军很好，他愿意来打这个场子。我先请以军来做一个发言。

骆以军：我稍微谈一下《时光队伍》这本书。看过这本书的朋友会知道它是一本悼亡之书、一本哀书、一本伤逝之书。有一个半神半人的神话人物，我想不起来他的名字，他的妻子被冥王绑票，见到了冥祖和冥后，要上天入地去找他的妻子。可是找到他的妻子，即将把妻子带回到人间的时候，还有一个魔术破解的过程。他带着他的妻子出地府大门之前不能回头，可是就在他要出去的最后时刻，他太想念妻子，忍不住回头了——当然这也是神话结构的必然，他的妻子立即就变成一个石像，十分令人悲恸。

我刚才一直在请教朋友,在台湾,前一阵子有一部很火的好莱坞电影,台湾翻译为《全面启动》,大陆这边翻译为《盗梦空间》,一群黑客盗入别人的梦境,他们还找到一个专门做毒品的"毒虫"做高剂量的麻醉药,这样可以进入到更深层梦境。电影里是一个梦接着一个梦,到第几层的梦境,梦都瓦解了。这其实是延续刚才我讲的希腊神话,在电影里造了一个梦中的迷棺,把死去的妻子放在那里。还有一个迷阵,好像是可以延缓或者是把死亡的时刻变成一个逆反时间逻辑的奇怪的空间,在一片虚无中可以搭建出一个各种可能的梦的甬道。

　　在《时光队伍》这部小说里,苏伟贞其实是要把被死神夺去的挚爱之人从死神的手中解救过来,打破自然的、时间的所有的律法、逻辑。这个东西其实对我们这一辈创作人来讲是一个巨大的魅惑,就是如何体会死亡。她的小说里提到,死亡其实不是人类的哲学命运,它是人类不可解的经验,是人类不可能的经验。

　　所以一个小说家如何用小说的幻术去读神,去侵入到人类不应该去的境地,其实是基于这样的一个局面。很像宫崎骏的《神隐少女》,你们这边叫《千与千寻》,父母突然变成猪了,那个小女孩如何从父母那种虚无的、灰暗的、一言难尽的情况召唤起一个人类可能创造出来的,跟神或者是魔,或者是死神能够对抗的意志。这样一个趋势的打开过程,就是所有梦的甬道"无中生有"的过程。对我这样的晚辈来说,苏伟贞这个小说令我非常尊敬。她动员出来的虚构,与写实主义完全不同,她在凭空的梦中搭栈道,进入到那个看不见的极黑、暗黑的国度去。我觉得自己是一个武功高手,我在看另外一个武功高手的潜伏,会知道他难在哪里。

长篇小说的两种极限书写

骆以军：西方极限书写的长篇小说，非常难的不外乎两种。用中国小说来举例好了，一种像《红楼梦》，它是一个巨大的、已经伤逝的文明，这个文明有男女的情爱、古典的教养、最高的品位，有建筑、回廊、迷宫，种种的宫廷内斗，有不同的朋友关系跟组织关系的权力交错，非常复杂的教养和经验……反正它是一个黄金封面。像《红楼梦》或是像《追忆似水年华》，早期的像伯格曼的古堡小说，或者像契诃夫的《樱桃园》，其实是一个伤逝的时光的遗迹。如果你没有这样的教养，或者你是一个没有教养的人，你是没有办法把《红楼梦》这样一个全景的文明场景、一个黄金丰饶的一群人的蜡像馆重构出来。

另外一种极限的西方长篇小说的书写，当然就是塞万提斯的《堂吉诃德》，它经过一个漫长的旅途，启动一个大冒险，旷日费时的旅程。在这个旅程中发生了非常多的事，有点像《西游记》，最后当然是唐僧师徒取到真经这样一个形象的救赎，或者是一个形象的意义。昆德拉有一本书叫《小说的艺术》，一开头便讲20世纪的小说叙事是怎样的，像塞万提斯的《堂吉诃德》这样的小说大冒险，在空间上是如此的宽广，不限制小说家的想象力，无比幸福自由地蔓延在天边，时间上没有过去、没有现在、没有未来。他说对于小说家来说，最幸福的时刻，其实早在那事情之前就结束掉了。他讲了一句非常重要的话："城市的天际线已经被各式各样的高楼大厦所遮蔽。"遮断了天际线，他们隐喻的是现在描述人类存在状况的各种人类的专家话语权，比如说医学语言、科学语言、哲学语言、人类学语言、心理学语言。我可以把长篇丢到妖魔鬼怪中，一个章节、一个章节地表现各种大冒险，或者是像《堂吉诃德》那样，任由他们的故事爱跑到那儿，走马到哪儿，骑到哪儿，最后像卡夫卡作品《城堡》里面的土地测量员，他是唯一在这个空间里面的。

回到苏伟贞的《时光队伍》。这本书一直在写一个伪出发、伪家人、伪的证据，所有的东西是伪的。这非常奇怪。我刚才讲的是长篇小说的极限书写，为什么对我们这类创作者来讲是一件非常难的事儿？你不可能有那么丰饶华丽的文明教养，不可能去看到华丽的大观园里那群仙女跟贾宝玉那样天仙般的人物，他们全是像芬芳的兰花似的痴情那样的教养。另外，你也不可能启动一个像《堂吉诃德》那样的大冒险，城市的天际线还没有被遮断这样一个大冒险。可是在《时光队伍》里，很像周伯通在玩一个左右手不一样的奇怪的结构。

它某部分像昆德拉在讲卡夫卡，把所有的大冒险通通丢在一个现代式城堡的空间中，把大冒险变成卡夫卡这样一个土地测量员 K，在跟现代性的官僚机构（一个现代性的专业、话语掌握的机构）对话中，你永远失去了一个古典人完整的对存在状况的理解。可是这里面有相当大的比重是她启动了丈夫死去的时光，死亡的时刻。她要把它喊停冻结，要启动这一场千万里追随，上天入地，把所有小说幻术拉去那个甬道，用意志力去跟黑暗对决。所有小说的幻术拉去那个甬道的过程里，这个大冒险不可能展开。可是就像里面的兵疲马困，像《时光队伍》里面那个医生所讲，哪有这样，这一对夫妻简直是盗匪，来闹我们医院。这里面主人翁的将死的挚爱之人，在跟死神拔河。这个圣徒或者是这个耶稣基督的尸体，是一个原人，一个纯人，一个非常自然的人。在一个非常清明的状况下，看着挚爱的妻子，他留在人间，可是却在整个医疗系统里做卡夫卡式的事情。他与所有异化的逆反、与古典人该有的存在感在做拉扯。

所以这是一场非常惨烈的古典定义人的存在与现代性定义人的存在的战斗。可是我刚才说，《红楼梦》式、《追忆似水年华》式的极限书写，对我这一辈的作者来说，是不可能召唤出来一个丰饶文明的现场场景的。苏伟贞却非常奇怪地透过这个主题，启动了一个很奇怪的旅途，包括她的同事，可能在大陆的读者会比较陌生，这一群人先后进行时光的拉锯，一条一条奇怪的河流是他们流浪的队伍，他们好像是在里面做一些傻事。

有一部分像张德模回到大陆神州故土的过程，这个过程，完全像亡命之徒到处喝酒，换各种奇怪的交通工具，像《堂吉诃德》师徒那样，总是不断地在机场被困住，乱换船，一路乱飘零。可能这是它整个大旅程，大冒险，一个时光对决的幻术追逐。他们很奇怪，就像神兽麒麟，不应该存在的梦中之兽。

美国有一个电视剧，台湾那边翻译是《一夜风雨》（大陆翻译为《越狱》），讲有一个家伙的老哥莫名其妙被当作重刑犯，被关进一个关重刑犯的监狱。这个男主角根本不是犯人，他是一个顶级建筑家，为了救哥哥故意抢银行混到那个重刑监狱。当初盖的这个重刑建筑，包括水泥的结构、地道，他都找人刺在了身上。他的目的就是让自己当地上皇，把自己当成一个线路图。

我不知道你们能不能理解我讲的话，张德模先生当时带着故宫那群古物，一路从贵州到重庆，最后跑到台湾去，一个奇怪的、非常卡夫卡的迁移。他们护送的器物，都是中国最核心的美学，物的文明的极致。可是这些先行护送的老人，很奇怪他们在护送什么，所以是一个虚无之途。最后，他们把这一堆故宫的宝物放到台湾去了，苏伟贞曾经目睹过。就像刚才讲的《红楼梦》《追忆似水年华》，包括《越狱》里的那个建筑师，他们把所有的文明场景执行在单一的个体身上。但这一群老人突然就在台湾一个奇怪的年代里消失掉了，不见了，什么都没有遗传下来。

如同我刚才展开所讲，这是一本伤逝之书，一本未亡人之书，一本凋亡之书，一首伤歌，在感性层次上它可以这样解读。这几天，我把书带到旅馆看，看到最后我还是泪崩，即使我用小说这么异化的理性来看这本书，看到后面苏伟贞写惨不忍睹的爱的那种绝望，我还是会哭泣。

就先讲到这里。

我完成了丈夫的未竟之旅

苏伟贞：每一次跟以军出去做座谈演讲，心里对他是又恨又爱，恨的是这个人怎么可以讲得这么好，爱的是这个人怎么会讲得这么好，同样一件事情。所以我刚刚给了他十块钱，没想到有这么好的效果。

这一次到大陆来，我人生第一次把班机给赶丢了，在机场我就在想为什么把班机赶丢了？我得出我潜意识里根本就不愿意来。我总觉得我还要再消费张德模一次吗？他好像变成我人生的驯鹿一样，这对我来讲是蛮困难的一个状态，但是被书写出来就必须要面对这个难题。

他以前到大陆会去香港转机。转机的时候，他去吸烟室，那简直像一个毒气室，烟雾弥漫。我觉得人的那种"人道"是一个好怪的事情，明明说我们不要抽烟，却把一群人关在一个密闭的、很小的空间里头，让他们在那边吸。整个玻璃窗都是雾，对我来讲这个现场是一个零度现场——所谓零度现场就是事件发生的现场，而那个书写就是一个零度的书写。

要再一次来面对这样的事情，我还是讲一些你们不知道的事情吧。谈谈他离开之后，我的旅程。这个旅程有几个是丈夫特别留给我的，他不喜欢跟我一起走。像以军刚刚说的，在慢慢走的过程中，有几场旅行是他留给我的。他知道我对高山症难以适应，就说等你身体养好了以后，我们去拉萨；还有去莫斯科，我们想坐那个红色列车，从海参崴一路坐下去，他觉得这是一个壮举；凤凰古城也是他想去的，都已经走到湖南了，但是他居然没有去那个地方，当然像他那样子的人，他是不会说的。

可是很诡异的是，在他离开人间之后，有一年我去拉萨，跟以军、兴文，我们三个人，我从来没有梦见过张德模，但是在拉萨的时候，以军有一天晚上跟我讲，真的好怪，我梦见我爸爸了，我才跟他讲我梦见了张德模。过了一年，我去了莫斯科；又过了一年，我去了凤凰；今年我又去了他一直想去的漠河。我不禁怀疑，我每一年去一个他要去的那个城市，就是他的未竟之旅，这是不是一个很奇怪的梦。

再谈谈拉萨。那个旅程是没有终点的，我相信这句话，这个没有终点的旅程至少就我目前来讲还是在继续走。去拉萨真的蛮困难的，我拍了一些照片，如果想看的话，我可以给大家放一下。（放照片 PPT）

我想来谈一下生命这件事情。张德模在 1998 年患膀胱癌，医生刚检查出来，他就告诉我这件事情，就去开刀了。等我去医院的时候，人都已经出来了。那个时候真是觉得冷冰，怎么可以这样对自己的身体？！那是个军医院，后来我把他转到一个专门治疗癌症的医院。我们碰到一个很棒的医生，很有野心的医生，真的能帮你治好病的那种医生。他说这个患者最好（他不是强制，是建议）三个月检查一次，半年追踪一次。那三个月去做，每次都说是一百分。膀胱癌手术两年的复发率是 60%，五年的存活率是 52.4%，会直接跳到第十年，这五年到十年中间，是一个很吊诡的模糊地带。医生告诉我，如果病人继续抽烟的话，第二次愈后五年生存率只有 20% 左右。

张德模是 1998 年做的膀胱癌切除手术，2004 年的 2 月 26 号过世，5 年 10 个月。也就是说他已经抽离了 20%，应该是站在 80% 里面。如果人生仅以数字来说，应该是这样的。我几乎可以看到他对生命的那种状态，他直接跳过了我们一般世俗会在意或者是很现实考量的事情，比如为什么这个病不打点滴，等等。他的生命为什么会这样子，这就是一个复发的状态。

我看书自己都要掉眼泪，但是我在想如果他没有背弃的话，我们就不要用这种方式来烧毁他。而且我要强调，我其实不是要写他的故事。我想借由他作为一个载体，让大家比较能够理解我写的这个故事的背后，像以军刚才讲的那个队伍，而不是他本人。所以要消费也只能消费他了。这是台湾版的《时光队伍》的封面，上面有一句是我自己写的：入梦者离开。

带着丈夫的照片探寻曾经的梦想

有一件事情对我来讲很不解，就是我从来没有梦见张德模。如果一个人的梦代表你们两个之间的关系的话，在书里头大家也可以看见我跟他有个约定。以前我们比较年轻的时候，我们两个都看过同样一篇读者文摘里的故事，关于死后的世界，有一种要来报告的意向。如果我们都不相信这件事情，那我们就来抠对方的脚底板，如果没有来抠脚底板的话，就表示真的没有那个世界。他从来没有来抠我的脚底板，我从那个时候开始就把脚伸出被子，我不怕鬼，就怕他吓不死我。我从来没有梦见过他，我问孩子们有没有梦过爸爸，他们说有；我说你们的爸爸是什么样子呢，他们说就像他好的时候，我说那就好。

那天晚上喝得大醉，第一次梦见张德模。我曾经问过朱天心，她说妈妈曾梦见爸爸等公车，从车上走了。所以很多人的经验是会梦见那些离去的、死亡的人搭车离去。我就梦到我站在那个地方，跟他一起去搭巴士，那个巴士上面没有人，只有一个驾驶。上去之后坐在那个地方，后来他突然站起来跟我说忘了拿一样东西。我在梦里好悲伤、好焦急地跟他说："等一下这个车子就要开了！"他笑眯眯的，整个人非常温和地说没关系，接着就下去了。他站在一群人中，那群人我一个都不认识。我站起来看着他，他微笑看着我，根本没有要上车的意思，就这样对我挥挥手，车子就开了。我没有下车，我就站在那个地方。他要下车的时候，我在梦里头就知道，他不会回来了。

　　接着我们就离开了西藏，那个飞机像是一个轻轻的漂移，漂到了张德模的故乡四川。在成都机场，我跟以军说我们要去的地方是一个人世间最高的地方。我不能称之为天堂，可那是一个旅者可以到达的最高的地方。如果说梦是人希望的延长，我其实不太相信，因为张德模是没有离愁的，我宁愿相信会有一个人在周围徘徊。后来去莫斯科，去圣彼得堡，张德模喜欢这些文化艺术，他不据为己有，在他的生活当中一直没有机会像他自己说的伸头一刀，缩头一刀，开刀开到宁愿死在手术台上，他一直没有机会进行手术，所以不能去莫斯科。我带着他的照片，时不时告诉他这是哪里这是哪里，一个很傻的行为。

　　这是一个流浪者会喜欢的天空，圣彼得堡的天空。因为纬度的关系，那个地方天特别特别宽，而且不觉得远，是平的，可能是因为我们站的位置。我们第一站就去看高尔基、契诃夫，因为张德模是学戏剧的。我在这个地方看到了好多好多墓园。后来我们搭了火车去圣彼得堡。去圣彼得堡的行程是我这次最重要的一个行程。我们到了芬兰湾，这个地方传说有早期的草原民族，在14世纪时他们突然在芬兰湾的一个河口整体消失了。这个地方所连接的是一个强悍的草原民族。我带着他的照片去了日宫，世界四大美术馆之一。我们一路经过一些极其辉煌的画家们的画。最后我穿过层层叠叠的、所有的展览室，站在了《光影之神》前，林布兰的画作。林布兰用黑暗来对应白天，所以对他来讲黑暗跟白天的划分，就像我们生可以即死、死可以回生一样，所以我一直强调张德模的死亡。当我知道这件事情，我就想，到底人死后会是一个什么样子，或者说死后是一个什么样子的鬼。我觉得他生前是一个什么样子的人，他死后就是什么样的鬼。林布兰是我非常喜欢的一个画家，站在林布兰的面前我把张德模的照片拿出来，跟张德模说我要把这幅画（它的名字叫做《杜尔博士的解剖学课》）改名叫《张德模手术中》。他就像战死在战场上一样，战死在手术台上都甘心，是有作为而死的。

后来我们又去看托尔斯泰的庄园。托尔斯泰这一生也是一个逆反者，他想修复史书，但是有违当时的社会，于是托尔斯泰出走，最后竟然死在一个车站。他的庄园没有多大，离托尔斯泰的墓园还有很远的距离。PPT照片中的这些花充分代表了一个民族的文化修养。他们向这个作家致敬献花，没有墓碑，就是一个平坦的庄园。我自己一个人走得远远的，把张德模的照片拿出来跟他说："张德模，你看，这就是托尔斯泰。"他很崇拜托尔斯泰，一直遗憾一次次的未竟之旅，冥冥之中我觉得是指引，有的我没有去成，没有时间去，只有跟他说对不起。

埋藏在记忆深处的两次凝视

他生命最后的时间，给我印象很深刻的两个画面都是他在凝视远方。住进医院的时候他还能行走，我看他不在病房就找寻，远远地就看见他在走廊的尽头。因为逆光，只看到一个黑色的人影，面向外头。

我就侧面看着他，很平静。我从来没有机会问他你怕不怕死类似这样的问题，我猜想答案是肯定的，他不会说谎，但是我没有办法问。他脸上很平静，却是沉思的。当他倒计时的最后一天的清晨3点多钟，他把自己的呼吸管拔掉，跟我说了一声："要走了……"十小时之前他还在看电视，医生快下班时跟我说你要做决定，我说我没有办法做这个决定，但我跟医生说张德模自己会做决定的。我没有想到不到10个小时，他就把呼吸管拔掉，轻轻地跟我说，他要走了。

我打电话跟孩子们说爸爸要走了，你们来吧。张德模想得太远，所以不能在他面前哭，或者不是不能，就是不要这样。他们来了，医生也来了，查房的医生看到他就说张先生你今天如何，张德模跟那个医生比了一个剪刀的姿态，看了以后我立刻冲出病房，而张德模还在那边微笑着。在那一刻，我冲出去，我知道张德模一定听见了我跟医生说什么，我说他要剪一个人生结束的镜头。

把眼泪擦干以后，我走进去，这个时候张德模正在打虚拟的麻将，在喝虚拟的酒。他手虚握着，喝了酒以后，他要站立起来。他已经在床上躺了两个月，没有办法起床，于是我就上床去扶他起来，我像一个支架似的把他架起来，他又望向远方。人生就从这样一个境地走掉，我签了不要急救的同意书。

二

写小说，我只是以虚达实

读者：王德威先生曾这样形容苏老师的作品：以文学方式写的情书。您怎么看？而您眼中的家人是怎样的？

苏伟贞：王德威是一个很重要的文学评论家，也是"中研院"的院士。早年王先生写了一些与张爱玲有关的作品，以无情的方式写有情，我觉得可以从刚才《时光队伍》这些人生活的方式来作一个回答。像章严他们，这么大的国宝，付出了这么多年的光阴，其实是很苦的。他们以虚来过实的生活，他们写书法，去小学、中学演讲。那些大学者经过贵州贵阳的时候，也被拉去在中学里做演讲。所以我觉得人生，就是用虚的来写实的，用无情的来写有情的，其实都是同样一件事情。至于是不是张爱玲，就不重要了。

凤凰读书：下面有一个网友一口气提了四个问题，苏老师可以从中有选择地回答：第一，您取得了哲学博士学位，怎样看待哲学与文学的关系？第二，您怎么评价港台女性文学？第三，您自己作品里有对女性献身及书写情欲的深切反思，二十多年前的作品放在今天依然尖锐，您希望读者从您的作品中获得什么？第四，您的爱人张德模对您的创作似乎相当严厉，很在意，他也是您的书的第一读者……问题还没完，但这个读者应该是问，是不是您在写每一本书的时候，您的爱人都是第一读者？

苏伟贞：我试着回答好了。其实哲学与文学是不分的，所以我是在中文所拿的博士学位；它们一律都是哲学，但我哲学是不通的，我没有办法把它们做比较。

第二个问题是港台女性的文学，题目太大，我就不回答了。

最后一个问题，我知道他的意思是什么。对我来讲，写完《时光队伍》后有媒体采访，他们说这是一个"最后之书"。我当时觉得很惊讶，其实不是这样，因为写作对很多作家来讲是一个很大的动力，他有一个自己对创作、原创的期许。可是对我来讲，张德模是我最好的读者，他是一个最好的鉴赏者，我失去了一个最好的鉴赏者以及最好的读者。更重要的是张德模是我这一生中最好的朋友，他从来都不会背后讲人家坏话，所以在他生病的时候，每一天都有朋友来看他。有的朋友忘了他的病房的号码，没有办法找到病房去，就在路口大哭。他是我人生当中最好的朋友，也尽了朋友之责。比如说我气得发疯时，开始要骂人或者是忍不住讲几句八卦的时候，他会很震惊地说，你没事可以掰着手指头玩，都比你讲这些事情好。

读者：您好，苏伟贞老师，我没有什么问题想问，我只是想说，在大陆有很多喜欢您的读者。我最开始看您的小说应该是大陆有一个杂志叫《台湾文学选刊》，里面曾经刊登过很多台湾作家比较短的作品，对苏老师我一直很喜欢，只要有您的书我都会买，买不到的在网上也都可以看到。我最初看您的书是八几年，您已经成为我和我妹妹回忆的一部分了，我希望您坚持不懈写一些好的作品，我们都期待着。

读者：我的问题就是，您怎样看待文学作品中虚构的成分？想象力在情节设置和文字组织中，以及在建构文学理念上的地位是怎样的？

苏伟贞：这也是一个很难的问题，但正好点出了我个人最近的心境。我也知道小说是虚构的，可是我们真实的文学要放在哪一个部分？小说就像艺术，是一种模仿，如果我要模仿人生，那真的人生要怎么办呢？难道我们真的要靠媒体的报道，或者是电视里的声音，才能存在吗？

回过头来看看自己作品里面的心境，我觉得虚构真的好累。我们取得了一个虚构的权利之后，就一直不断地出故事。当你取得一个虚构的权力的时候，你没有觉得我要一直虚构下去？但是我自己真实的人生怎么办？哪一个位置可以放我？所以我最近写的一些作品都是佛学小说那样子的传奇。真的是一个虚构呢，还是说我们真的就要虚构小说？这两个人生到底要怎么呼应？怎么样把真实的人生放在虚构的夹层里面偷渡？所以我最近有一种会回到一个比较散文式的书写状况的倾向，其实《时光队伍》也是用一个散文或者诗人的方式来进行的。

我最近出了一本散文集，《租书店的女儿》，同样面对死亡的过程，又被刺激了。我用真实的方式来说我父亲的故事。我父亲在两年多前过世了。我原来在台北工作，老家在台南，那段时间要创立现代文学所，我直觉父亲的日子已经不多了，所以我就回去陪他。父亲在半年之后就过世了。我重新回到我成长的地方，一个真正生活过的，而且是传奇式的地方，但你要怎么写一个传奇？如果是以前，我会写另外一篇《离开同方》，同方就是我生活的那个村子。但是我现在决定用一种真实的方式，用一种很精细的方式剪接似的来把一个很小、很小的角落放大，而不是去虚构它——回到一个写实的状态，用放大细节的方式。什么东西是可以真的经得起这么大的放大考验？是真正的、真实的世界，是最底层的生活，或者是最有根底的一些人物。所以对我来讲，是写较真实的小说好呢，还是写虚构多一些的小说好呢，其实是同样一件事情。现在我决定如实放大细节，因为要用一些新方式来呈现，我希望在这里找到一个比较大的动力。我觉得死亡在我们人生当中真的是一个难以取代的经历，它也许不是人类的经验。我是以虚达实。

我患上了奇特的纯文学躁郁症

读者：苏伟贞属于学院派，您怎么看待台湾学院派的现状？

苏伟贞：这个问题问得有一点吊诡。学院派怎么看学院派的现状？

我们在今天来之前，谈到文学的出版，后来我就开玩笑，以后可能会有一个渠道，在网络上看书比较方便，照着那个路线走下去。我自己现在都不太买报纸了，所以也很惭愧。其实已经不是最近了，也不是现状了，它很早就发生了，一直就在发生当中。之前台湾因为有报纸登纯文学的作品，随着报纸的萎缩，纯文学的发展慢慢变得没有园地了。但是还有另外一个管道，就是台湾有很多文学奖，后来很多县市也办自己的文学奖。比较大的报纸像《联合报》《中国时报》，后来又有《自由》来办文学奖，这也促使了一直不断地把文学史写出来。因此什么样子的，哪种风格的，走哪一种路线的小说，它一代一代地这样沉寂下去之后，形成了一个非常好的态势。我们过二十年之后再回头来看这个路程，可以清楚地知道台湾的现代文学、纯文学这个路子发展的流程。

我们这一代的作家很幸运，70年代、80年代开始在报纸崛起。报纸是最大众化的一个载体，但是它同时可以在报纸里培养纯文学的作家，有些读者是陪着你一起长大的，中间没有断层。可是现在因为报纸相对式微了，文学奖的影响力也相对式微之后，常常会突然冒出来一个作家，但我们没有办法跟随这些作家的脚步。我自己也患了一种非常奇特的纯文学躁郁症，觉得我是不是漏掉谁了。当他们讲某个名字的时候，我是不是应该立刻就知道他是谁。以我在《联合报》待了二十年的文学副刊的一个编辑的经验来说，应该是这样子的。

所以我就带着这种躁郁一直到现在。可是我想每一个时期都会有新的事物，新的事物会因被需要的状况而创造出来，日后是怎么样的发展，我们大家都还看得见。

我以学院派的高度解读苏伟贞的小说

骆以军：我有点插队，还是跟大家再谈一下台湾。为什么台湾80年代末到90年代会出现一批我们所谓的张派小说家？其实是学术上的一个讨论。纳博科夫就讲过，他不太爱写流亡的经验，不写没落的贵族，不写往事如烟。本来他书写的核心，就是我或者是苏伟贞或者是大成老师，或者是天文、天心，有一个比较聚集的、逃不掉的大经验，就是作为一个离散者，作为一个时光队伍，作为这样一个流浪者、后裔的共同经验。可是每一个创作者都是一条孤立的、神秘的河流，你不太容易把一个笼统的词丢给他。

纳博科夫说他几乎不写他的流亡经验，他的《洛丽塔》、《幽灵之魂》，其实感觉是一个普遍共性的人类黑暗的层面。可是他有一次就讲他为什么不太爱写流亡，因为他觉得写流亡非常像阉童，让他们唱出最美妙的、不是人类也不是女孩的，那么诡异、那么妖幻的高音。像中国的缠小脚，在高压、紧缩之下感受到的那种创作性的美感。事实上，纳博科夫代表一个文明的跨度，从19世纪一直跨到20世纪，是一个难遇、难知的天才。

西方20世纪的小说，基本上的核心就是在违反古典。像我们刚才讲到张德模，其实苏伟贞作为一个抽离出来的小说家尽情书写张德模死亡这件事，是非常残酷的，她后面要支撑的绝对不是一个痛哭文，即我刚才讲的哀歌。我在他的葬礼上写的一首引导词非常哀伤，一边写一边哭泣。她后面所支撑的完全是一个西方20世纪发展出来的小说技术。这个技术本来在于一个延缓，一个异化，一个非理性的机械性的支撑，他才可能让自己像一个NBA职业运动员，把死亡瞬刻的悲恸，用慢速的动作把这一死亡的过程，用一本书文字的物质性，一个一个复演、实现。

如同刚刚这位编辑女士讲到,她在看的时候都不忍去读。这些东西在小说家这个行业,本来就是等同于 NBA,等同于姚明,本来就是做一个人类极限运动,违反古典该有的一个物理状况。只是姚明他们在高度使用足部脚踝,所以他们的脚最后就会被毁掉;而一个现代小说家,西方定义的现代小说家,他本来就是在高度运用他的脑袋,所以他的脑袋在这样一个运转过程中,也很容易遇到伤害。这个东西在西方有一个传统,不是叫学院派小说家。这些长篇小说家后面要有一个非常强大的哲学系统做支撑,长篇小说就是一个探勘人类存在处境的百科全书,是一个方法论。你不能讨论姚明是一个篮球运动员还是一个学院派篮球运动员,所有 NBA 最高殿堂的那些基本动作都是要反复不断地操练和理解,这种切割对我来讲很迷惘。

我刚出道那个时候,伟贞的小说在台湾是二十几万本、三十几万本这样的销量,当时台湾这一批所谓的张派小说家的女作家,为什么可以高度发展成像我刚才讲的纳博科夫这样?我们那个时候看张爱玲的小说,后来的《小团圆》和《雷峰塔》通通还没出世,我们看到的小说是她二十二岁、二十三岁写出来的,已经是一个最扭曲的状况,像我刚才讲的为了达到人类审美艺术的极限,缠小脚等等。其实 NBA 也在做这种变态的事,他们挑选人类"海拔"最高的几个高个儿,K来 K 去,将一个皮球撞来撞去,超变态的不是吗?可是这已经扯到了那种极限,还有快感。

台湾在 20 世纪 80 年代的时候有一个氛围是白色恐怖,男性书写在那个时候碰到一个困境,因为上一辈小说家是写人生经验,写写实主义大家族的小说。可是在那个时候其实有一批作家,包含苏伟贞,包含二十多岁的朱天文、朱天心等等,她们具备一种非常奇异的所谓的"张派"气质。她们不是男性书写，不是写大家族的历史，她们对于社会变动的快速和细微的感官的爆发是 80 年代台湾城市化的经验，将人和人之间的关系做了非常细微的划分和切割。那时候出现了像《陪他一段》《世间女子》，在此之前女性读者读的作品没有一个是女性书写的，对感情的描述长期以来只有一个男性小说里描述出来的玉卿嫂，没有一个女性。苏伟贞是巨蟹座的，从她讲话可以感觉到，是一个迷样的状况。

因为我起步也晚，我这一辈的小说家，真的是命不好，没有大市场，或者是疯狂迷着你的读者。1994 年，《中国时报》的百万小说文学家 PK，对台湾来讲，它不是百万武侠小说，也不是百万推理小说，也不是百万皇冠大众小说家，它是纯文学。1994 年的第一名是朱天文的《荒人手记》，事实上这也是后来历史的一个分水岭。当时投票的过程是僵持不下的，形成了一个非常大的论战，而这个大论战刚好就形成了朱派书写跟苏派书写各自的顶峰。

苏伟贞那本小说叫《沉默之岛》，是一个现代小说的高度，完全不是女性文学的。它是双面的，写的是人格分裂，也不是人格分裂。包括朱天文的《荒人手记》，后来也有很厉害的评论者讨论说，她写的不是同性恋，她写的其实是台湾的认同。苏伟贞的《沉默之岛》，就是两个完全同名人的"沉默之岛"，一个是男的，一个是女的，两个都是非常奇怪的一个孤独的岛屿，完全没有交集。

这个男性跟这个女性各自发展一段很奇怪的、我称之为"倒转情欲"的树枝。问题是她的笔法非常非常冷，我们现在在台湾会说苏伟贞是台湾的玛格丽特，一个非常奇怪的写小说的写手。对我这辈来讲，也许网络上的朋友会觉得我讲话的方式或者我对小说高度理解的情感是学院派体系的，确实是，我是在所谓学院派的高度来解读她的小说。

大陆的读者如果只用其中的一本书来理解这个作家是非常非常可惜的，她的作品每一个很奇怪的话题呈现，一个片段、一个年轮的话题层完全不一样，她是一个非常复杂的载体，一个时光的载体，她有能力往上承接。所谓的张派小说家，在20世纪80年代的时候形成台湾文学一个非常独特的时期，那个时候男性作家几乎被模糊掉，一直到90年代张大春这个孙悟空出来了，他才是学院派，把小说带到一个学院派的高度。

80年代中期，台湾小说最顶尖的一群人都是这些娘子军。可以说它是张派小说，你用这个大范围、大括号可以这样解释。她们确实是抽离掉所有家国戒严的、对政治上的愤怒，或者是对身份上的迷惑。没有办法用现有的文学语言来表述自己对于个人的私欲的这一群读者，当时很疯狂，形成了一个社会景观。

作为那些作品主人的苏伟贞，她没被冻结。如果仅停留在张爱玲，即使到今天半个世纪以后，大家虽然也认为后来出版的《小团圆》《雷峰塔》写得非常好，可是核心的东西还是一样被湮没掉了。她小说的极限全是像少女的伤怀，真正的少女学的那一代的筋骨全打断了，静脉全部打断了，形成了一个非常邪门的内向的世界。可是苏伟贞或者是朱天文、朱天心，我认识她们的时候，她们都已经四十几岁了，她们小说的高峰在那个时候早超越了22、23岁时候写这些怨女的张爱玲。我这样讲可能会被修理得一塌糊涂，可是我的意思是说，那个拥有后面所承载的一个时光的载体、记忆体不知道大多少倍，那是不一样的类比。

我的写作生涯的痛与情

——严歌苓和她的书

一 — — — — — —

写作都是痛苦的

凤凰读书：欢迎大家来单向街书店参加本期凤凰网读书会。今天我们的主题是谈严歌苓和她的书。我们就先从由严歌苓原创并编剧、张艺谋导演，即将出炉的电影《金陵十三钗》开始说吧。您改编的剧本与原著有什么不一样的地方吗？

严歌苓：谢谢。其实，欧洲西班牙文、荷兰文出版社都想出版这本书，当时我跟他们说，这是一本很薄的书，跟《麦田守望者》的薄厚差不多，我可以尝试把这本书扩充为长篇，出版社的人听了以后非常高兴。在给电影做编剧的时候，我又做了一次新的研究，发现在南京大屠杀的时候，我爸爸的姨夫是国民党卫生部的一名医官，他当时把大部分的伤兵撤离了南京，但是自己却陷在了南京，没有离开。当时他记下了一本日记，叫做《陷京三月记》，后来也出版了，是三四年前在国内出版的。后来我的亲戚——就是《陷京三月记》作者的儿子送我一本，我看了以后觉得自己是一个常常能够得到惊喜的人，因为这样一本书对我的帮助实在太大了。当时潜伏在南京的国民党高层官员经常会被汉奸指认出来，他居然躲过了这些指认，这本身就很值得关注，而且他在日记里记下了一些非常重要的细节，我把这些细节写进了现在出版的这本长篇小说里面。还有一点很重要，就是我们后人对南京大屠杀这个事件如何追寻，如何缅怀，特别是对这 13 个妓女。在这个故事里我们姑且认为这 13 个妓女牺牲了，为保护女学生而牺牲了，但后人该怎么样去缅怀，我觉得这对我自己来说是很重要的。我作为一个海外华人，常常参加纪念南京大屠杀、纪念抗日战争的集会，我认为后人对这些事情是没有忘怀的，而是一直在反思，一直在缅怀，所以我把这样一个后人的角度也放进去了，因此现在这个故事是一个全新的故事。

简言之，第一，我从文字上进行了重写；第二，我充实了很多资料，主要就是我从我爸爸的姨夫的日记里找到的；第三，我加入了我们后人对这件事情的态度。

凤凰读书：您在这个过程中其实是双重身份，一个是作家的身份，还有一个是编剧的身份，您是怎么在这两种身份之间转换的呢？

严歌苓：不管怎么样，写作都有共通的地方，它需要想象力，需要对人物进行细节描写，需要对人物性格进行密切观察，观察以后成为素材记在脑子里，在写小说和编剧的时候都是可以运用的。我是怎么转换的呢？我在美国读研究生的时候，修过一门课叫电影写作，认识到创作电影要求更多的是技巧。因为戏剧这个东西没有高潮、没有危机、没有人物冲突是不可能成为电影的，电影和戏剧是紧密相关的，而小说可以没有所有这些元素。所以我觉得如果小说能够有电影的这些元素，比如人物对话里的动作性，就是推动剧情往前走的这种动作性，小说会更好看。如果你想通过小说告诉读者一点什么，那么未尝不可以用电影的一些技法去弥补小说节奏慢的劣势。现在的人跟过去不一样了，现在有各种媒介，比如说网络、电影、电视剧等等，不能要求人们现在读小说还像19世纪那样，那个时候小说是人们唯一的娱乐，唯一的消遣。所以小说的创作必须求变，电影实际上有很多地方是可以帮助小说的。

凤凰读书：具体说到《金陵十三钗》，您跟张艺谋导演的合作是怎么开始的呢？

严歌苓：我一个很好的朋友周晓枫，当时是《十月》的编辑，她也是我的小说《穗子物语》的编辑。当时她刚刚被张艺谋选做文学策划，她就向张艺谋推荐了这本小说。但当时这部小说的版权已经卖出了，张艺谋导演又把它给买过来了，所以这是一个比较曲折的过程，最后还是做成了。我和刘恒都是编剧。

凤凰读书：有一些有意思的事吗？

严歌苓：写作都是痛苦的，艰苦的，寂寞的，有意思的事也是在写作的时候苦中作乐吧。跟张导合作很愉快，他这个人很随性，很平易近人，很幽默，很乐观，跟他一起工作这一年是很快乐的。

小说三部曲：军旅、移民、中国女性

凤凰读书：我们想回到您刚到美国的时候。我们知道您到美国不久以后成为哥大的一名研究生，参加了写作班，您能否给我们介绍一下哥大写作班的一些情况？

严歌苓：我不是哥大出来的，是芝加哥的一所叫做哥伦比亚艺术学院的私立艺术学校，它没有哥大那么多的科目，最实际的科目就是娱乐业管理，还包括舞蹈、电影等科目，小说写作是它的一个科目。

因为我在 1988 年的时候作为一个青年作家，还算是脱颖而出吧，当时美国大使馆给了我一个交流访问的机会，作为年轻艺术家到美国去参加他们的写作班。我去了以后觉得能在美国做一个青年作家会有很大收获，这样我就开始申请到美国读书。哥伦比亚艺术学院是唯一一所给了我全额奖学金的大学，其他的两所大学虽然也录取我，但是没有给我全额奖学金。在那个时代，谁给钱你就到哪儿去，没有什么可选择的。

凤凰读书：我看了您的小说，就我个人来看，您的作品大概可以分为两部分，一部分跟您在美国的生活经历有关，另一部分可能跟 20 世纪二三十年代，一直到 40 年代这一段历史有关系。我想知道为什么这两部分激发了您的创作灵感？

严歌苓：我的创作阶段应该可以分为三个阶段。第一个是军旅阶段。我从小是一个文艺兵，舞蹈演员。有很多人会统计我以舞蹈演员为生活背景写了几部作品，其实写得确实不少，在我出国前这一阶段写的几乎都是军队的生活。出国以后写的都是移民生活。《扶桑》是写 19 世纪，中国人去美国淘金，一个叫扶桑的妓女和一个白人小男孩之间的爱情。这是一个阶段，写的基本上都是我在美国听到的故事，或者我的朋友们经历的故事。然后我在 2004 年跟着我的老公到了非洲，他当时是出使非洲，所以我就到非洲生活。我既离开了美国，也离开了中国，所以我就开始写我记得的中国的故事。《第九个寡妇》是当年我离开美国写的第一个长篇小说，这是第三个阶段。

凤凰读书：在非洲写作的时候，可能有一些想回到现场了解一些细节性的东西，您是怎么解决资料问题的呢？

严歌苓：我可以从非洲飞回来。我两次从非洲飞回来到河南农村去生活，跟农民谈，了解当年的生活。我觉得这不难。对我来讲，你想做什么，想去搜集什么资料，只要有这样的意愿，总是可以实现的，不是很难的嘛。

我还要回到用笔写作

凤凰读书：您写《小姨多鹤》的时候也去过日本，去那边了解一些情况，我觉得您在这方面还是比较像一个传统的作家，比较扎实，到生活里面来寻找一些东西。

严歌苓：如果一个作家能够在一个地方生活较长的时间，比如在河南农村，如果我能连续生活半年，当然一年或者两年会更理想，如果我住在日本的山村里不是一个星期，不是两个星期，而是一年，我觉得会更加有意义。但问题是我们每个人都受自己的生活局限，比如说我有孩子，有老公，我必须照顾他们，我还有其他的职责，我不能够在日本生活那么长时间，我也不能够在河南农村生活那么长时间。我到日本三次，写作中有不确定的时候我就再去一次，只能这样间断地去。当然也是不计成本的，在日本体验生活非常昂贵，到河南体验生活非常艰苦。

我记得有一个细节，我在镇子上上厕所，有两三个小姑娘在厕所门口排队，一边在厕所茅坑旁边等待，一边搓着她们的作业纸。特别是我这样一个已经习惯了私密的人，你要把这种十几年养成的习惯打破，再回到五六十年代很原始的那种状态里面去，确实是一个很大的挑战。

读者：我刚刚看到有网友提一个问题，说您是一个很勤奋的作家，想知道您的创作频率大概是怎样的？比如说短篇小说大概多久能写一篇？

严歌苓：小说一万字左右大约要三天，长篇小说一般三个月左右，劳伦斯写《查泰莱夫人的情人》也是三个月。

读者：我听说您现在还是用笔写作？

严歌苓：我最近马上要出版的一本是我用电脑写的，非常的满意，是双重的精力集中，第一你要集中精力想词句，第二是集中精力选字之类的。这个我觉得很累，我觉得以后还得回到我用笔写字的这种方式。

如果不写作，我是一个很麻烦的人

读者：您刚才说您写作大概分三个阶段，比如说作品里的主人公，他们在性格上可能会有一些类似的地方，包括有一些人物他们可能是同时代的，想问一下严老师，您是如何避免有一些重复的呢？

严歌苓：我不觉得我的这些人物有重复，我觉得我的生活阅历当中积累了足够的可以用文字记述下来的东西。因为你在不断地经历人生，可以做到不重复，如果重复的话，我觉得那是一个作家失败的一点吧。

读者：严老师的生活还是比较规律的，您每天会几点钟起来写作？

严歌苓：我刚才说过我是一个家庭主妇，每天都是很规律地生活。早上起来喝一杯咖啡就送孩子去读书，然后就开始写作，写六个钟头。孩子回到家里，我陪他玩，然后就准备晚餐，迎接老公回家。每天基本上都如此。星期天是非常例外的，我不写作，全家都出去，或者郊游，或者看电影之类的。

读者：在这种很规律的日常生活里面，什么样的细节或者说什么样的线索会刺激你开始一部新小说呢？

严歌苓：我觉得我的现实生活和我的创作生活是两个世界，你不能够完全把它们交融起来。我的创作生活是多年的积累，多年的笔记、多年的资料收集、多年的思考促使我写这些东西。怎么说呢，这是我生活最重要的一部分。如果问严歌苓可不可以称其为严歌苓，可不可以快乐，可不可以像正常的母亲和妻子一样，我说那不可能。因为严歌苓有一个能量，这个能量一定要有一个正常的渠道让它释放出去，不释放它就要变成一个毁坏的能量，自毁或者是毁人。所以我就说，如果不写作，我是一个很麻烦的人，就这样。

读者：写作对您来说有一种宣泄的功能？

严歌苓：是的，因为人的感情可以到非常浓烈的程度。现实生活中你不可以这样去爱，也不可以这样去恨，现实当中也没有这么值得你恨的东西，所以文学给了你很多，把自己的感情走到极致的这么一个世界。

读者：您的爱人和您的孩子，他们会关心您的创作，看您写的小说，或者是电影吗？

严歌苓：我女儿现在逐渐开始认为她的妈妈是挺了不起的，因为我不仅写自己的作品，我也给她编故事。她最喜欢的故事就是我编的，有的时候也会编歌。我先生一直觉得我是一个神奇的人，怎么每天都编出这么多东西来，我跟他讲，你知不知道有个犹太作家，他小的时候人家叫他撒谎家，长大以后人家叫他小说家。没有什么太大的区别，一个人把撒谎升华了，把撒谎变成谋生的一种方式，撒谎撒得好的人就是小说家。

我不能想象任何一个人比我更勤奋

读者：严老师，我们知道您个人的经历非常丰富，刚好看到一个网友在问，您觉得天分和技巧这两个东西，对作家来说，哪个更重要一些呢？

严歌苓：我认为技巧是可以训练的，但训练要通过勤奋，通过实践。一个人很勤奋是能够把技巧完善的。但是我觉得一个作家的天分跟技巧没有很大的关系，因为他的观察有一种独到的眼光、独到的角度，而且他会进入一种境界，这种境界是别人没有的，这种情怀也是别人没有的，我觉得这是一个作家的天分给予他的。还有对于文字的敏感性，很多人有想法，但是写不出文字，他不知道文字怎样写有美感，这就是他的天分决定的。这个事情我跟王安忆有争议，我那次见到王安忆，她说勤奋占70%，我说天分占70%，所以我觉得可能每个人对这个问题的答案是不同的。

我非常非常的勤奋，我不能想象任何一个人比我更勤奋，雷打不动地写作。我记得当时我到一个朋友家去住，我们四五个朋友住到他的庄园里面，他们都很愤怒，就说早上八点到十点总是见不到你。我觉得我非常有纪律性，非常勤奋，勤奋对我来讲是非常非常重要的。

读者：您对写作不满意的那部分是怎么处理的呢？

严歌苓：我告诉你实话，我真的没有觉得哪一部作品可以让我百分之百满意，百分之八十满意都没有。我总是觉得这么好的一个题材，这么好的故事，我就把它写出去了，也许十年以后还有机会重写。最近说张爱玲自己剽窃自己，我就觉得这种说法特别奇怪。因为我觉得一个作家根据她的阅历，根据她对语言的体验，不断地写同一部小说，她写的一定不同，一定是写得越来越好，即使她写的不如过去，难道不能够做这样的实验？马尔克斯写的《百年孤独》里面，很多人物都来自他的短篇小说集和中篇小说集。当然，我不会这样做，我不会重复自己。

读者：严老师，您是 20 世纪 80 年代就已经写作而且小有名气了，想知道您那个时候有哪些比较喜欢的作家？

严歌苓：我喜欢的作家在不断地变化，每个年代每个岁数都有变化，我不断地喜新厌旧。刚开始写作的时候我读过王安忆的《小雨沙沙沙》，还有韩少功的《西望茅草地》，我都特别特别激动，还有刘心武的《班主任》，那个时候我还在跳舞，我就觉得特别好。罗兰、曹雪芹、拜伦，这都是我小的时候特别喜欢的作家。

读者：现在有一个很明显的现象，很多当时跟您一起写作，一起发表作品的作家，他们现在都已经停止写作了，或者转做其他事情了，对于这种现象您是怎么看的呢？

严歌苓：也许他们找到了比写小说更可干的事吧。王朔说的，没有什么好事可干了，就去写小说吧。我觉得这句话很能总结我们写小说的人的生活方式，实在没什么可干的了。

读者：如果要您选择的话，您还是一直写下去吗？

严歌苓：人总要有个谋生方式嘛，干别的我无法谋生，我只会写小说。

二

小说实现了我生活里不能实现的一些东西

读者：我想问您一个问题，在《灰舞鞋》那篇中篇小说里，您说那个小穗子是小说化的自己，您是否会有一些遗憾在现实生活中没有得到补偿的，在小说里面补偿了，您是怎么看待的呢？还有《倒淌河》那一篇中篇，我也非常非常喜欢，它是形而上的一篇小说，最后小太阳那个汉族男子跟阿尕他们的一些情节，我没有太看懂，您能不能解释一下？

严歌苓：对，小穗子这个人物有很多我自己的原型。我的初衷是想写人的一种迫害欲，现在在年轻人里面，这种迫害欲也都存在。而这个小姑娘没有因为人的迫害欲而停止爱别人，她是一个不屈不挠要爱的小姑娘，实际上她实现了我自己不能实现的一些东西，小说就有这一点好处。

读者：因为在我看来，这篇小说是有遗憾的嘛，她最后跟冬骏哥，还有跟刘越在一起，这是为了写出现实，还是为了在小说里面得到一个遗憾的弥补呢？

严歌苓：怎么说呢，时过境迁，很多事都是很无奈的。你还爱着一个人，但不知为什么，你就是不能跟他结婚，就是这样，我觉得这就是我看到的人生。你提到的阿尕跟男主人公的关系，也是阿尕很爱他，他也逐渐地爱上了阿尕，就是这样一种感觉。但是从现实来讲，会有很多很多悲剧，会有创伤，他们即便结合了也会有创伤，所以他很明智地走开了，回到了城市。他很厌烦归宿，但是城市是他的地方，他属于城市。

生命是同样可贵的，战争是同样可恶的

读者：严老师您好，我看过您的小说，但不是特别多，我特别喜欢的是《白蛇》，是讲"文革"时期舞蹈家孙丽坤和徐群姗之间那种朦胧的同性之间的爱。我就想问您，除了表达她们之间的爱，像您是军人出身，在那一个特殊的历史时期，您有没有什么特别的亲身经历？

严歌苓：这个问题有同学问过我，有一个同学站起来说你是"女同志"吗？我说你认为我是男同志吗？不是。我不知道国内现在把这种同性恋叫做"女同志"、"男同志"，所以我就反问了。我少年时期在军队的时候，其实女孩子之间都是很朦胧的，今天她们两个女孩子特别好，过了一阵子她又跟另外一个女孩子好，那个女孩子就觉得她背叛了她，所以就很伤心，还会撒谎来掩盖跟她出去散步了。有的时候我就觉得，其实小姑娘在那个时候是很朦胧的，有一些很美好的情愫，不知道是同性恋还是异性恋，就是小姐妹之间的感情，后来人们非得把它划分。刚才提到这个问题，我觉得我是从舞蹈演员当中看到的这样一种情愫，两个人会睡在一个蚊帐里面讲悄悄话，实际上你不一定要去定义它，一定是这个恋，一定是那个恋，就是挺朦胧挺美好的一种情愫，人总是需要一种情愫，一种感情的，对吧？

　　读者:《金陵十三钗》是我读过您的第一个短篇小说，对我影响特别大。我想问您对日本的看法，因为毕竟南京大屠杀是事实，但是他们现在还不承认，而现在国内八零后、九零后的哈日、哈韩风潮已经兴盛，您对这种现象是怎么看的？您认为当代八零后和九零后对于日本和韩国应该抱以什么样的态度，比如日本大地震是否应该捐钱？

　　严歌苓:人类都是一样的，生命总是同样可贵的，战争都是同样可恶的，对双方无辜的人都是很残忍的。所有的母亲生出他的儿子都不希望他变成战士死掉，所有的妻子也不愿意最后一次送郎参军，这都是人类共通的一些感情。当然我们国家在很多年以前，不知道什么原因，不向任何人讨还战争赔款，我觉得很奇怪。现在大家忽然变得对这个事情非常的愤怒。实际上我在美国参加南京大屠杀纪念日活动的时候，大概 1994 年，中国还没有对这个事情有任何的反思和醒悟。我觉得任何事情过激都不好，都会变成一种庸俗化，这样的情绪也会变得庸俗化。任何时候我们都要问问自己，我们有足够的理智来处理、思考这些事情吗？因为一个民族的强大不是靠这种情绪，而是靠智慧和思考。我在柏林生活了那么久，我觉得德意志这个民族可贵的一点，就是他们彻底地反思，这种反思的精神是非常非常难得的，这样才能使他们永远不会再做一次愚蠢的事情。

　　读者:严老师曾经写了很多剧本，也曾经跟很多导演合作过。我知道在早几年的时候《白蛇》被陈凯歌导演买去了版权，但是迟迟没有拍，我觉得很可惜。对于自己已经卖出版权的作品，严老师是不是会有一种期待，希望它能够让更多的人用另外一种情绪见到它，会不会催促一下，也是帮我们催一下？

严歌苓：当然，我很希望我的小说作为另外一种艺术形式呈现给读者和观众，因为现在观众要远远多于读者，这是一个很可悲的现象。我们国家越来越多的人，对文字这种媒介已经开始疏远，而其他形式的媒介越来越蓬勃。我觉得因为生活的压力，每个人都希望被动地接受信息，电影、电视就是这样。因为阅读是需要投入的，需要主观的介入，所以我觉得我的小说如果变成了电影，就有更多的人来读这篇小说，我最终的目的还是普及文学。但是我也不希望妥协太多，如果把我原来的小说拍成另外一个样子，那就宁可不要拍。《白蛇》这样的作品大家都知道，因为同性恋在中国是不被张扬的，所以你们应该知道为什么没有被拍。

我没有闭门造车

读者：严老师您好，我喜欢您的很多作品，其中之一是《第九个寡妇》，女主人公王葡萄的性格给人留下了非常深刻的印象。请问，《第九个寡妇》这部小说的创作灵感是来自哪里呢？

严歌苓：创作灵感来自我听到的一个真实故事，是一个姐姐保护弟弟，藏在地窖里很多年。后来我到河南又听说另外一个地主被保护，也是藏在红薯窖里。我在一个老太太写的回忆录里面看到了一种精神，如果没有这个老太太写的回忆录，我可能找不到王葡萄的精神，引用鲁迅先生的一句诗就是"梦里依稀慈母泪，城头变幻大王旗"。我觉得我找到了这样一个境界给王葡萄，所以我非常有欲望来创作中国的女性。王葡萄如果认为这个生命是无辜的，她就要尽一切的可能来保护他。

读者：严老师，之前我看过很多女作家的访谈，有人说女作家容易偏于感性，感性过度容易产生自恋。我也读过很多作品，我觉得很多用第一人称写作的非常容易陷入这样一种状态。但是我觉得您的书理性比较强，甚至有的时候以一种男性的眼光来看待女性角色，特别是《无出路的咖啡馆》，我觉得虽然里面有一些幽默的成分，但是有很多地方又是很冷静的，没有像其他女作家那么自恋，那么感性，您是怎么把握这个问题的呢？

严歌苓：我大概就是比较理性吧。我从一开始就不知道，把作家分为作家和女作家是怎样一个划分法。关于自恋，我觉得作家肯定都自恋，我也自恋，只是自恋的程度深浅不一吧。太自恋的人可能写的东西就像普鲁斯特这样，自我观照。我不是这么一个人。每个人怎么写，写的东西是不是太自我观照跟他本人的性格有关系，跟理性和感性没有太大的关系。

读者：严老师，我们刚才看到一个网友说，您会不会担心文字变成影像以后，会或多或少失去文学的一些深度，或者在您改编自己的小说里面，有没有这样的例子？

严歌苓：你不能指望影像来保持你文字的深度，影像跟文字起的功用是不同的。不知道有几个人看过《英国病人》，一个电影，一个小说，是最好的例子。影像和文字都是最好的，都是出类拔萃的，它们所担负的功用不同，而且叙述的角度和方式也都不同，我只能给你举出这个例子来说明我的观点。

读者：严老师，您的作品除了最新的长篇我都读过。我有一个问题，像您的《寄居者》和《无出路的咖啡馆》，这些作品比较受企业界和评论界的重视，您现在在读者眼中好像是一个畅销书作家，不再写那些移民题材的书了，是因为您怕远离读者而改变自己的题材，还是说您对待生活没有当初的那种敏感度了？有的评论家说您已经令人遗憾地远离了移民文学的沃土，开始闭门造车进行写作，以后还会有这种题材的作品出现吗？

严歌苓：大家认为《第九个寡母》、《小姨多鹤》这样的作品是闭门造车写的吗？我不认为。像《白蛇》这样的作品也不是移民作品，我觉得它也不是闭门造车写出来的。我觉得不必担心，我离开了移民文学是因为我离开了美国本土，我的环境已经转换了，我们家从2004年开始就生活在非洲，然后生活在台北，现在生活在柏林。我现在写的东西都是一些反思的东西，写的是我离开了美国也离开了中国之后，国内那些记忆当中的故事。我觉得我不写，我就要死，就是那种感觉，所以绝对不是我失去了敏感性。我现在的敏感性不是在移民上，大概我回到美国还是会写移民的。我认为创作一定要自然，没有自然状态就没有原始的原创力。

离开了美国，我要强写美国的故事就很不自然。我到了非洲，写了三个关于非洲的短篇，写了一系列非洲的杂记，这就是我很自然在写。我不由自主地看到非洲的苦难，再联想到中国的苦难，比如说像《第九个寡妇》，这就是一种对比。我想写对比文学、对比文化、对比苦难，在非洲那种苦难的环境里，想到我们自己也有苦难，以及我们是怎样对待苦难的，我想写的就是这样。

读者：我想问您，像《小姨多鹤》、《第九个寡妇》，我感觉好像主要是以新民主主义来写女性在中国的意识当中起到的特殊作用，您把女性的心理和作用，不仅写得文学化，而且写得特别细致入微。我想请您谈一下，您对女性在中国所起的作用，或者说承载的历史厚重感有什么看法?

严歌苓：你这个问题太大了，超过我文学的回答了。怎么说呢，一下子我找不到特别确定的答案，如果回答得不准确，请你原谅。作为我来讲，《小姨多鹤》是写一个战争的故事，写一个男人打仗而女人来收拾残局的故事。我总觉得战争是男人挑起的，是几个男政治家挑起的，但是到最后牺牲最大的是女性。像《第九个寡妇》，因为她没有太多的政治观念、政治是非，所以她就觉得一个无辜的生命是要用最大的代价来保护的。女人很多时候没有是非观念，她的观念就是，如果一个生命是无辜的，我就要保护他，仅此而已。所以我觉得在大的历史动荡时期，女人比男人更加坚韧，更加可靠，这是我个人的一个看法。

读者：严老师，作为一个海外作家，您觉得您的"文革"叙事与国内作家的"文革"叙事的最大的不同在哪里呢？

严歌苓：我觉得要由评论家来讲，我是没有资格来讲这个问题的。因为我很少把自己的小说上升到理论高度来看，我看作品、写作品都是很感性的，没有比较过的，我除了在学校读书的时候比较过作品，现在我已经不会比较作品了，这是很累的，应当是评论家的事吧。

看淡苦难的女人，最美

读者：严老师，我问您一个关于《扶桑》的问题。小说塑造的扶桑是一个历经了苦难和蹂躏的女子，我想问一下，现实中的这样一个女子还会美吗？您这个是超越现实的，里面是不是包含着您的理想主义？

严歌苓：我刚才讲了，扶桑这个人物有我理想主义的成分。我觉得中国妇女对苦难的那种漫不经心、那种平常心的态度使她们美。一个人总是觉得自己在被欺凌，被压榨，被折磨，这个人就会变得越来越不好看。一个人对苦难是不经意的，是慷慨的，这样的人不是怨妇。我一辈子最讨厌的就是怨妇，没完没了地在那儿说，我很惨，我怎么样。我认为扶桑已经从这样的苦难里涅槃了，升华了。《扶桑》这个小说是非常抽象的，所以我觉得这种理解非常个人化，比如这个小男孩看到她能够对苦难有这样的态度，非常震惊，觉得她很美，也许别人看她并不美。

　　读者：我想问一下，您在生活中见到过扶桑这样的女人吗？

　　严歌苓：我到农村生活的时候，或者是我小时候看到的农村女人，一边要饭，一边就袒露出她的胸脯喂奶，就有非常坦荡的那种感觉，我觉得很漂亮，很美。我认为一个不是很在意自己受苦、受折磨的女性，是很美的。

　　读者：我再问一下，"白蝴蝶"那种美和您刚才说的这种美是完全不同的，那么您的审美是非常不固定的吗？您的美感是非常发散性的吗？

　　严歌苓：当然不固定，要看是什么人。如果我把扶桑和王葡萄的美感，放在一个都市的大明星像白蛇或者是名角身上，就会很不真实，要看这个女主人公是谁。

我是一个"烂好心"

　　读者：我想问一下当代的电影导演里您比较欣赏哪一个人，或者是您比较期待和哪一位导演合作？

严歌苓：我期待合作的导演太多了。实际上现在希望都不合作，让我好好地写小说，我应该回归文学。

读者：顺便说一下，因为 1995 年张艾嘉拍了《少女小渔》这部片子，虽然过了十几年，但是无论在台港还是海外，很多学者总结上世纪的华语佳作，这部片子一直是一个教材。前几年，跟张艾嘉老师一块吃饭，说起这个片子，说您当年对这个电影剧本的创作也参与了一些。这部片子是我个人非常喜欢的电影，您能不能讲一下当年这部片子的一些事情？

严歌苓：这个片子当时是李安导演跟我买的，电话里跟我谈了一些修改的事情，后来李安导演接到了《理智与情感》这样一个大的电影创作计划，然后他就把这部片子给当时是副导演的张艾嘉来做。在编剧上，我参与了两稿的修改，后来他们修改得也比较大。只能说这些了。

读者：我的问题是，看了您这么多作品之后，有一个强烈的印象，从感性的角度来说，我觉得您特别关注弱者，您小说的主角基本上都是弱者、失败者。其实您自己作为一个通常意义上的成功人士，您却很少去描绘真正主流的成功人士的生活，您为什么会对弱者特别情有独钟？

严歌苓：因为我觉得我不是一个成功人士，我也不是一个强者，强者具备的很多元素我都不具备。因为我是弱者，我才会单独到一个角落去写东西，我不是主流里面的一分子。我认为我在美国是一个外围的人，在中国也是，而且我被人骂"烂好心"，就是心特别软。在台湾，特别逗，我要省钱，想到地铁站去坐地铁，不坐计程车，我一路走到地铁站，可是路上总是有好几个乞丐，实际上我就把坐计程车的钱给他们了，本来是想省钱，实际上是费钱了。所以人家就讲我这个人"烂好心"，天生就是这样的。

我记得小时候我要给乞丐钱，外婆就说你不能给他们，他们都是骗人的，但是我觉得一个人能拿他们的尊严来骗人，这本身已经是很可怜的了。后来我也跟我先生争，曾经他是一个"共和党"，我跟他讲一个社会总有很多弱者，作为创造财富的人，我们没有办法，一定要带着这些弱者一起走，这是我们作为一个社会人没有选择的一点，接着他就变成了一个"民主党"。

写作很痛苦，但也是最大的乐趣

读者：您认为成为一位作家什么才是最重要的？

严歌苓：作为作家，首先你要去经历，如果你经历了很多，而且发现你有这种灵感，你觉得有话要说，有故事要说，想把故事告诉别人，这就是你能成为作家的一个很重要的因素。还有一点，在你这个岁数，很容易对自己产生自我怀疑，不只是你，我也常常自我怀疑。我在每部作品当中都会有好几个阶段会自我怀疑，怀疑自己是不是有这个才华把这个作品写完，你碰到的情况我想每一个作家都会碰到的。

读者：严老师，您刚才说写作需要天赋，就我观察的话，我发现您和其他作家很不一样，您是事不关己地写这些东西，我觉得很棒。因为很多作家都会加入太多个人化的东西在里面，您好像没有太多个人化的东西，我想知道从天赋的角度讲，区别在哪里？

严歌苓：我也不太知道。我觉得我有的时候是这么想，有的时候是那么想，自我观照很多的人也能写出非常棒的作品，像卡夫卡，因为自我观照到了极致，他能写出这个《变形记》，我觉得他这种自我观照已经超越到一种异化现象。通过观照自己这种被异化的过程，然后想到这个社会，这个世界的异化力量，这就是一个写到极致的有才华的人，这就是一部天才之作、惊世之作。很多人走不到这个高度——把个人的经历升华到概括一种宇宙现象，一种社会现象——常常会让人家感觉非常的自恋。我觉得好作家不是一定要怎么样，一定不能写自己，或者一定要写得事不关己，这都没有关系，这是跟自己的素质、世界观、境界有关的，达不到那种境界怎么使劲都没用，就是这样。

读者：我想问一下，您刚一进来的时候，就说写作是一件挺痛苦的事情，我想问为什么写作会让您觉得痛苦？为什么您觉得它是痛苦的但还是一直坚持？

严歌苓：最大的乐趣是从苦中来的。最好吃的不完全是甜的，比如说辣，痛苦不痛苦？痛苦，但是很好吃。苦，很好吃，苦茶、苦咖啡。最大快乐的东西总是要穿越痛苦才能得到的。写作一样很痛苦，我觉得我每天就像一只上磨的驴，在那儿转来转去，给自己找很多理由，我不必马上进入那个磨道，但是一进去我就知道我是出不来的，我会进入一种着魔的状态，我会写下去。就像我过去一样，我不能穿上舞鞋，穿上舞鞋我知道我不会脱下来的，我会一直在那儿把自己练得筋疲力尽，但是穿上舞鞋之前我天天要想，要找很多理由。所以我常常跟人家说，写作这个东西真不是人干的，但是反过来，我今天写完了，写得很开心，就觉得我是一个小神仙的感觉。这是一把爱和恨的双刃剑，你爱一个东西爱到极度，一定会有恨的成分在里面，恨一个东西一定也有爱的成分在里面。

旧作不叫座，却常常得奖

读者：严老师，您早期的文笔是高屋建瓴，曲高和寡，跟现在有一些区别，现在的文笔更加亲民了。我想问您文笔的变化是自然而然地变的吗？我特别想知道，您还会写像《扶桑》那样抽象的作品吗？

严歌苓：我的读者群是由各种各样的读者组成的，我不可能让一部分读者满足，另外一部分读者也满足。很多读者告诉我，我们更喜欢你现在的作品，你过去的文章我们没法看，读不懂。那个时候我基本上每年都得奖，因为奖项都是学院派的学者来评判，我就希望在形式上和内容上都有一个特别大的突破，有特别不一样的一种写法。后来我到国内，人都喜欢被人喜爱，作为一个小说家，比如说《第九个寡妇》卖了十几万册，我觉得很开心。人是可以被环境改变的，被读者改变的，所以很诚实地告诉你们，写《扶桑》这样的东西我是要绞尽脑汁的。现在这种写实的东西，我反而是非常轻松就写下来的，但是很讨好，不是每个人都像您一样可以读非常高深的作品，大部分的人都喜欢《第九个寡妇》《小姨多鹤》。因为《扶桑》这样的作品在大陆不是第一次发，我1997年就在大陆出版了，没有人看，还有一个退稿了。《人寰》这样的作品，我在海外得了这么大的一个奖，得了一百万的文学奖，拿到大陆也说我们根本不知道你在讲什么。有的时候常常会碰到这个问题。

当然这些都是跟读者、学者的碰撞，很有意思。好在我不是老写《扶桑》，我可以变。我回答你刚才的提问，我可以再抽象，因为我写《人寰》以后，我爸爸说，很好，已经写到高处不胜寒了，抽象得可以了，你应该往回找补找补，应该想想怎么样写一些写实的东西，写细节的。我爸爸在我小说的技法和走向上总是给我意见。一个人的一生总是在不断地实现,不断地实验。毕加索就变了很多次,每一个活得很长的人都变了很多次。我爸爸总是跟我讲,你这个作品又有一个倾向,你不要再走极端,否则走得太远了。我总是很听他的,因为我觉得我爸爸眼光非常好。我在学校学了几年的科班小说写作,最好的一点就是,世界上有很多种小说技法我都学过,都实现过,各种样式的小说我们都必须要写一个模仿本出来。

读者:我第一次读您的作品就是《金陵十三钗》,几乎在同一时间我又接触到华裔作家张纯如的《被遗忘的大屠杀》,而且那段时间又去了一次南京,参观了南京大屠杀纪念馆。两部不一样的作品,但是都会给人一种反思的作用。我想问您的是,张纯如的《被遗忘的大屠杀》对您创作《小姨多鹤》和《金陵十三钗》有什么影响,以及您对她作品的看法。

严歌苓:我是很佩服张纯如的。我们在美国举行南京大屠杀图片展览和集会的时候碰到,第一次她说她在准备写这个东西,第二次她说她基本结束了,后来我就听说她自杀了,好像精神抑郁得很厉害。我觉得一个人不断地在追索这样的东西,可能整个人会非常失望甚至绝望,我觉得她的自杀可能跟这个有关系。我在写完以后看了她的作品,我觉得她对我的启发是宏观的,对于日本人怎样从武士精神一直到南京大屠杀这样一种民族演变,我觉得我有了很深的认识,所以应该说有很大的帮助。

表述准确比漂亮、传神更重要

读者:我特别喜欢您的小说,您的小说有很多漂亮的比喻,还有动词都用得特别传神。我想问您，您的这些句子是自然而然、水到渠成的，还是绞尽脑汁想出来的？这种对于文字的敏感度和语感是天生的，还是后天培养的？

严歌苓：我觉得要多听民间的谈话。我觉得最幽默、最传神的第一是四川人，第二是北京人，然后每个地方都有非常非常传神的说法。还有就是看好作家的作品，有先天的对语言的敏感，也有后天自我的训练。我觉得第一遍进入脑子的东西不要轻易把它写下来，要再想一想，还有其他的方式表述吗？把几个表述写到纸上，然后写下你最满意的那个，现在有电脑了，我觉得更好了嘛。我没有诚心想写出漂亮的表述，我希望我的表述是最准确的，准确比漂亮、传神，比什么都重要。应了那句话，我有一次跟美国的一个作者参加文学节，她说听起来很容易，但是准确是最难的。

读者：我想问一下如果除去在海外的一些收入，在国内这些出版可以维持您现在的生活吗？可以谋生吗？

严歌苓：我早年在美国和台湾的出版社出版，不断地得奖，每年都有一笔很大的奖金，后来我成为好莱坞编剧协会会员，编剧也是有收益的。现在我觉得我已经活出来了，我已经可以靠写作谋生了。当然谋生和奢华是不一样的。

读者：那是在海外，在大陆呢？

严歌苓：在大陆，我现在吗？我可以谋生，因为书卖得还不错。

读者：我在初中的时候就开始看您的作品，我本身是学英文的，我知道您有一本英文的作品就是《宴会虫》（又译《赴宴者》）。您平时的作品，在描述很苦难的一些细节的时候，会有一些很轻松不乏幽默的成分在里面，但这个作品翻译出来，跟您以往中文的作品有一些抵触，感觉不太一样。我就在想，您以后会不会有一些英文作品，对其他国家的读者会不会有一些迎合，在成分和内容上会否有一些损失，您怎么来平衡？

严歌苓：在翻译作品当中，无论从中文翻译成英文，还是英文译成中文，都是有流失的。因为各国的语言，特别是中文，和其他语言当中的那种不可译性，中文是特别独特的一种语言。有没有迎合？怎么说呢，没有百分之百的激情和诚意，小说是写不好的，所以你迎合是没有用的。我只能说一点，就是说我的英文肯定不如中文这么老辣，这么随心所欲，英文总是要受一定的影响，就是说受我英文能力的影响。我先生和他的朋友说我的英文是很地道的，我总是很刻薄地在调侃一些事儿，与其这样，我还不如用在我的小说创作里，所以我就用这个喜剧题材写了我的第一部英文小说。

《烛光盛宴》里的"大江大海"

——一个家国历史下的三代人及其他

一 ⎯⎯⎯⎯⎯⎯⎯⎯⎯⎯⎯⎯

书写一个家国历史下的三代人

蔡素芬：首先谢谢各位到这里来。可能对大部分读者来讲，我是很陌生的。我个人出书的经验，过去大概保持两年一本。自从十年前，升为报纸文学副刊主编之后，就几乎没有个人的作品出来了。去年在台湾出版了《烛光盛宴》，可以说是在当编辑的过程之中，一边阅读别人的作品，一边思考自己的小说创作之后的一本结晶。

这本书的书写有一个和我过去的书写不同的地方，就是我把时间拉长——小说的背景大概有 70 年的时间，写的是两岸分离的过程。1949 年随国民党到台湾的这些军人们，他们在眷村落户之后怎么和台湾的文化做一个交流。我刻意地希望把历史的部分用小说的方式进行呈现，但是因为时空拉得很长，历史又很复杂，所以小说用三个部分的方式做了一个交叉叙述。这种有关历史的故事，写到四五十万字都有可能，但我不想写这么长的小说。在预计二十几万字的范围内，我就想怎么样让它呈现整个故事，怎么样把历史的面貌呈现出来，而且又很生活化，所以我就设置了三个时空，用跳接的方式让故事去串联，力求呈现出作品整体的面貌来。

乍看大家可能觉得这是一部爱情小说，但这样一部小说还有其他的部分，用什么样的观点和什么样的背景去陈述和处理爱情的存在，这才是小说高明的地方。所以在书写的时候，既然爱情是一个形象，就要把这个形象做得和其他小说不一样。有人很好奇："烛光盛宴"是什么意思？这里面的三个时空，（其中）有一个时空，我设计了一个像菜单一样的场景，这几个菜出来的时候，都是一对男女在谈情说爱，这是第二代，年轻的一代，他们代表的是新时代生活价值观的不同。所以这一段谈情说爱的片段，刻意和第一代做得不同，这一代里的文字叙述腔调也是不同的，但这是我的另外一个组织——非常重要，没有这一部分，小说就会失去张力，就会只是一个陈述历史的东西。

这一部分还有另一个目的。在中文小说的书写里，处理到情欲书写的部分，我的阅读经验发现，比较浪漫、唯美的情欲书写比较少，可是我觉得中文小说应该用不同的角度去写情欲，所以我在书里面的文字比较缠绵，比较注重细节部分，这是刻意地希望透过这本小说弥补中文小说写作中比较缺失的部分。

整个小说另外一个主轴是书写者，她平时为了赚取生活费，为了金钱的目的，为企业家写传什么的，纯雇佣的关系。书写者接受了老太太类似回忆录的工作，（开始）她把记录回忆仅仅当工作，用录音记录本可以把书在几个月内就写完，但是这本书她写了好几年，因为在这中间她和老太太的儿子发生了恋情。因为爱情的存在，才让书写产生了质变——从一个很技术化的工作关系，变成了书写的热情存在。正因为这个热情的存在，从而使书写者可以去探究比她表面所看到的老太太的生活更深刻的本省文化和外省文化的交流，怎么样产生恋爱关系，以及怎么样靠近这两位第一代人的人生，怎么样去叙述过程。当然，小说有灵异的部分。最终，以这三个女人的故事铺开来讲家国历史的故事。这对我来讲是有困难的，是诠释的角度，我需要尽量做到客观，我希望站在一个书写者的立场，对历史上曾经发生过的事情予以澄清。小说毕竟不是纪实，而是虚构的。纪实和虚构之间要传达什么，让文字产生一种美感，让阅读产生愉悦，所以这是一个跟目前台湾小说的写法比较不同的地方。另一方面，是要注重故事性。为什么这本书刚开始出来就讲"历史的盛宴、故事的盛宴、爱情的盛宴"？读者在开始的时候可能不知道作者要写什么，因为有三个时空的跳接，但我在后面慢慢会交出答案。用侦探的方式去写，带动阅读的乐趣，这是我这几年读台湾小说的心得。因为我觉得台湾小说的发展是非常多元的，一般人是不愿意再在故事上去打造的，或者说，用故事的书写是末路的，已经很熟悉了。而从内心发展去做一种观念上的铺排，在小说上做观念上的铺排，做思绪上的涌动，这才能让小说的阅读进入另外一种境界。我想再试看看阅读故事的乐趣在哪里，所以我选择了这样的方式。太详细的部分我这里不会讲太多，因为这个应该是保留给读者的。

二

《烛光盛宴》是本好小说

凤凰读书：对于林佩芬大家应该也很熟悉，之前没有读过她的书的读者，也应该看过她写的电视剧——陈坤主演的《故梦》，下面请林佩芬老师对《烛光盛宴》做一个评述。

林佩芬：作为一个读者，我今天能够参加这个盛会感觉非常荣幸。素芬是我的老朋友，也是我的"狗"亲戚——我的小狗在她家寄养了几个月。我昨晚一口气把她的小说读完，今天第一时间和大家报告我的阅读心得，也是一件很高兴的事情。

昨晚我读完很感动。除了纯情的爱情，让我感动的还有在大时代的动乱过程中人与人之间的友谊。人和人之间的情谊使得他们在非常困难的时期互相帮忙，在经过动乱的时候互相扶持和影响。白泊珍和她的同学桂花一起到台湾之后，大家在陌生的环境中情同姐妹，寻找安身立命的所在。桂花去世了，白泊珍把她的孩子当做自己的孩子照顾、抚养，这非常让人感动，这是另外一种爱情，这是友谊。在动乱时期，人身不由己，在颠沛流离到外地去的痛苦中，产生人性的光辉是支持人奋斗下去、活下去的重要力量。透过素芬的小说，虽然她谦虚说这不是史实，但我觉得这是台湾眷村史的微缩，只是透过一两个小人物的生活来展开。刚到台湾之后，她们只能靠变卖随身携带的黄金来生活，之后脚踏实地地做小生意，建立自己的家园。素芬描写泊珍去卖瓜子，慢慢地积累，终于打造了自己的品牌。这有一个象征的意义，和我小时候的经历很相似，台湾的社会怎么从贫穷到小康到富裕，这是我从童年、青年到中年的心情，我也是从一个贫穷的社会慢慢到小康社会的过来人。我看到她的叙述，觉得这是对历史真实的记载。

文学的优美是综合的。这是一部非常优秀的文学作品，但这样的史实，让一样生长在台湾的我深受感动以外，也让大陆的读者了解到1949年迁台的大陆人如何含辛茹苦地在异乡建立自己的生活。她所描述的白泊珍和菊子之间的感情，其实她们本身是有语言障碍的，但渐渐也产生了非常特别的感情，亲如姐妹。海峡两岸的中国人在相处过程中产生了某种情感，也在消除相互之间的隔阂，这在人性升华上有非常重要的意义。书里的人物不仅是 1949 年从大陆到台湾去的人们，还有在台湾土生土长的甚至是在日据时代出生的人，是两族群在大时代的故事。这样的作品将会是历史文学上非常重要的、让大家受到感动的好小说。

我用"好小说"这三个字，非常直接地表达了刚刚阅读完的心得。我希望读者朋友在阅读之后，除了"好小说"这三个字之外能够有更多的美好的形容词。

三

凡是尽心尽力地观察，做一个小说都是可行的

凤凰读书：佩芬是有成长的经历，你是台湾本埠人，怎么会用这样的背景写小说？

蔡素芬：小说的书写者并不限定她是哪里人就应该写哪个类型的小说，我不认为是这样。如果从小范围来看，我是在台湾南部的一个小村落出生的，我的童年在那里。从大地方来看，我也是出生在台湾，对台湾的社会很喜欢。我在台北念书，在台北工作，也算是台北人。出生的地方是我的文化，成长的地方也是我的文化。我观察到的人，我接触到的人，这一切都成为我写作的养分。

今天谢谢佩芬，她昨天很辛苦，读到天亮。佩芬是很优秀的历史小说作家，我很高兴今天她能够在这里。在北京我不认识更多的朋友，而她在这边住了几年，所以出版的时候，我寄了一本给她。佩芬的背景和我不同，这个不同，对我来讲，是我有台湾本土的身份，我接触的是跨省籍的。不同省籍的生活我略有所知。眷村的小说是以眷村为

主的，我刻意不要这样。因为既然已经有那样的眷村小说，我们现在需要的是外眷村文化和眷村之间的接触，我是一个没有眷村生活经验的人，但是我和眷村有接触。所以，凡是尽心尽力地观察，做一个小说都是可行的。

凤凰读书：我们知道作家写小说的时候，并不是凭空的，要到处寻找素材，去调查，这本小说有怎样的寻找经历？

蔡素芬：有的。刚才讲到瓜子那一段，我听说有这样的事情，在眷村里自制瓜子去贩卖，我很奇怪眷村怎么能做这样的营生，我就去调查。后来得知，虽然有法律规定禁止这种贩卖方式，但是法也管不到，可以这样做。我去调查瓜子怎么做，一方面是请教，一方面是查文字资料。我因为写书才了解，做瓜子的瓜子和吃西瓜时所余下的瓜子是不同的，我原来以为是一样的，经调查后才知道有一个西瓜品种是专门用来做瓜子的。每一个部分都是需要做调查和了解的。

凤凰读书：佩芬在写作当中有没有什么素材是要去调查的？

林佩芬：我的历史小说不在这个里面，但是我很愿意说到眷村做瓜子的事情。我小的时候，曾经自己到眷村去买榨菜、四川的豆瓣酱和辣豆腐，很多四川人家的妈妈在这里做副业改善生活，这就传播了四川的饮食文化。山东的妈妈们做大白馒头，我也好喜欢。在眷村的生活，让我接触到不同的语言，品尝到不同的饮食，给我很深的印象。我妈妈是上海人，我是讲上海话长大的，但是我到四川妈妈家，我可以学到四川话，吃到四川的东西。我到山东妈妈家里，那个馒头我妈妈不会做，我好想做这家的女儿。人的感情是慢慢培养起来的，刚开始可能语言不通，但是饮食的吸引啊，人和人之间的情谊啊，到了人家家里喊"张妈妈、李妈妈"，一个家里做了馒头，其他小孩也可以来吃。除了书本以外，生活上的回忆是很直接的，已经在脑海里留下了深刻的印象，只要努力回想一下童年的生活就可以找到题材。对于作者和任何有兴趣写作的朋友来说，童年生活就是很好的小说，大家回想起来都是温馨、亲切的。像素芬写的大时代，在很多地方又要借助于非常用功的读书，包括她描写的 1949 年的颠沛流离这一段，我们不可能亲身经历过，要求助于深厚的学养，要借助很多学者历史学方面的材料。幸亏我们海峡两岸出了很多历史方面的书籍，在这方面素芬运用得非常灵巧。

弥补"情欲书写"的缺口

凤凰读书：素芬写这本书用了十年的时间？

蔡素芬：所谓十年是这本书一直在往前走，小说的计划 2000 年就有了，因为从事编辑的工作和照顾家，在写作上就一再拖延。但这十年的时间，其实是九年多，我采取的态度是尽量多阅读作品。我是一个编辑，我阅读小说，阅读翻译的作品，这一段时间读得比以前多些。规划这本书的时间、想的时间比写的时间多，所以时间才拉得这么久。这九年间，总是从现实回到小说，很受折磨。我在 2009 年的时候，一定要写完，不然就失去了这个感觉。这九年多，小说也陪着我过了九年多，老想着小说的情节。这是一个很特殊的经验，出版之后就解脱了，我可以写其他的了。

凤凰读书：一本小说你写两年和写九年，读出来的感觉会不同的。

蔡素芬：你们读之后会不一样吗？

凤凰读书：无法预料，不知道写两年是怎么样的。

蔡素芬：写得慢和快可能会不同，大方向会相似的，但是一些细节和情感的运用会不同。我的另外一本书《盐田儿女》是一个半月写的，十六七万字。那个时候是因为没有工作，可以天天在家里写。但是后来是以工作为重，因为工作每天都是要进行的。一本书写了九年多，心情一直回到那一本书上，是有一个坚持。这样的题材和人的情感是非写不可的，我心中有信念，一定要写完。我相信前面和后面的笔调，仔细的读者会看到不一样。前面我是写得很慢的，像刺绣一样，我希望在文字上更精准。后面不能说失去了句子的味道，但是我比较放开了，后面的情节开始熟悉了，所以不像前面花那么多的时间慢慢磨句子了。情节大纲确定，后面就是收尾了。人坐下来的时间有限，最后完成的那一刻，大概一个礼拜就把后面的两三章写出来了，我心中觉得像放下一块大石头。

凤凰读书：今天早上一个电视台的制片人聊到这本书，他说一开始就有关于情欲这方面的描述，你自己刚才说要用唯美的方式去书写，可以给大家解释一下吗？

蔡素芬：因为我在读文学作品时注意到，无论是大陆的作品，或者是台湾的作品，情欲书写都在某一个时期受到重视，尤其台湾大概在 20 世纪 80 年代末、90 年代初的时候，情欲书写是一个主体。但是我读了之后找不到感觉——太过于感官和太过于直接的情感发泄了，我一直觉得不对。这只是个人在阅读上的渴望，我渴望要读到什么作品，因为没有满足到，我在写的时候，就需要去补这方面的缺口。

有一次和朋友聊天的时候，朋友说，你不会做情欲书写。因为她看我过去的作品都是很单纯的，基本不去碰这一块。我不是不会写，只要努力，即使死亡都是可以写的，只是你要不要把情欲的书写当做写作的主业。但是在这本书上的运用，我就发挥我的想象、我的理想，比较注重性、灵的结合，用灵的部分去引导性，试图用文字去表达。其实它有它很保守的部分，我没有慢慢地把情感铺排下去，而是用情感的转移去描述那个部分。我是尝试来做的，不知道读者能不能接受。

英语系作家看中华语作家的水准

凤凰读书：您之前去多伦多参加了国际短篇小说会议，作为一个资深的编辑和作家，有什么可以分享的？

蔡素芬：我上个礼拜去了多伦多参加短篇小说会议，这是国际性的，今年在加拿大办，将近有 20 年历史。这是它第一次邀请亚洲的作者参加，而且也邀请了台湾作者。这本身是英语系作家的会议，为什么要邀请台湾作者？因为会议主任去年到台湾访问几位作者，发现台湾小说很丰富，就邀请我们去参加这个会议。我们去参加会议，有 25 分钟的时间用英语朗读我们的作品。朗读在英语国家是非常常见的做法，特别是新书发布的时候，朗读之后，和现场的专家、作者交流。

这个会议给我的感觉是我们有能力这样做，而且也可以让西方世界更了解中文写作、中文的作品。尽管我们是跳过翻译——很多作品都是现翻译的，参与会议的学者和作家读到中文的作品，都感觉到不可思议。因为这是一个中文的生活环境和社会文化，对他们来说是很陌生的，有一种冲击。这是一个开始。这个协会因为我们去了之后，就对亚洲的作者很有兴趣，也许明年就会邀请除了台湾之外其他地区的作者去参加。

四 ----------

与《大江大海 1949》相比，抽离复杂，发展精粹

读者：我算是比较幸运，在一个月之前就读到了这本书，一口气读完了，很喜欢。我很明显看到里面有三条线，一开始正如您所说比较模糊，但到最后面，有一条线就是写情欲的，我觉得虽然写得很漂亮，但是我不太明白在这本小说中到底起到什么样的作用，好像有点多余——就是那对现代的男女处在最边缘的故事。

蔡素芬：他们的恋情在书里有一个很关键的点。这本小说刚开始，一个书写者就是接了一个工作，她开始没有感情，就是为了工作。但是她最后完成她的书，这个热情是因为有爱情的存在，她能够用爱去完成这本书。另外一个象征是第一代他们有算计——为了生活有现实上的算计，可是第二代的人生命运已经不是这样子了。第二代虽然也有现实生活的算计，但是他们有情感的部分。他们的人生重点在于生活价值观、对物质的看法、对工作的看法、对彼此之间情感上的计较。如果要说到利害关系的话就是这一点，我是用对比的方式。而且我不赞成小说写得太明白，所以有一部分是需要自己去琢磨的，要留下一个思考的空间给读者。因为写得太白的小说，我会认为太简单了。太白了之后，缺乏文学上我们希望存在的东西。我希望读者看到小说，内在是可以有思考的、延伸的。这个反映不仅仅是你有，之前有的读者也有这样的看法，每个人的阅读经验不同，每个人看到可以让它延伸的点不同，那种突兀感的对比是可以接受的。男女的这一段和另外一个主轴的腔调是不同的，语言策略也是不同的。小说总是需要一些突破，需要一些尝试，我也是故意用一种尝试的方式去写的。

读者：我还有一个可能不是问题的问题想对您说，就是我读到这本书的时候很自然地联想到龙应台的《大江大海1949》。相对来说，我更喜欢您的《烛光盛宴》，感觉更接近读者，而且也更关注一些普通人，特别是女性，更能够打动人一些。

蔡素芬：在台湾也有读者这样和我说，也有读者说，希望这本书能够有更多的宣传。因为《大江大海1949》的宣传力量是很大的。《大江大海1949》是以一种散文和报道的角度来写的。你说它是纯报道吧，也不是，有个人的生活经验，以散文的形式对整个现象做一种呈现，而且有观点在里面。但是小说是转化，背景很复杂，写作的时候要去把这些复杂的元素抽出来，把精粹的部分发展成一个可以阅读的故事。刚才佩芬讲1949年之前的一些历史史料，我确实必须分毫无差地去研究哪一天发生了什么事情，这个事件是哪一年发生的，这些历史事件确实是要符合史实的，而情感的部分就是铺排。

作家要追求真理与真诚

凤凰读书：接下来有没有打算把之前的小说《盐田儿女》在大陆出版？

蔡素芬：我不晓得大陆读者会不会有兴趣，我和出版社在商量。

凤凰读书：我们现在看到很多台湾的电影或者一些其他作品，本地特色非常明显，有的在台湾反映非常好，但是在大陆叫好不叫座，有没有担心写作上会有这样的情况？

蔡素芬：这我不太担心。我关心在这一块土地上的人的生活是怎么样，将来会怎么样，在目前这种状况下，人们过去、现在和未来是什么状态，我只能思考这个部分。至于呈现出来的作品在不同的文化圈引起什么样的反映，作者不去透露这一部分。可能会产生不同的反响，在十个不同的文化圈里引起的反映可能会有两个是很好，八个不好，或者八个很好，两个不好，这和文化的不同是相关的。作者就是展示本地的个性、文化和情感。我自己赞成这样做。我们读了很多翻译的作品，我为什么要读呢？小说就是表现人性的作品，通过作品，我可以了解这个国家人民的生活、想法及其文化，甚至它的风光、它的电影。我喜欢很多作家，但是过去这二三年来我比较用功读的作家是帕慕克，我对他很有感情，对他描写的伊斯坦布尔很有幻想。我去那边旅游，就想走他描写的街道、他走过的街道，这是和描写相关的部分。即使你去写台湾，大陆的读者或者其他地方的读者，读到这个作品会了解台湾，作为一个作者，这是一种光荣。

凤凰读书：最近帕慕克的作品《纯真博物馆》，您读了吗？

蔡素芬：没有，还没有看到翻译的。

凤凰读书：大陆出了。作为台湾作家，有没有一些台湾的作品推荐给大陆读者？

蔡素芬：我曾经有一年的时间，把眼睛都看花了，为了选取台湾30年来30位小说家的代表作。都是日据之后出生的作者的作品，从四五十位作家中精选出30位小说家的可以称为"精华"的小说，叫《小说精英30家》。

凤凰读书：大家可以尝试从网上找找看。

蔡素芬：现在作家各具特色，台湾的作家畅所欲言，我个人是很佩服的。因为不管是写对整个社会的焦躁，或者写"同志"的感情，或者是处理家国身份，就题材来讲也是不断在尝试、开发。

穷，以及经验匮乏

——漫谈香港写作经验

三地的文化差别

凤凰读书：今天，我们的嘉宾梁文道和骆以军先生将谈谈港台作家的写作经验，以及他们的个人心得。

梁文道：两个人，两个地方的状态。骆以军最喜欢讲经验匮乏，而我比较喜欢讲"穷"，但是"穷"了之后"工"不"工"就不知道了，反正"穷"是肯定的。我们两个分别先谈半小时，之后我们之间可能有一些问答和对谈，然后再邀请大家一起参加我们的问答对谈。

我先来讲一下什么叫做"穷"。其实我认为人要穷是很容易的事情，要有钱那是很难的事情。从来"穷"不是什么太大的问题，这是很正常、很常见的事。但是刚刚我跟以军来的路上聊，讲到以前我们在香港所谓"穷"的那个经验是什么。

香港浸会大学邀请骆以军任 2011 年驻校作家，所以他最近一阵子正好在香港住，有两三个月的时间，在那儿写作，做一些演讲、授课等等。他刚刚说他住在香港一个叫大角咀的地方。大角咀，大家一定不会知

道是什么地方的——我看到有人点头，居然知道，太奇怪了。大家最
清楚的就是港岛，对着它的是九龙半岛，九龙半岛后面是新界，九龙
半岛上面有一个没落掉的老工业区就是大角咀。今天的大角咀看起来
是个有点破旧的地方，跟香港给人那种光鲜的典型印象不太一样。骆
以军就住在那儿。

　　他刚刚跟我提到一件事，他住的楼下是一家茶餐厅——我相信北
京的朋友也应该知道什么叫茶餐厅，北京也很容易见到茶餐厅，不过
我可以很负责任地告诉各位，我在北京几乎没见过真正的茶餐厅。因
为我在北京看到的茶餐厅都太漂亮了，跟今天的北京一样，但香港的
茶餐厅是更脏、更乱、更吵、更市井的，不会开在那么好的商场里面。
骆以军说的那种茶餐厅应该也是这种状态。他就在那个茶餐厅的门口，
在一张供神的桌子上面写稿，写他的新小说。那个桌子是香港很常见的，
一个小案，上面放些水果、香、蜡烛，供一个神位，你们知道供的是
什么？通常是关公。在香港大家都爱拜关公，做生意的拜关公，干警
察的拜关公，每个警察局都有个关公的灵位，黑社会当然更要拜关公。
拜关公是香港的一个全民运动。

　　前几天我们俩在北大做一个活动，主要是他演讲，我帮他做一个
开场的介绍和结尾的总结。提问环节有一个同学问："你怎么看香港、
台北跟大陆的文化分别？"我记得那时候我非常简单地答了一句话，
那句话听起来有点像开玩笑，但是起码从我的感性认识上我觉得是真
的。一般台湾人给人的印象是说话会比较温暖、温情脉脉，这种温情
在很多地方都能看到。比如我常常开玩笑，台湾那个唱片 CD——我
看到在场有很多年轻人，大家大概都不知道什么叫 CD 了吧？哦，还
知道，在博物馆见过对不对？台湾 CD 的盒子里面有小册子写歌词什
么的，拿出来塞不进去的，为什么呢？因为它太厚了。为什么太厚？

因为通常你看到的不仅仅是歌词，歌手很喜欢拿笔写录这首歌时的心情。大陆是怎么样呢？我常常在大陆碰到一些年轻人说话气宇轩昂的，一看就觉得他是充满大志的，就是"天将降大任于斯人也"的那种状态，这种状态发展到最激烈的程度会是怎么样的？我亲手接过一张北京的朋友给我的名片，名片上面印着"京城五大才子之一"。我很想问他另外"四大"是哪四个，但是这个想法一闪即逝，我不好意思再追问。这是我印象中的北京。北京的艺术家也都很能说，说自己在干艺术，每个人都清楚地意识到自己在做一件很伟大的事情，是要载入史册的东西，就算不是，他也要说是。那香港的情况是怎么样的？香港就是一个非常冷的、非常低调的，或者是非常自卑的状态。香港所有的作家都不会称自己"作家"，因为我们觉得一旦叫自己"作家"，就觉得很丢人。那个丢人不是真的看不起作家，而是觉得一个人怎么能够叫自己作家呢？"家"啊，你成"家"了吗？所以我们艺术家也不叫自己艺术家，我们更不会说我们是"港岛五大才子之一"，这种话从来不敢讲的。香港写作的人称自己为"文字工作者"，艺术家称"艺术工作者"。总之是要把自己贬到一个非常角落的地步，我们才觉得安然和舒适。这是香港，它很冷，艺术家也不太会说话，不会形容自己的作品，你问他这个作品的意义是什么，他不会跟你讲他在艺术史上将会有什么样的地位，他通常会说，我这个没什么意思，我做着好玩的，尽量希望做一些人家看不到的东西。

　　我再举一个例子。我年轻的时候也学人家搞观念艺术、行为艺术什么的，有两三年我真的是在做这个。我有一些朋友做了很多计划，比如有一阵子我们印一些荧光的贴纸，很小的一张，就是在夜晚如果有灯光闪过它会有荧光发出来，黄黄的，不是很亮。有一天晚上我们好像是在弥敦道，我都忘了，太久以前的事了。这个弥敦道是一条街，两边还有树，你知道香港很多街道没有树对不对？这条街有行道树。我们在树叶下面贴这些贴纸，到了夜深的时候，从十二点、一点，到天亮这四五个小时中间，如果你经过这条路，你就会发现街的两旁好像有好多萤火虫。你明白我的意思吗？就是香港市区里面居然有萤火虫了，我们觉得好愉快。第二天这些东西被人发现了，香港的公务人员聘请清洁人员把它们全干掉了，所以只存在了四五个小时，这件事在公开场合我好像只说过几次。我们几个朋友自己掏腰包去干这个，事后没有跟任何人讲，我们也不想说，没有写评论，没有拍照片，也没有录像，因为我们只是要做一些别人看不到的东西，我们要做一些几乎没有人会发现的东西，它只存在了一个夜晚，甚至五六个小时，然后它就消失了。其实今天我跟各位讲我都会觉得羞耻，我们不应该把它写出来，告诉别人这个作品有什么意义，它在艺术上试图达到什么样的突破，不，我们不谈这些，我们要做的就是让自己做一件我喜欢的事，最后消失。我为什么突然讲这些，就是因为我觉得消失与冷酷，与卑微、微小，或者黄碧云小说常喜欢用的字眼"安雅"很贴近，甚至是我们的自我定位、自我钟情的一种文化感性。人家印象中的香港文化界就是这样。

梁文道的茶餐厅经验

梁文道：接着说骆以军住的地方——大角咀。在那不远处有另一个地方叫太子，也是一个很衰落的社区，有一些老工作坊，做铁、做螺丝钉、修补电器之类的。我们另一个好朋友叫董启章，是一个非常好的小说家，以前就住在太子，他家就是干这个的。再走远一点点就是旺角，没去过香港的人也会听过这个地方。我以前是常混旺角的，原因很简单，因为旺角有很多书店，也有很多色情场所，后者跟我无关，但是你很难不跟它发生关系。为什么呢？因为香港都是"二楼书店"嘛，其实现在已经不是二楼了，好多书店都在七楼或者十三楼。那为什么叫"二楼书店"呢？因为香港的书店几乎不可能在地面上租到一个铺面来开书店，为节省资金，书店都要开到楼上，而且书店的空间很窄很小，因为地租价钱越来越贵。我们文艺青年都要去那些书店找书看，而去那些书店必然要经过很多那种色情场所。旺角那条街太热闹了，满街的人，声音很混杂，地上脏脏的。现在最多的当然是大陆的游客，两边都是电器行，很多游客在这里抢 Ipad2，抢 Iphone，最新的情况是大家去抢奶粉。也有些外国人。外国人在这边很奇怪，他们喜欢站在街道最中央，为什么？因为他们要拍照，他们这辈子不会见到这么多人。我把旺角理解为不是几条街，它其实是往上空发展的，它每一座楼都是一条垂直的街道。为什么呢？比如人家要来香港就说好难找到咖啡厅对不对？其实旺角是有的，但是你要搭电梯到七楼或者是八楼，中间经过的都是些很古怪的小商店、小公司或者色情场所、理发厅等。你要把旺角的大楼想象成竖起来的街道，你在一条街道上散步的话，你是从一个地方走到一个地方，是漫游的眼光，但在旺角走这种垂直的街道，你的眼光是一开一关，每一次都是一刹那的、瞬间的、直接的。啪，一开，好漂亮这马子，然后上面一开，哇，这个老婆在赌马，然后一开，这个怎么样……我们那时候常在这些地方买书，还教书。旺角可以教书吗？旺角有学校，现在有一家学校还在，叫华夏书院。香港 1949 年后有民间书院的传统，最有名的也许就是新亚书院，在座的可能听过。华夏书院是那个时期的书院之一，它们是干吗的呢？白天就是一些老人家穿着那种我们亚热带地区很喜欢穿的白色、透到两个乳晕都看得到的那种汗衫，挂着一笼鸟，在那边抽烟、看报纸、看书，晚上就会有人来上课。上什么课呢？各种文史哲的课程。附近有另一家书院叫法住书院，我曾经在那边教过古希腊哲学，来听我讲的人都是一些怪人，一些老头子，听我讲亚里士多德，整个状态很古怪。我们同学或者朋友挣到一些钱就会到附近的书店买书看，因为书店都在那里。买了书想翻一翻，教书前做最后的准备或者有时候下午写稿，我们就在茶餐厅。

我最喜欢的一个茶餐厅在女人街，是专卖假名牌的，有点像北京秀水街的一个地方，但是非常破烂，人非常多。我很喜欢那个茶餐厅，我们有一帮人老在那边聚，不是故意的，是偶尔碰到的，大家常在那边写稿或者读书。

每个礼拜二和礼拜四是赌马的日子，黄昏的时候有一家电视台会直播赛马的过程。茶餐厅有电视机，白天的时候会有人来看股票新闻，下午的时候就是来看赌马的新闻，晚上就是看赌球的。这时候整个茶餐厅的人会变得非常激动，都是一些社会的底层或者中年人。现在香港年轻人不赌马、不赌球，所以赌马的人变成了中年以上，尤其是老人的娱乐。再晚一点会有一些附近收保护费的黑社会过来，穿着拖鞋，都是小混混，不是大哥，大哥不会来这种地方。抽烟，满嘴粗话，就像电影里面的古惑仔那种。不过我看了那么多年真实的古惑仔，还没看过有郑伊健那么帅的，所以大家不要以为这是真的。

但是这些人之中也有一些人，比如吕寿琨，是香港现代水墨画的一代宗师，影响了台湾和香港的现代水墨画。他最早受蒙德里安的影响，后来受极简主义的影响，把那个影响带到水墨画，是个观点很前卫的水墨画家。作为一代水墨画宗师，他日常就是穿一条短裤，一双拖鞋，也赌马。他在一个公车站工作，最初是开公车，后来是管理一个车站的站长，但是没有人知道他是所谓的一代水墨画宗师。有一个我们很喜欢的诗人叫阿岚（音），他的年纪很大了，诗写得很好，他写的诗今天大陆很少见，其实他是非常"左"的，写的是社会写实主义。他的职业也是开公车，做公交司机。我们那时候画漫画的叫阿高，我在节目里也提过他，他是个漫画画得很好的人，是做地下乐队的，是个低音吉他手。他日常的生活其实就在大角咀旁边一个面包店里烤蛋糕。

我们在这样的环境里读书，比如读唐君毅先生的《说中华民族之花果飘零》，读《佛性与般若》，读钱宾四先生或者一些很前卫的作家的书。当年朗天的爸爸他们那一辈，写那种他们觉得很前卫的小说。20 世纪 50 年代的小说也够怪的，一本小说中间九页是空白的，大家都以为印错了，其实不是，他是故意的，他觉得那九页空白代表的是后羿射下来的九个太阳，那是 50 年代的东西。

那些在香港注定消失的零零碎碎

梁文道：这就是我的香港，这是我所爱的香港。这里的艺术家或者文化人不会像在北京，有个地方、有个圈子大家混，大家都往那儿去。我们是分散在城市的不同的角落，混迹于三教九流的人中间，在那个环境底下我们可以完全不受打搅地继续读书、写作，我们不会觉得吵，因为我们太习惯了。我们写什么呢？如果你要写作的话写的东西会是什么样的东西呢？这些东西绝大部分都是会消失的，因为在香港你要做一个小说家——我指的是专心的，比如写《西夏旅馆》，要很专心写一部 40 万字的小说，这种状况在香港几乎是不可能的。香港写长篇最有名的作家大家都读过，那就是金庸，对不对？哪怕是像金庸，这长篇怎么来的，大家也知道，是当年报纸的连载，每天一段、每天一段。

那另一些有名的长篇作家大家也可能都知道的，是倪匡，还有谁呢？古龙。还有谁呢？亦舒。还有谁呢？张小娴。这些所谓的长篇都是报纸连载、连载、连载。香港延续了民国年间文人在报纸上的副刊或专栏写作那种传统，大家都靠这个来生活，你只能靠这个生活，但稿费又不是太高，所以你要什么都能写，要什么都可以写，而且你要能写得很通俗。但是在偶尔的情况下你可以冒一些险。比如说我刚刚出道开始写稿是在 1988 年，在报纸写专栏。那个年代当然不像现在有 E-mail 有电脑，还在用手写。传真是有了，但是有时候真的赶起来或者怎么样我们还是会直接送稿去报馆，或者报纸编辑来收稿。那个年代我见过一些真正的老报馆，遗存下来的有《华侨日报》。那个报馆是当年老报馆的风格，大家有没有看过一个电影叫《胭脂扣》或者像《花样年华》中梁朝伟供职的那种报馆？就是那种感觉。我觉得很奇怪，不晓得为什么当年的报馆门口都像西部片里面的酒吧一样，门是要这样推开的。走进去，就会发现整个空间都是木头的颜色，烟雾缭绕，昏黄的灯光，油墨的气味，打字机的声音、算盘的声音，很吵闹。你会看到一个老头在一个角落编稿，有人会告诉我们这些十几二十岁的年轻人，"这个就是谁谁谁"，"哦，就是谁谁谁"。那个"谁谁谁"是谁呢？他也许是一个我们传说中的很了不起的作家。他写了些什么呢？他也许曾经用了三十多个笔名（那些笔名有很多他自己都不记得了）在某份报纸上面写过连载的色情小说——这是我们那一代文化人都干过的事，朗天他们都干过。那时候我只写了很短很短几篇，比如《咸湿黄飞鸿》。"咸湿"大家懂是什么意思吗？广东话就是好色的意思。我记得我写了那几篇后他们就不用我了，所以我就没再写了。我坦白讲，那时候还有一点文人的自尊心，觉得过不去。我写的那几篇是讲什么《咸湿黄飞鸿》、《盘常大战十三姨》，我们写这种东西，写马经，教人赌钱。但是莫名其妙有些老前辈作家他也许忽然整个月在考证唐朝的玻璃，或者某个作家他忽然写了一个什么专栏，大家都觉得好佩服。但那个专栏它是注定永远不会出书的，它就在报纸上出现。那个报纸的前后内容就是什么地方砍人了，什么地方暴动了，混杂在这些内容里面，出现一天，不见了，除非你剪报，要不然它就永远消失了。

我有一本书在大陆出版，叫做《我执》。这部书原来就是一个报纸的专栏，这个专栏当年在香港超烂的，现在也是，在只剩下几千个读者的《晨报》里连载。我们有一个很尊敬的文学界前辈叫叶辉，他在《晨报》当社长。叶辉其实就是我刚才形容的这种人，在报纸里面混迹，他叫我们这帮晚辈来帮忙，董启章、我，还有一些其他人都来了，我们觉得老人家喊我们的时候我们要来。但所有人都劝这个大哥："大哥，听说这份报纸的老板不发薪水的，你这番前去很危险啊。""放心吧，我已经做好了充足的心理准备，我不会对不起自己，更不会对不起大家，全部都有稿费。"我们说："大哥，稿费不是最重要的，这个报纸能搞得起来吗？不会半途倒掉吗？""没事，跟我上，弟兄们。"我们就去了。我写了半年，到现在还没有稿费，他自己半年的薪水也没拿到。有一天他忽然给大家打电话说："对不起，我还是要走了，虽然是社长，但半年没拿到薪水，你们也赶快散吧。"所以大家就散了。那半年我写的那些文章，就是现在这本书《我执》。我写得蛮文艺腔的，当时香港一些年轻的文艺爱好者觉得写得好。我在想，如果不是时代的变化，我们有一个身份变化的机会，我就会成为 20 世纪 80 年代我曾经看到的那种穿汗衫、踩拖鞋的老头，在报馆一角叼着烟，在一个吊扇下改人家的稿子，然后有一些年轻人就会讲，"哎哟，那个就是当年写《我执》那个专栏的梁文道，我看过几篇，但是我中学的剪报早就丢掉不见了"。不断地写，不断地出现，不断地消失，我见过太多这种人，在

999999999999999999999999999999

以前、现在和身边，一个一个地出现，一个一个地消失。我常常讲一个故事，我有几位很佩服的前辈，是当年在香港搞社会运动的，很激进。我认识一个北京的哥们，他跟我说他对中国的托派很感兴趣，我们知道这是很敏感的一个题目，但是他跟我要这方面的材料，因为他知道中国最后的托派都在香港。我见过一些老人，八十多岁，临死前几年眼睛坏掉了，写稿是用毛笔，斗大的字写在宣纸上，一张纸才写二十个字，写了一份遗稿。写的是什么呢？是他从托派的角度分析中国革命的前途。晚年的时候他写这些东西，他所有的子孙都觉得他疯掉了。他死了之后，他的子孙赶快把他一生的藏书跟这个稿子拿出来卖给旧纸行，被我一个开书店的朋友发现了，然后抢救回来。我见过那批稿子。这个八十多、九十岁的老人在写当年中国托派的想法，认为中国革命走上了错误的道路，只有托洛茨基的革命马克思主义才是真正的道路，要救国，我们迟早要回到这条路。

　　我再补充一个，就是刚刚我说的那些前辈。有一些前辈我见过。当时搞社会运动是这帮老托派的徒孙，也叫"托派"，他们成立了一个政党，叫"革命马克思主义同盟"，跟他们敌对的势力是无政府主义者。当时有个说法，无政府主义者的颜色是黑色，马克思主义是红色，后来有人试图沟通两边叫做"红黑两旗并举"。我们刚刚说的香港好像变成一个反动革命基地，好像很厉害，但是请注意，刚才我说的这两个政党，跑到巴黎开国际会议的这些人，其实人数从来没超过两百人，就到闹市中间搞革命或者怎么样，但是搞革命也要吃饭、要生活，靠什么谋生呢？还是我刚才说的那套老路，到媒体、电影里写写剧本或者怎么样，最好的出路就是写马经，教人赌马。香港曾经有一个红极一时，现在仍然在写马经的马评家，他用的笔名叫"马恩赐"。这个笔名曾经是三个人的，三个革命同志，迫于生活，在资本主义体制下苟延残喘，希望赚点钱，筹募革命经费，所以他们写马经，共用的笔名叫"马恩赐"。"马恩赐"大家知道是什么意思吗？听起来是"赌马，赐给我好运气"对不对？不是，他的意思是"我的一生，所有的一切是马克思与恩格斯所赐"。

我最后再讲一个故事，就是西西，我们心目中香港最好的作家。她写《我城》是 20 世纪 70 年代。那时候怎么写？我们知道西西是教书的，她住的房子特别小，窄的程度不可思议，不会有什么书房。我记得我 90 年代探访北京的一些艺术家，北京的朋友、文化人告诉我说家很小，怎样乱，我一进去看到每个都是豪宅，相对我们来讲，我们住得又窄又小。那时候西西一家人一起住，她根本连一张像样的书桌都没有，她桌子上是每天要改的学生作业，家里人还会看电视、打牌，她怎么写作呢？她就做了一个小木板，每次写小说的时候她就躲进厕所把马桶盖放下来坐在上面，把这个板子放到大腿上垫稿纸写，这就是《我城》。这就是我们，这就是我的香港、我喜欢的香港，这是我们创作的环境，真的是穷，到底"工"不"工"那是另一个问题，也是等一下我们要讨论的。

二

本雅明的时光观看方式

骆以军：各位午安！在听的过程中我脑袋会一直转，好像会把我本来要讲的忘掉。在听的过程中我也想到一些关键词，比如我记得有一本书叫做《一个陌生女人的来信》，作者茨威格，他写的另一本书叫做《昨日的欧洲》，他最后跑到拉丁美洲自杀了。欧洲某一个年代的知识分子或者文化人，也是越来越压迫的、越来越绝望的、越来越虚无的，也有一个极其复杂的年代。最近我去香港驻校，需要三个月，我去的第一个礼拜就忧郁症发作。我觉得可能是整个城市的偏激，被所有高楼大厦遮蔽到不能呼吸。茨威格怀念的东西就是昨日的欧洲，那个年代的欧洲。还譬如侯孝贤导演拍的《最好的时光》，其实我刚才很想跟你PK，想要讲我经历的台北，比较符合今天的话题，可是我觉得不行，我刚才在外面跟他开玩笑说我们俩刚好可以做一个对照组，我就是一个经验匮乏者。

西方20世纪的一些著名小说，非常愿意设计某一个主人翁的职业变成一个全人类的象征，当然最有名的是卡夫卡的土地测量员。赫拉巴尔的一部小说的男主角是一个老头，有点像梁文道，他的工作是轧纸。每天他在一个地下的工作场，把这个城市里包括《圣经》，各种版本的"马克思主义"，黑格尔、孔子、老子等各式各样的历史、哲学书籍，纳粹的宣传手册，火车站的车票，戏院的戏票，沾了妓女血污的纸，屠宰场包裹牛或者其他动物的那个血污的纸张，照相馆裁切下来的底片的印盒纸，还有仿冒艺术学院不得志的画家的图画，所有这些东西都混在一起送到这个地方，这些就是这个城市的一个倒转的金字塔的尖锥，而这个尖锥就刺在这个像梁文道的老头身上，他是最后一个记忆的人，他的工作就是把这个城市全部的繁华之梦变成非常虚无的一件事，压缩成一团废纸烧掉，或者是用水泡烂。这个情绪其实很强烈地感染着我。

你刚才讲的让我想起我们两个蛮爱提到的本雅明，当然其实一般是在讲波特莱尔。我很喜欢他的一本小说，叫《单向街》，我明天就要去那里。《单向街》体现的是很典型的本雅明。本雅明的个性其实像梁文道，我觉得也像我，或者像台湾的朱天心。这部作品一个典型的描述就是那个大天使，他的翅膀张开着，脸是非常哀伤的，他的脸朝着过去，眼前一片全部被遗忘，新的时代风暴把他向未来推，他的翅膀一直被推动着，可是他悲伤地看着前面那些历史的残骸瓦砾，他想把它们组合，可是没有办法去把那个时代组合回来。我很喜欢《单向街》，我觉得不讲我们各自背后的历史上的差异，因为都有很奇怪的一个长期的观察或理解，我对大陆的状况也是这一年多体验的，很多是文道讲的，或者这一两个月认识的朋友讲的。各位对台湾和香港的理解可能也是，现在只是初期的一种理解，可是《单向街》中大家共同感受到的，是本雅明在哀伤，那个充满教养的、美好的过去再也不会回来，他大概是非常怀念 19 世纪之前的那个欧洲。其实这个《单向街》隐喻得太简单了，好像这个小册子里面有不同的地标，其实并不是，比如他在墨西哥大使馆，比如他是什么什么阶级，还有一章写到他梦见歌德，歌德跟他住在一起，在一个长条桌上吃饭，梦里的歌德跟本雅明说："请问你可以扶我一下吗？"本雅明摸到歌德的手，扶他站起来，他在梦里就热泪盈眶。这些情感其实不是一个罗曼史小说，那个难以言喻的情感其实是建立在《单向街》里面没写的、抽空掉的东西上的，可是这些小章节写的全部不是这些地标，不像董启章写的《V 城繁华录》，他写的其实是一个哲思，一些小段落描写欧洲当时正在发生的事，可能慢慢发展成现代性的一些核心病征的东西。本雅明有他的态度。他有一个章节我特别喜欢，叫《早点铺》，是早餐店吃火烧、吃小米粥的这样一个地方。他的第一句话就讲，犹太人有一句古谚，叫做"空肚子的时候不要说梦"。为什么呢？犹太教可能有晨祷的习惯，从早晨起来到吃早餐可能有一两个小时的时间，你可以沐浴，可以读经，可以祷告，可是这段时间不论你做任何事情，那个梦境的灰色根须仍然深深地插在你灵魂的底层，所以本雅明就利用这段时间来写作。我觉得像梁文道，是那种很偏执狂的用功者。这个时候他会把整个灵魂的火力打开，写出非常好的东西。可是这个时候他会发觉自己的灵魂有一半是在黑夜律法控制的国度，有一半是过了那个河流到另一边去，是白天的，可是各自都没有办法掌握全部。所以他说空肚子说梦的时候，别人会听不懂你讲的是梦话。

他另外一个章节叫做《全景幻灯》，讲 19 世纪末德国的一个工匠技艺者。他做的工作是非常奇怪的。那个年代很多这种情况。如果在香港，就说你有一个朋友是谁谁谁的学生，在香港那种学校里教英文，或者是写字楼里的办事员。欧洲可能有一些这种怪人，可能这些人最后变成历史的废弃物，瓦解掉了。我觉得如果像刚刚文道开启的那个讲述香港的氛围是空肚子说梦，是《单向街》里面的那个早点铺，我待会儿试图也讲一个类似的故事。

今天你讲的是穷，我可能讲的是经验匮乏。本雅明讲的经验匮乏的部分是《全景幻灯》，他是说在电影出现之前这个工匠技艺者制造了一种蛮大的椭圆形的机器，里面有很多齿轮、机械轮轴，它可能有十五个窗洞放幻灯片的影像，每一幅可能是德国的一些森林里的妖精或者皇室里的国王、公主这种很老的故事，每隔比如 30 秒那个齿轮会移动，缓缓地移动。我们一次进去十五个，趴在这边看，这有点像后来日本人的 A 片。可那是一个讲故事的机器，十五个窗洞中，一号窗洞、二号窗洞、三号窗洞……你不一定是在这个故事的第一个图片的窗洞，你可能在这个故事一组十五个图片里的第八个窗洞或者第九个窗洞，每个人还是会看到十五张图片，而且最后都可以心领神会。这个电影出来以后，刚开始转速比较慢，把这种全景分裂掉了。可是本雅明给这个章节加了一个副标题"一次穿越欧洲经济大萧条时期的旅行"，我觉得这个东西可以当成整个《单向街》的一个副标题。就是在那个时代的人，他透过全景幻灯这些照片的时候，他已经建立起一个默契，我要理解这个城市的全景，不可能像我们现在看到的《阿凡达》，或者好莱坞的电影，现在已经是今非昔比了。你去电影院，你最爱的那个人会在电影的十分钟后死掉，这个主角一定要去复仇，然后有人要猎杀你，你要买机票，有人会把所有的配备给你，你的身份证、信用卡，所有的全部被灭掉，你跟着它快转的线性叙事一直到结尾，完全被控制住，不可能停顿下来的。可是本雅明讲的时光的一个观看方式，或者是穿越欧洲的 1910 年的时候，它是可以经过的，大家有一种默契，不管在这个时刻的某一个切面，我来看这张幻灯片，我可以像看一幅画或者一幅摄影图片一样，我不是看电影的，我会非常细地看细节。

经验匮乏的故事（上）

骆以军：我的时间没控制好，赶快讲一个废材人渣的故事。如果说梁文道的故事长满复杂的鳞片和羽毛，那么我的故事就是一只秃毛鸡。

我读大学是在台北一个最烂的大学——文化大学完成的，它在台北的阳明山。我那时候蛮用功的，阳明山的山里面有一个学生宿舍，我就住在那里，以及看书。毕业以后我竟然考上另外一个学校的戏剧研究所，现在叫做台北艺术大学。我身边都是一些人渣哥们，那些哥们就说"妈的，那是什么学校，连骆以军这种废材都考得上"，大家通通去报名，后来大家都考上了。

我现在讲这个故事就是说——对，我讲错了，我不应该讲在开头的，对不起。我被文道害了，他刚刚的故事太迷人了。我的故事场景应该从一个妇产科医院开始。大约十年前左右，我太太生第二个孩子的时候，我父亲刚中风。这件事我前几日在北大稍微讲了一些，我父亲来大陆旅游中风，我跟我妈就到大陆，大概一个月以后把我爸运了回去。一个礼拜以后我太太生了第二个孩子，那时候我三十出头，没有工作，非常焦虑，充满想要写伟大小说的梦。可是事实上我发觉我必须要养家，因为我父母这边经济垮掉了，我妈退休了，我爸塌掉了。我那段时间是非常痛苦的，每天要到医院看我太太和刚出生的孩子，然后带着我大儿子到另外一个很远的地方的医院去看我爸。就是这样，很惨，那时候我认为我是全世界最倒霉的人。

　　台湾有健保制度，我太太生第二个孩子的时候可以在医院住三天，这是政府付费的，这三天对我这种没有帮助的人来讲是非常重要的。我的一些哥们会来探望我太太和小孩，其实就是找我抽烟，也会送一些礼物。其中有一个哥们，是当时在阳明山住的一个室友，也念文化大学，高高帅帅的，叫小贤，他的女朋友叫小妹，这个小妹是我所有哥们里面"马子"最正的，是狮子座女生，他们俩就是一对金童玉女。这个小贤是天蝎座的，当时追小妹追得非常辛苦，可是追到以后角色倒过来了，变成小贤整天在外面偷吃，我还要帮他遮掩。小妹是很贞洁的，整天打电话追问小贤到底是不是骗她，常常我要帮小贤掩护，但其实小贤和小妹他们俩是一对很好的情侣，他们也到医院来探视我太太和小孩。可是他来的时候脸是黑的，一进来就骂"×××"，然后他说他是全世界最倒霉的人。我说全世界最倒霉的是我，不是你，但等到接下来他跟我讲完发生的事情以后，我发觉他确实是全世界最倒霉的人。

　　我太太住的那家医院是台北非常好的一个妇科医院，病房大概在五楼。医院一楼有一个柜台，放着那种纸杯，女孩子可以免费验孕，他们贪小便宜就去验孕，结果验孕以后发现有小孩了。为什么会变成很倒霉的事呢？说来话长。这个小贤本来不是独生子，他有一个哥哥，可是在他念高中的时候，当时他哥哥当兵，休假的时候哥哥租一台车出去玩，在过桥的时候对面一个公车刹车断掉了，司机想要超中间的车，那个车就飞起来，把他的车子整个压扁了，与他哥哥同去的几个弟兄都死掉了。死掉以后的细节我就不讲了，反正就是本来你不是独生子，你有一个亲兄弟，可是突然他不见了，然后你接收他的房间，你父母不忍心把他所有的东西——模型、书、抽屉里的那些东西扔掉，结果让你住在他的房间里面，可是你母亲会变得非常神经质，出门的时候你母亲不太愿意让你出去。小贤是这样一个状况。

其实那个时候正是台湾慢慢从很贫穷到开始有点钱了，我穿得很像流浪汉，可是小贤跟小妹他们是穿名牌的。小贤的父母也不是那么有钱，香港也有这种，就是上一辈很省的小生意人会存钱买一个房子或者几个房子，当然现在看就很厉害了。小贤是独生子，台湾是非常重男轻女的，其实他有两个姐姐，但这个房子是要给他的。我们上大学的时候大家都非常穷，一半人骑摩托车，但小贤他爸妈就给他买了一台克赖斯特跑车；那个时候电脑刚出来，还是奔腾586的年代，他父母为他买了一台电脑花了五六万人民币，很可怕的一个价格。其实小贤也很有才华，他学了一个当时流行的绘图软件，后来还得了台北的一个网络广告的设计奖。他对于西方战后的一些前卫运动美术史很了解，后来就去考艺术学院，西洋美术史研究。我的很多美术知识都是他讲给我的，反正就是这么一个很有才的家伙。

我前面讲了这么多废话，因为如果这是一个小说，我必须要让读者建立起对小贤和小妹的大概了解，而且我解释小贤是独生子这件事跟后面这个内容是有关的。后来等到小贤去当兵，小妹在一个很烂的学校，可她很漂亮，毕业以后就去一家证券公司上班。狮子座的女生很漂亮，客户很多，她就变得非常有钱——可能在香港有很多这样的女生，自己买了一台宾士的小车，买了一个单位楼，是很典型的东区女生。

　　等到小贤退伍以后，他们的角色颠倒了，小贤很担心小妹。小贤那个时候找我，我说你毕业以后要干吗。他说退伍以后就去 pub 混，他说想要搭火车去台湾东部的北回铁路坐一圈，坐在火车车厢的最后一节，拿 DV 拍那些铁轨的图像。我说你拍那些干吗，他说要去全台湾所有嗑药的 pub 兜售，前卫艺术。我觉得他脑子坏掉了吧，他要去找工作啊，老婆现在已经这样了。小贤的爸妈很希望他们赶快结婚，因为他们其实只是要一个子宫，这在台湾很明显，就是女孩嫁过来。台湾其实是母系社会阶层，在大学里大家是创作者、是废材、是哥们，可是突然毕业以后，他们的处境变得很像在台湾一些乡土连续剧里看到的那样，婆婆虐待媳妇，家庭剧场里那种细微的家庭轻暴力。他爸妈在自己家房子上面加盖了一层，花了两百万台币装潢，是那种牛皮沙发，KTV 的那种，小妹看到之后就要疯掉了，她是那种新一代的想法，房子设计要全白的，玻璃纤维的。她很怕大叔的那种，可那是小贤爸爸装潢的房子，种种这一切的积郁和冲突，使得他们中间吵了几次，差点要分手。这时候小妹突然检查发现她得了子宫肌瘤，就是说就算治好了以后也很难再怀孩子了。我不晓得在大陆的各位能不能理解这件事，如果我在台湾讲这套语言是很容易被理解的。即使到我那一辈的时候，如果你是独生子，媳妇儿不能生的话，家长会很在意的。小贤、小妹虽然是非常前卫的一对，可是那时候他们就好像要分了。他们去看医生，医生给他们吃一种药，那种药在美国是在临床医学使用的，是一种男性荷尔蒙，在吃这个药之前必须要先验孕，如果你怀孕的话吃了这个药，受孕的概率是 XY 跟 XX 各二分之一。如果你怀的是男孩的话，恭喜你，你吃了这个药以后生出来的是猛男，可是如果你怀的是女孩，吃了这个男性荷尔蒙的话有 7% 的可能会生出在医学定义上的阴阳人，她会是女生，会有卵巢，可是还会有小鸡鸡，是这样一种状况。对不起，大家会听得很辛苦，可是要继续讲。

经验匮乏的故事（下）

骆以军：小贤跟小妹在这个时候到医院来看我们，他们验了孕，发觉怀孕了，而且是双胞胎。这样他们就进入到我刚才讲的这一套医学话语的逻辑里面。如果我现在写小说的话，我就要进行语言的换挡。我刚刚其实是要建立一个所谓的金童玉女的、新人类的、潮流的人物形象，都是细节的描述。但现在我要换挡到一个临床医学的话语系统里面。就在这个时候，小贤跟我说，他是最倒霉的。这里面有一个很奇怪的时间差，通常小孩子在三个月左右大的时候打掉是最好的，问题是要到五个月左右做羊膜穿刺的时候才会知道这个小孩是男的还是女的。如果到五个月大的时候检测是男的话，你就赚到了，在重男轻女的台湾社会，小妹就不用担心以后了；可是如果两个都是女孩的话，相当于突然会有两个金刚 baby，就是两个猛妹。当时小贤突然掉入这个非常复杂的关于时间差的整套医学话语。我不知道该怎么安慰他，我说我有两个儿子，万一你生了两个金刚 baby，我们就指腹为婚吧。可是他没有任何被安慰到的感觉，还是很忧郁的样子。因为我自己那个时候状况非常差，这个事情就过去了。接下来就又过了几个月，有一天小贤打电话给我，他说去测试过了，两个都是女儿，所以那 50% 已经过了，他要进入到另外 50% 里面的 7% 的那个赌注了。这时候当然一切都要交给上帝了。可是这时候又掉入到另外一个话语，因为我会紫微斗数。他那时候已经换了大夫，去找了台北一个非常厉害的胚胎科权威医生，他帮他们长期护理。因为是双胞胎，所以小妹必须要剖腹生产，她剖腹生产的时间是可以确定的，所以可以跟上帝作弊。一天有十二个时辰，有十二张命盘，你可以在这十二张命盘里面剔掉一些很倒霉的命。一开始说这个命牌非常好，是一个紫府朝垣格，是说你的两个小孩的命非常好，将来大富大贵，可是后来想不对，这是男人的命；后来又帮他找了一个七杀朝斗格，非常好，不对，这也是男人的命，但是不管了。又过了几个月后，有一天小贤打电话给我说："骆以军，生了。"我就说："怎么样？"意思就是两个女孩有没有长小鸡鸡。他说你来就知道了，听不出任何感情的声音。再花五分钟讲最后那个画面：在一个医生的私人诊所，我开车带着太太和大儿子到了那里，一个旧的社区，开半天也找不到一个停车场。那是一个很旧的公寓，非常陡的一个坡道，因为太陡了，所以装了一个防陡的装置，车子就这样进去，梁柱的钢筋裸露出来，日光灯一闪一闪的，墙壁上长满绿苔，整个墙壁都在渗水，让你感觉是这个城市的一个坏毁的、死的空间。当时我的状况非常坏，我爸爸还在中风，我心情是非常沉重的。可是当我在这么一个灰暗的、死灰的、绝望的空间停车的时候，我大儿子突然非常开心，咯咯咯地笑出来，那时他两三岁，我们抬头一看，原来在这个坏毁的、有故障的空间的地下室，管线都裸露的消防管上面挂着大概四五十个鸟笼子。如果我现在要写小说的话，我必须具备鸟类学的知识，可是我没有鸟类学的知识，大概就是一些白文鸟、黄雀、蓝雀等等。我想可能那个停车场的管理员怕自己一氧化碳中毒死，所以养了很多鸟，如果有鸟死了他就马上跑掉。这个场景和这个城市形成一个视觉上的强烈反差，那一刻我觉得非常奇怪：它本来是暗黑的、绝望的，可是在这个地底的黑暗空间却充满了一大堆鸟的形象。

　　后来我们就带着孩子上去。那一家妇产科也非常怪，一楼到四楼是做色情的 KTV，电梯非常旧，还有吐酒的痕迹，清理掉以后可能洒一些很廉价的香水，味道又香又臭，很恶心，也会有一大堆梁文道刚才讲的那种金头发的嫖客坐电梯。电梯到二楼，门一打开就有灯光、舞厅，就下去一些这种嫖客，到三楼一打开就听见 KTV 的重音响，又下去一些人，到四楼又下去一些人，到五楼一打开，突然是窗明几净、非常安静的妇产科医院。小贤看到我们非常开心，他就带我们进两个小女婴的房间，我马上就把那个小宝宝的袍掀起来，他赌对了，是正常的小女儿。小贤是天蝎座，他非常开心，这个时候也开始耍我。我太太自己生了两个儿子，可是有一个很怪的癖好，她非常爱看她的表姐、表妹生的小女婴 baby，她看过非常多刚刚出生的小女孩，她那时候就跟我讲她看过这么多的小女孩，第一次看到刚出生的孩子鼻子那么挺，嘴巴的形状那么漂亮，眼线那么长，将来绝对是两个大眼妹。我一听马上就想起一件事，我就跟小贤重提我们当初指腹为婚的约定，这时小贤露出不齿的样子，他看看我旁边的大儿子跟我一样是这种朝天鼻，他就不守信用，悔婚。当时也有一些他们的年轻朋友在那里，我们包了礼金就走了。

　　我要讲的最后一个话题是当我跟太太带着孩子再绕回那个转角，走回停车场的时候，我突然看到有五六个我刚才讲的色情 KTV 里的那种陪酒的公主，你们懂什么叫公主吗？我不知道大陆有没有这种称呼，就是让男人摸的。她们是非常美的五六个女孩，穿的那种很高叉的短旗袍，非常性感。她们围着，拿着纸钱丢到一个非常高的钢丝弄的铁篓子里去。我想香港也有，大陆也会知道，台湾在农历十六的时候所有商家会烧纸钱来拜"好兄弟"——孤魂野鬼。那个时刻非常怪，这些女孩子已经下班了，虽然她们脸上是浓妆艳抹的，但她们可能和在座的各位差不多年纪，十七八岁，我觉得她们的脸是非常清纯的，而

且非常年轻、纯真。她们有人在讲手机，有人在捶对方。我印象非常
深的是里面有一个女孩很专注地把一叠冥纸丢下去，火非常旺，有一
种上升的气旋。冥纸是非常粗的纤维，火舌舔到纸的时候，纸的纤维
有一些是被火舌舔住了，所以是一粒一粒的火星，可是它又被那个上
升气旋带飞起来。飞起来的时候，这个女孩可能怕她腿上的丝袜被烧破，
有一只脚就这样拧过来挡住她的腿。我和我太太走过去，我们跟那一
群女孩的距离大概不到五米，然后像电影镜头这样慢慢移动经过。那
一刻我突然想到我年轻的时候，刚才文道讲他们在茶餐厅很苦闷地读
这些希腊哲学，读唐君毅、牟宗三这些人著作的时候，我同样在阳明
山一个非常小的空间里，一个桌子旁边是一个地铺。我可能直到 26 岁
才真正有女体的经验。我在 20 多岁的时候对这个世界完全没有任何经
验，完全不知道那个神秘的、充满诗意的色情女体是什么，我在我的
书房里，一个句子一个句子地抄写川端康成的小说，日本战后新感觉
派的小说。我在年轻的时候也很着迷这些，看卡夫卡、福克纳、马尔
克斯的照片，有一种很无聊的心情，只有在看川端康成照片的时候会
觉得他的眼神像少女一样纯真，可是你又知道他的眼神是死神的眼神。
他非常会写少女，他写那些舞娘，写那些少女的后颈、耳朵、脚踝的美，
他写的细节会让你歇斯底里，有想尖叫的感觉，所有的经验是爆炸的。
你会听到时光的风暴，落叶的风暴。其实他写到的这些少女是瞬间坏
毁的。他最有名的一个画面就是《雪国》，一开头像我们这样的一个无
耻的中年人坐在火车上，过了隧道进入雪国。他坐在窗玻璃前，外面
是一片旷野，有篝火。车内有灯，他的脸叠映在流动的篝火中，在时
间流动的旷野中。他再一次叠映，会看到后面有一个幻美绝伦的美少
女跟一个老病人，他进去以后发现其实就是一个女孩子，一次一次进去，
一个叫菊子的女生，她慢慢变坏，到最后整个灵魂沦陷了，是一个意

识流小说。

康成晚年最可怕的一个小说是《睡美人》。他的"洛丽塔"是对少女的观看。少女的销魂是最极限的燃烧的光焰，她的能力是最圣洁的，也是最厉害的。我的意思是说，那一刻其实距离我十七八岁——孤独的、苦闷的、贫乏的、完全没有经验地在房间里抄写那些川端康成的少女或者女体经验的小说——过去了十年，而我的世界完全不是我年轻时想象的结果，我在那个时候突然觉得眼前的那个街角的少女是从川端康成的小说里跑出来的。

当代小说叙事者的困惑

骆以军：有一天晚上，文道很够意思，他非常忙，非常累，但他还是跟我和张悦然去 pub 聊天。张悦然大家可能很熟，她就讲她现在有一个困扰，她想写一个新的小说。文道给她一些建议，我在旁边听，听得非常茫然。她说她不想再用上一代作家的语言写当代。我这几天听文道、听北京这些哥们跟我讲大陆发生的一些故事，我听到也觉得晕了，我觉得这是不可思议的事情，我觉得在这个国度我可能写不出任何小说，这个国度不需要小说家。可能张悦然的意思是说她贴太近了，她试图写 90 年代，可是到底要怎么写呢？比如你要写一个楼房，像梁文道刚刚那个开场，是一个非常典型的现代主义滞后的状况。我刚才提到本雅明，他其实必须要用本雅明的叙事，物在人亡，魂体亡了，好像只有刺青留下来，这些全让人唏嘘，不知怎么存在的。我就跟老梁说好像大家都在挑战。其实我不太懂大陆的状况，可是我就在想这要怎么写呢？用写实的技术描写一个不存在？或者我们这一辈人要用卡尔维诺那种方式去写一个看不见的城市的繁华，去伪造出一个未来，写一个现代？好像我们还聊到像科幻小说的写法。你到底要用什么方式来写你们所置身的这个当代北京，不再是莫言、王安忆他们那个时代的语言，也不要是村上春树这种语言，到底是怎么样的一个描述或者禽鸟？我一直很爱用这个笔名，鸟类可以在俯冲的时候快速地调焦，可以很精准。鸟类的眼睛构造、肌肉是非常复杂的，人类不具备。如果只有单一聚焦的时候根本就看不见，你的视觉会被破坏，你的视网膜没有办法建立。可是鸟类必须要有一个肌肉是快速地水平移动，快速调整，面对地面上一直在跑的兔子，它可以一直那么精准地定位。

作为一个当代的小说叙事者，你到底相信什么？或者说你怎么动用你快速调焦的视觉焦距的控制能力？那天大家都在喝酒，我也很开心，我忽然提到日本一个小说家叫村上龙，可能在大陆这边不一定那么受关注，在台湾有一个时期我同辈的一些小说家受他的影响比较大。村上龙的小说其实非常好看，可是比较小众。他有一个小说叫做《到处存在的场所，到处不存在的我》，很有意思。各位仔细想这句话，比如在王安忆的时代可能我可以写一个王琦瑶的故事，大家看完王琦瑶的一生以后就心领神会，觉得：对，这就是那个年代的上海故事。有时候我们看张爱玲的《倾城之恋》，白流苏、范柳原，看完之后你就会觉得：对，这就是那个年代的上海。可是现在的我们绝不相信香港是《倾城之恋》的那个香港，如果有上海的朋友，他绝对也不相信上海是《长恨歌》里的那个上海。可是现在要怎么描述北京或者上海，或者台北，我觉得这个对我来讲是一个非常大的疑问，这就是后来我讲到的，物在人亡，其实人是不在的。他这个书很有意思，是村上龙花一年的时间给日本一个出国留学的杂志写的专栏稿，它像刚才讲的本雅明的《单向街》，是一个小的地标，里面就是一个单元的小说。比如有 KTV、按摩院、飞机场，这些空间的地标名词台北也有、香港也有、北京也有。有一个叫做椭圆形小公园，这个椭圆形小公园里有一群幼稚园的妈妈——这个我的感受非常强，因为我太太就是那里面的妈妈的角色。我太太不小心把小孩送到一个非常贵的幼稚园，而那时候我是非常穷的。那个幼稚园里的小孩的妈妈彼此称呼对方不会叫骆以军、梁文道，她可能会说，我小孩叫方白，就叫方白爸爸、方白妈妈之类的。因为我去过那个幼稚园，那些妈妈都是有钱人的二奶，或者是年轻的富二代的太太，她们不需要工作，每天由司机开着大的保姆车，后面还跟着几个佣人，小孩子就像小公主、小王子这样被宠着。那时候我觉得我太太快得忧郁症了，我开一个非常烂的车子，本来我很自在，但我每次去都发觉那些司机是开黑头的双 B 车停在那边，突然有一次我想要不要上网花很便宜的钱买一台二手的很烂的 BMW，再去买一套制服穿，假装我是司机，让我儿子下车，像小少爷。因为我觉得我被挤压到很奇怪的一个暴力中，一个阶层形成的暴力。可是村上龙在讲阶层暴力的时候，他其实是说每天下午四五点的时候，这一群妈妈就聚在这个小公园里，小孩自己在沙堆上玩，溜滑梯玩，妈妈在这边聊，他突然间发觉到有一群妈妈被分隔出来。这个公园所在的区有一半已经开发得非常好了，房子非常新，地价非常贵，可是另一半比较便宜。这群妈妈都拿 LV，谈的话题是最时尚的，因为她们不用上班，另外一群妈妈就被隔开了。这群有钱的妈妈之间非常像《红楼梦》里面的探春那几个，这些大的姑娘下面的大丫头之间有一种暴力，这就形成了一个细微的描述。

　　这个叙事者也是一个妈妈。她觉得永远处在一种焦虑状态：我有没有被她们视为其中一分子？为什么有一次我来的时候发觉除了我之外其他妈妈们都穿着皮衣？原来她们玩一种皮衣游戏，约好了明天大家全部穿，为什么没有任何人跟我讲？我以为我一直很安静地坐在这里参与你们，其实你们根本没有把我当其中一分子……非常细微的心思变化。有一天小早春妈妈很小声地跟大家说："我告诉你们哦，我前几天去逛成人性伴侣的网站，有一个女人的侧脸非常像小工建妈妈。"大家真的都回去看，她们当然不会写真的名字，是写编号2049，大学女生，兴趣：园艺、打电动、看小说，要求：不要性虐待。看到2051号，小工建妈妈，侧脸真的就是她，她就说因为有小孩，所以几点到几点不要约会。这个东西是非常有意思的，在日本高度的身份破碎，身份不可确定，空间也不可信任了。基本上就是我们前面讲到的，电脑屏幕的画面已经被病毒污染了，你怎么相信用电脑屏幕来描述所要传递的写实主义的世界？事实上这个东西在西方早就坏掉了。这个时候其他妈妈又说："话说回来，小早春妈妈为什么会去逛这个网站？她怎么会在那个网站上看到小工建妈妈？"我举的只是其中一个例子，它里面的每一篇可能都是某一个人物，他不是讲个人的生命史，物在人亡，它可能是一个空间的。

经验怎样处理成为故事

梁文道：你刚刚讲这个文道爸爸，吓了我一跳，是噩梦里才会出现的场景。我刚刚在想，你也讲到本雅明，他的故事里面有一句话写得很好，"很多人以为战场上回来的人经历过、见过那么多的尸体，睡过那么多晚上壕沟的人应该是有最多故事可说的人"，但是他说，"其实恰恰相反，战场上回来的士兵，像一次世界大战回来的士兵是很疲惫的，每个人都很沉默"。这句话在我一生中好几次这种场合都印证了，包括我跟你说过我外公。你以为他有很多故事，其实他一辈子都很沉默，直到现在我都不知道他到底是什么人。虽然他把我养大，我跟他住了十几年，但是我其实并不清楚他到底是个什么样的人。他天天跟我住在一间房子里面，他很疼我，很爱护我，但他到底是谁，我是不知道的，他总是那么沉默。

故事从哪里来？有故事或者没故事，你该怎么写？这些问题常常会让很多想写作的人头疼。比如你刚刚谈到张悦然，她不是没有故事，她有很多故事，但问题是怎么来处理它，怎么来写它。我觉得这里面有一个挺大的问题横在海峡的两边，影响我们怎么看待小说，以及文字态度的差别。这完全可以从很多不同的方面来谈，可以从很多角度来切入。比如我曾经在现代文学馆讲港台文学的时候提过，但我今天想从另外的角度来谈，就是，有故事或者没有故事，这个问题重要吗？比如刚刚我讲的香港，我们那个说法是一个很典型的现代主义的写实主义传统，先是一个高空的俯瞰，整个城市大概的图景是怎么样的，然后开始进去一个街道，一个茶餐厅，里面一些人，最后找到西西，越缩越小。就像我们看好莱坞电影，每次拍纽约，无论是这个城市里面一对情人的纷争还是一个凶杀案件，它总是一个远景，从一条 River 开始，河上还有一个吊桥，都是这样，都是直升机轰轰轰过去。这是我们传统处理城市的方式。

可是我认为香港很多作家在处理这个城市经验的时候不是这样的，它更像你刚刚提到的本雅明。本雅明有《单向街》、有"拱廊计划"，一辈子写的都是特别细碎的小笔记。本雅明跟他那一辈德国的大思想家非常不同。很多读理论的朋友都知道本雅明是法兰克福学派，他同代人像阿多诺、霍克海默都是搞大理论的，一个句子有一页那么长，很夸张的大哲学家。但本雅明一辈子都在写特别小的段落，写长文章是为在报纸上发表，他其实也是个专栏作家。他最伟大的作品就是他那个没有完成的计划，"拱廊计划"，都是小卡片，记录一些小片段。

他就像一个城市的拾荒者，但是他在拾荒的时候不只是在写一个现在的城市，他总想透过所谓现代性的曙光看到被曙光遮蔽的上一个时代的东西，就是现代性刚刚开始出现是什么状态？那个东西之前是什么？这一刹那是一下就要消失掉的，他要抓这个。他的写作方式也特别有趣，我们都知道他很会读书，他有很多书，他读书的癖好很怪，他最大的愿望就是能不能完全不读马克思就能够读懂马克思呢？曾经他有一个很了不起的愿望就是能不能够在一张纸上写最多的字，就是他的字写得非常小，越写越小，他就觉得这样好快乐。他另一个愿望是怎样写一本全是引言构成的书。这也是很有名的一个段子，整本书没有自己的话，全是摘引别人的话来组成一本书，这个东西其实也是他的态度，他在不停地摘引、不停地摘引。

我讲这么多是要讲什么？对于本雅明来讲经验是什么？为什么他经历过那么多的事情，但是他要写一本只用引言来写的书呢？难道他的经验微不足道、不足可观？我觉得他这样的处理方式恰恰就是他对经验的一个特定的看法。什么叫做经验？比如要写一个时代的变迁，他一直想要写整个大时代的变化，但他没有说要写一个家族的故事，三代人在维也纳见证了欧洲帝国的衰落，希特勒带着大军步进维也纳等等这些。他没有什么大的叙事，没有任何宏大的东西，没有气壮山河，他就是一个片段一个片段，拼命想用引言来组织他所谓的经验，把这些东西拼凑在一起，最后经验自然会发出他讲的那种光晕。

我常常觉得在看香港文学的时候，80年代曾经有一个讨论，大家都说香港是个没有故事的城市，或者故事轮不到我们讲。为什么？别人都快把我们讲跑了。我记得回归的时候，当时中央电视台和大陆的很多媒体都在讲香港的历史故事，在我看来那些全部不能自圆其说。比如他们每次谈到香港被丢在外面那么多年，现在终于回来了，为什么现在才回来？因为祖国强大了。其实1949年我们就能回去了，因为1949年的时候兵都到了罗湖，当时英国是完全没有能力应付这个状况的，完全可以解放香港，但是停住了。我记得当时的纪录片有一幕不晓得是哪一位将军，勒马河边，叹息了一声，还在英国米字旗下的彼岸怎么样，完全是虚构的。当时我不知道所谓的勒马河边不收回香港的真正理由……当时我们看到的书里的这些故事，在我看来是假的、不能自圆其说的、矛盾的。所有人都在讲我们的故事，我们自己却没有故事，我们就像本雅明那样的片段，甚至像董启章那样虚构一个——如果没有故事就虚构嘛。

我又回想到刚才你讲的故事。首先你谈到了你的少年时代是处男时代，川端康成特别有这种能力跟爱好，他特别喜欢写，你当时感受到的东西不是你有了经验，是在书里面读过。直到这么多年后在这么一个古怪的环境下发现这是少女的胴体，她把大腿翘起来，扭过去，避免火星烧穿丝袜。好玩的地方是整个叙述的过程，你不断地提醒各位你讲这个故事的方式要转换了，语言要转换了，话语要转变了，所以你其实非常自觉地告诉大家这个故事怎么来讲，要讲的故事本来很悬疑，就是他生出来的两个女儿到底有没有小鸡鸡？这个到最后谜底揭穿了其实也没什么，但是我们又看到了一群穿着高叉旗袍的纯真可爱的少女在烧冥纸。这整个事件本身不是一个好像富有意义的事件，但问题是什么叫故事或者创作，也许就是你怎么样在这里面找到一个东西来讲，而且讲的过程像你刚才说的，要转换话语、角度。本来这一切材料都可以分割放在不同的故事里面，但是我们刚才看到骆以军用这样一个方法把它组织在一个故事里，它会产生一些东西。这些东西的原来的材料不是什么大事情，但问题就在于你怎么处理它。我觉得我刚刚讲的香港跟骆以军讲的台湾看到的这样一个奇怪的场景，在座的朋友听起来发现那太微小了，何足道哉？真的是我们太没经验了，经验匮乏。我们没有经历过"文革"，没有经历过"大江大海"，我们这一代人没有经历过土改，没有经历过反右，没有经历过这一切。怎么办？只好这样了，是不是？

我想起来我前一个星期在南京，也是在一个场合谈到两岸文学的时候，有一位读者起来说，我觉得你们这些人写的东西没有历史深度，思想不深刻，你们能不能写一些厚重一点的东西？我记得当时我好像是说我们真不能，我们努力一下试试看。我不知道今天会不会有读者也要这样教训我们，比如骆以军，你能不能写一点厚重的东西？为什么要那么关注少女的大腿？为什么你不写我们民族的灾难或者更有深意的、更深刻的、更宏大的东西？

三

当下的香港被封存在时间胶囊里面

读者：我想问一下，香港回归这么多年了，香港整个社会风土人情、生活习性，还有其他一些东西有什么大的变化？谢谢！

梁文道：谢谢，这也是一言难尽的事，我很难现在告诉你香港有什么变化，变化天天都有对不对？但最大的变化是，一方面来讲香港比以前更糟了，更糟的意思是说原来殖民体制下很多的政治制度、社会结构没有变，当时很有名的说法是香港的体制维持五十年不变，邓小平那句有名的话叫"马照跑，舞照跳，五十年不变"，这句话另翻译一个意思就是香港被封存在一个时间胶囊里面。这个不变包括它原来的一切的社会、政治和经济制度，那套制度大家都觉得是使香港成为香港的制度，可是大家忽略了那套制度是在英国统治下诞生的制度。大家都以为只要让香港维持原来英国统治时代的样子就会很好，而忽略了那个东西其实有它黑暗的一面，这个黑暗面我觉得这十多年来变得更严重。但是你又觉得不可改变，因为我们认定了五十年不变，所以香港出现了一批"八十后"，跟大陆讲的"八零后"是不同概念的年轻人。这个"八十后"是一批有很强大的反省能力和动员能力的年轻人，他们在过去几年对各种社会问题提出很尖锐的批判，而且愿意采取行动。比如为了反对兴建高铁，他们集会了，政府都吓坏了，一万个"八十后"的年轻人包围香港立法会。他们整个行动又迅速又有创意，口号很动人，我觉得从这方面香港要比以前更好，就是我觉得香港进入了第二次现代化阶段，整个社会开始集体反省我们是不是真的有我们过去说的那么好，我们是不是真的像我们所想象的那么优秀，还是说我们其实有很多问题，我们应该改造、批判自己。

　　我们知道今天香港主流掌权者，从政府到一些大商人，他们每天想的问题就是香港快被北京、上海超越了，香港要怎么样才能始终保持在全国的领先地位，他们想的全是这个。但是我觉得香港新一代年轻人想的不是这些问题，他想的是上海要走我们过去的老路要走得比我们还快，那就让它去走；北京喜欢盖高楼那就让它去盖，我们受够了，我们不要再拆房子了，我们要乡村。也就是说各位在北京今天受房价之苦，这个东西是我们过去数十年在忍受的，我看到今天的北京就是在看过去二三十年我们经历的香港，一模一样，而且香港的房价现在都还比北京贵。我们前阵子还拍出一个全球最高价的房子，3亿多港币，是一个来自广东惠州的80后少妇买的。记者后来打电话问她，说你怎么买得起这个房子啊？你老公做什么的呢？那个80后广东少妇的回答是，这在我们广东是中等收入。我觉得香港有点受够了，就是你们要

穷，以及经验匮乏　　**105**

抢竞争力你们去吧,你们要拼速度、效率,你们去吧,香港现在年轻人想的是我们怎么样生活会更幸福。也许钱没那么多,但是我们要更民主,我们要更平等,我们要更公正。所以很多老人都看不惯,觉得香港年轻一代不再像当年那个香港,现在的香港年轻一代想的就是不要变成当年那个香港。所以从这个角度来看,香港变化挺大的。

读者:你好,梁老师,我在很久之前就听您在演讲中说到一个调查,调查很多年轻人的一个问卷,说到他会觉得自己越来越好,觉得这个时代会越来越坏。我想请问,对于当下的社会现实和我们年轻人的思想,您有什么一些新的想法?

梁文道:你问我怎么看今天年轻人的思考方式,其实我不知道,我真的不知道怎么回答你,因为我并不能够十分了解今天年轻人的思考方式。思考方式这个东西被人了解要有一个表达的过程,或者要有很多的痕迹,是需要痕迹来认识的。这样的东西我觉得我掌握得不是太充分,所以我不敢说。我每次说这种话都非常迟疑,因为我不够材料去回答你的问题,好不好? 谢谢!

读者:最近我看到一个报道,有一批大陆人坐飞机去外国抢买奢侈品牌。还有一批人,可能也是大陆的,由于超市的鸡蛋降价,也去抢。改革开放以后,贫富差距特别大,我不知道在台湾和香港对于大陆人是怎么样的看法,谢谢!

梁文道:我们这个两岸沙龙,今天是讲文学的,我猜你大概看到有"经验匮乏"的"匮乏"两个字,有"穷人"的"穷"字,觉得我们应该是谈贫富差距的,这个关键词出现了差异。

骆以军:我没有看法。我不是在跟你打太极,台湾很多人给我贴了一个标签，说我是一个文学馆派的小说家，我不是一个具观型的小说家。其实在十五年前我就来过大陆几次了，可是我真正进入到谈论中国大陆是怎么回事是这一两年，可能是碰到文道、天心、唐诺他们，碰到一些从内地到香港去的朋友、知识分子，其实在这个过程里我更多是听众。十五年前，我第一次到大陆是我的蜜月旅行，我跟太太到南京的江心洲帮我父亲带美金给我大哥。我爸爸在这边生过孩子，我大哥现在可能已经快70岁了。当时我在打开眼看南京时是非常煽情的。从南京机场一下来的时候我就想，"天呐，这是南京机场吗？怎么好破烂啊？"一出来就是一条泥土路，还有骡子车从我前面走过。我那时候也来北京，我记得飞机要降落的时候我很激动，我要降临祖国的心脏——首都了，那时候大概是九点多，结果一看是全黑的，突然很有肃杀之气。譬如我也会跑甘肃，我记得有一次是跟一群台湾作家，有一个很前卫的作家，还有一个美国作家，那次是到西藏，整个车厢是供氧的车厢，绝对禁烟，我们这些烟枪每到一个站，一定要下去在高原反应下抽几口再回去。因为我很害怕在那个包厢里跟这些长辈讲八卦、文坛的是非，我就自己拿书到餐车，我发觉餐车里面全部都在抽烟，包括随车的公安也在抽烟，我就很开心，我也拿出烟来抽。晚餐时间我们台湾团那些前辈就在那边吃饭，隔壁桌有一群是东北来的爷们，喝高了，喝得很醉，拼命抽烟。我们那个团里面的一个女的，以前是参加保钓的，是那种极红的，很悍的，她就站起来说可不可以不要抽烟，那个爷们一拍桌子，就吵起来了。我们领导就过去跟他说，"不要这样，这里面有外国作家跟港台作家"，结果那个爷们就摔酒瓶说，"今天是'九一八'，外国作家、港台作家就了不起吗？"这些前辈就把公安叫过来。其实我在那边很尴尬。

很难讲清楚，其实我不是批判，我在那个瞬间是一个蝙蝠，一方面我懂这个台湾女作家，她觉得有一个约定的界限：第一，这件事的风险已经大到它会爆炸；第二，我不需要你的二手烟；第三，我发觉这个爷们动用到反制语言的时候，是用中国的民族主义，"九一八"东北被日本人侵犯了，你们这些台湾人为什么可以享受比较高的地位或是跑来羞辱我们。我没有能力谈，不代表我不想跟你谈，如果是一个私下的场所，我反而很爱听，我那天就感觉到北京的任何一个饭桌，任何不同的老中青都超会讲中南海内部的"故事"，我们台湾就特别少。

　　梁文道：对，所以骆以军这几天发现一个规律，每三个北京人里就有一个是在中南海有人的，所以刚才这个问题我觉得我们都不太能够回答。以军刚刚讲的那个经历我也常有，我在大陆写时事评论，直到今天还常常挨骂，因为我是香港人。我不知道为什么我对某些东西发表一些小小的看法，比如对某个作家的作品不欣赏，对某座建筑物的设计有点疑问，甚至对某道菜不是太喜欢，而人家反击我最常用的逻辑是，你是香港人。由于你是香港人他就会讲一大堆，香港当年是怎么被割让的，为什么被割让？因为鸦片战争，最后的结论是你们这些"港烟余孽"。中间整个逻辑是怎么进行的，我们从来都不知道，我也从来没看懂，但是我也很习惯，我也很接受，反正大家骂我的时候都会这样走一圈，好像圆明园是我烧的。

经验匮乏并非真正匮乏

　　读者：您刚刚说到经验匮乏，我也是一个经验匮乏者，所以我从我自己的匮乏的经验说起。还记得梁文道先生写《我执》专栏的时候，读了以后发现简直是写当时的我自己，会觉得怎么这个时候文道兄和我是一样的感受呢？是很虚幻的感觉，但它是一种很真实的经验和存在，所以我觉得，我也许并没有亲身经历你所写这段专栏时候的所有经验，可是我却分享了另外一种可能不是我的但又像是我的一种经验。后来我听说骆以军先生去过西夏，我的家就在西夏王宫的旁边，我小时候还跑到那个城墙上去玩，那个时候我什么也不懂，可能没有任何感觉，但是我相信你去了以后你的感觉和我看王陵的感觉可能又是不一样的。我相信读你的《西夏旅馆》以后我可能会有另外一种新的经验，对于那段历史或者是王陵那个场景有新的感受。这个它不属于我，是从文字上一种很虚幻的联系，我经验到了，好像不能说是一种经验匮乏，反而是一种——我不知道该怎么说，好像文道兄说过，最早的学校从哪里产生的呢？就是曾经有一个人在一个大树底下讲故事，后来听得人多了，这里就变成一个学校了。这是不是一种经验的传授呢？我觉得像很多那些将消失的专栏文字，还有即将消失的谈话，所有这些是不是都是由于经验匮乏而不得不产生的一种传承和延续的方式呢？

骆以军：我在看文道的《我执》的时候，我也搭上了一个奇怪的串联。您讲得非常好，我觉得我根本不是在回答你，我听了蛮开心、蛮感动的。我记得第一次去昊王陵那边的时候有拍照片，那个导游其实是爱乡土的，地上有一些烧得很漂亮的瓷片，已经剥落了，看起来像一个黄土坑，我们会把它抠出来放进口袋里带走，可是导游是非常愤怒的。那天文道讲经验匮乏者，他说其实经验匮乏并不是真的所谓"匮乏"，这是一个误解的词，可能是因为经验太多，爆炸了。那天他讲到地球，美国一个小说家用"熵"写信息爆炸以后人的感性，人不是故意的，没有办法觉得哪一个经验是传递、伪造的。比如卡尔维诺写《如果在一个冬夜，一个旅人》，它有各自的一些短篇，好像在做一个小说百科全书，西方20世纪以后的所有小说里面都好像有一种癌细胞的扩张，一种过度的膨胀。《如果在一个冬夜，一个旅人》一开始写了一些细节，像煤渣般的冷雾丝雨。在火车站，这个人提着一个行李箱，他遇到另外一个人，两个人交换行李箱，产生了一个悬念。他走到一个酒馆。关于这个酒馆是怎样的描述，比如他一推开门，这个小镇的人互相认识，他们对你是有敌意的，他们把手张开，扑克牌收起来，然后砰的一声或者像子弹的声音。如果是这样的话，可能是一个比较新的 pub。比较旧的 pub 怎么样描写？可能偶尔私语说待会儿是马克医生先来还是格林警长先来。一个小说从刚开头的时候加入任何一个细节，这个小说是一发不可收的，是各式各样的方式蔓延开来的。之所以蔓延开来，在于我们已经处于 20 世纪，我们所累积的小说阅读已经疲乏到碰到这个点你就已经知道整套讯息了。这部小说里面有一章叫做《在马尔伯克的镇外》，它是在写人物之间的烦或者人物之间的癌细胞扩张，或者是人物之间书写的过度庞大的欲望，最后到了像天文写的《巫言》。朱天文写的《巫言》是一种枯淡的，已经不想写，完全在躲的时候，那个经验其实是一种压垮的经验，或者是一个伤的经验。我只要贴了一个标签，这个人就会在这个房子里面存在，他甚至不需要是他本人，可能他会形成一个复杂的形象，所有的经验其实是庞大的（这个角度可以靠小说的技术）。这个人一直很焦虑，说有一个人要来夺走他在这个空间所有的过去，所有的经验，所有的一切。其实这样的小说技术，我们没有过多的时间讲，可是这样的小说技术在拉丁美洲、印度这些国家特别爱使用，为什么？就是这些国家的民族——刚才讲到香港、台湾，或是马来西亚的华人，他可能在过去的 400 年，或者是在过去的 100 年，经历了整个世界帝国主义扩张的过程，一个被殖民的过程。他认同的过程其实是错乱的，他不可能靠单一的腔体来讲完一生的故事。拉丁美洲作家的故事，他们一定有一个儿子，这个儿子身上背着父亲的灵魂去找父亲，所有鬼魂的故事全记录在他的腔体里。有一个美国的小说家叫做卡洛斯·富恩特斯，他有一个小说叫《奥拉》，这个小说是一个很浪漫的小说，讲一个年轻的历史学者，去一个老太太的屋子里帮死去的老将军写回忆录，然后他爱上了这个老太太的一个侄女奥拉。他跟奥拉在一起的时候，他觉得奥拉被那个恶心的老太太控制了，可是奥拉后来跟他讲："你会爱我多久？"突然那个时候，殖民时期的豪宅里被老鼠钻洞的地方透出一道光来，他眼前是一个很恶心的老夫人的腭骨，骨头已经干瘪了，他突然说出来的话是老将军的话："一生一世。"他已经穿透这些期待故事的人士，前几代人的，这其实很痛苦的。今天我要讲台湾的故事的时候，其实我没有办法很简单地讲一个干干净净的台湾年轻人的经验，你始终在处理的一个过程中有太多的信息穿透你，有太多的身份换挡。他所谓的贫乏感其实是在于，你为什么要被作为这样的媒介，你为什么要这样被通过，事实上你并没有真实经历过这些经验，可是你却要作为期待故事的人。这些东西如果各位有更多的耐心可以持续看台湾的一些小说家如马骅的一些很好的小说。你会发现他们说故事的方式很多时候是跟大陆这边的小说家完全不一样的。

文字脱离实际，所以要"工"

读者：刚才那位同学问的可能是"经验匮乏"的，我想问一下"后工"。我觉得梁老师好像一直没有谈到这一块的东西，我想听听两位老师对于这个"工"的一些解释，以及这个"工"为什么是工作的工，不是用功的功？尤其是骆老师，我很欣赏您那种叙事性，其实我希望让更多的人可以知道骆老师是怎样一个人，您能用简短、直接的方式让大家知道你吗？

梁文道：你应该开一个微博，所写的东西不准超过140字。我想不同的人有不同的讲故事、写作的方式，但我们今天的问题是常常希望所有人都是这样子写，这样子说话。我们看书或者听人说话是一个互相调整的过程，到底是期待人家改变来迁就我，还是我去改变迁就人。我不知道，但我常常觉得在长大的经历中，我总是被改变的人。经历这一连串的改变过程，才会有成长，才会有变化。当然我们会觉得骆以军这么讲话好像很难懂，这就要看你有多想懂了，你在听的时候，你听到什么，你有没有进去。

我来正面回答你，为什么是这个"工"呢？因为这不是成语嘛，人家就是这么写的，这个工的理由就在于它是工巧，很漂亮的那种感觉。举个例子，我是广东顺德人，广东是珠三角不错，是鱼米之乡，也不能说穷，但是我们那个地方的人常常以为自己穷，所以要求后工。我们做饭很少用山珍海味的原材料，有一道传说中的名菜叫做酿豆芽，是什么呢？就是豆芽菜。我们把猪肉、鲮鱼肉、菇、萝卜几种东西剁成酱，灌进豆芽里面，然后拿来煮汤，这个菜名就叫豆芽汤，你听名字完全不起眼，但是老饕一看到豆芽汤就知道大师傅来了。这叫"穷而不工"，材料不多就能做这种东西。"穷而不工"是我定的题目，为什么呢？它包含很多意思，很多人会觉得我们这些海外人好像没有故事可说，但其实不是没故事，经验太多了，就像你见过的生死太多，反而你是不会说话的。我想讲的穷有很多层面的意义，因为刚刚受到骆以军的影响，要不本来我会讲一些不是故事的、也许更合您意一些的比较理论的东西。

我简单讲一个例子吧，什么叫穷呢？例如我们香港人在语言上就是很穷的，为什么呢？像你们写东西比我们舒服多了，我还好，我起码在台湾长大，各位你们从小写作大概从来没有什么太大的困难。我为什么这么讲？因为比起香港人，都是说粤语写白话，如果真按广东话那样写，整个写出来的东西是不对的，所以我们从小写作的时候，所有的同辈作家包括启章都要经过一个非常痛苦的调整过程。那不是一个天生的语言，不是自然的语言，我们可以说那是穷的。在那个穷困状态下，我们更意识到语言这个东西跟我要表达的东西、跟我看到的东西之间永远不是自然的、永远不是直接的，正是中间断链才使我们意识到文字的虚构、文字的问题，文字不是那么自然的东西。这就是我们的"工"，真的是要一番造作，我们所学的中文的一切现成的表述方式都是脱离实际生活环境的。

当然台湾其实是另一种状况。四五十年代之后，国民党带过去一批外省人，里面有一些是现代主义的健将，但是台湾恰恰是对社会写实很抗拒的，因为一写实你就是红色的，你就是共产党。这个现代主义还有另一个方面就是本省的过去用日文写作的作家深受日本现代文学影响，所以台湾的现代主义的根埋得很深很深，而且被激情推涨起来。在这种情况下，他对于语言也变得特别敏感。所以我觉得我们两个地方都跟大陆完全不一样，语言对我们构成了不同的问题。

读者：骆老师，我想请问一下您能不能讲一讲张大春老师对您的影响。我只读过您那篇《底片》，那种用一本正经的调调讲似真似假的故事，会让我想起张大春先生。

骆以军：有一次我好像在一个采访里被问过，当时就要嘴皮，说有几个问题很难回答：一个是人家问你的感情很难回答，就是你初恋情人可能不是你老婆；第二个是你养过的第一只死去的狗；第三个就是你的启蒙老师。我觉得我好像反应比较慢，我情绪还停留在文道刚刚讲的这个"穷而后工"的情绪下。台湾在 90 年代初的时候，大陆好像刚好也是类似的情况，那时候台湾刚解禁，媒体整个打开，大概在我20岁出头的时候，像张大春、朱天文，还有黄凡、林耀德，他们这一代是台湾比较困苦的一代，他们已经是现代主义的高峰。至于诗歌，大陆现在可能知道的是余光中。像这些现代主义作家，现在好像才介绍到大陆来，有一个时间差。

小说的部分刚才梁文道讲得非常好，他是说台湾这一块是被砍掉的，我一直到大学的时候台湾才放开，这以后我们才看到鲁迅、沈从文、沈雁冰、萧红这些人的作品。所以之前几次的采访我一直很爱举一个例子，基耶斯洛夫斯基有一部电影叫做《双面维诺妮卡》，有两个孪生子永远在一种奇怪的凝视对方的过程中，感觉到自己有一个缺陷，或者自己有一种奇怪的感伤。在90年代初的时候，台湾还有白色恐怖，很害怕红色中国或者左派的写实主义。可能跟大陆的某些状况有点相似，那时候文学青年的作品是不能写现状的，这些苦闷的青年就从英美引进，当时像卡夫卡、福克纳，所以那时候的作品其实是还不成熟的中文现代主义。到天文、天心、张大春他们这一辈的时候，是把一个累积了几代的力量推到了新的高度。我的老师张大春在那时候是一个绝顶天才，大家觉得他就是一个孙猴子，那个时候他大概才29岁，几乎一直处于高峰。这些人是用自己的小说创作作为西方文学地图或者文学化石层的一个浓缩隐喻的快展。

大概就是这样。我刚好在大学上他的课，可是我的性格跟他差距非常大。刚刚有一位朋友讲我说话好像一直都要打转，大春是非常聪明的，他可以快速抓到一个线索。我读的那个大学蛮差的，但运气很好，刚好几个很年轻像大春那一辈的老师开小说课。你讲的《底片》其实是我的第二篇小说，当时在台湾大家就贴了一些标签在我身上。其实我大概在三十多岁的时候会有一个情绪，我要摆脱我老师在我身上的影响。其实我已经这样有十几年了，你可以看看我后面的作品，应该现在在台湾不太有人会比较我跟我老师的血缘关系了，现在留下来的是一个启蒙的关系。大概是这样的，谢谢！

文字里的中国人

——中国文学的现状与建设

一 ⸺ ⸺ ⸺ ⸺ ⸺ ⸺ ⸺ ⸺ ⸺

提到文字里的中国人，我首先想到了孔乙己

莫言：这次的题目非常宽泛——"文字里的中国人"，文字既包括中国文字，也包括外国文字，既包括中国的文学作品，也包括外国的文学作品。我想古今中外的文学作品里到底出现了多少中国人的形象，真是一个难以统计的数字，但是就像刚才视频里同学们讲的一样，尽管已经有无数的人物形象出现在文学作品里，但是大家记住的还是那些特别典型的人物形象。讲到文学里的中国人，我们首先想到的是鲁迅作品中的孔乙己、祥林嫂、阿Q。当然鲁迅在中国有一个特殊的地位，鲁迅的作品几十年来一直被编入我们小学、中学、大学的语文教材。即便是一个不热爱文学的人，只要上课，就必须学鲁迅的文章，自然就记住了他作品里的形象。当然这几个人物形象塑造得也非常成功。一个作家写小说，确实应该把塑造典型人物当做自己最重要的任务，或者反过来说，一部小说写得是否成功，我们应该看这部作品里是否有让人难以忘记的、过去作品没有出现过的人物形象。外国小说中的

中国形象也有，由于我们的阅读范围所及，可能很难举出一些，待会儿让陆建德老师来说，他是研究英美文学的。

怎么样塑造中国人的形象？我们中国文学里除了鲁迅作品以外，还出现了哪些可以成为典型的人物形象？刚才有同学提"小二黑"，大家知道这是赵树理的作品。我觉得"小二黑"还不是特别典型，他的妈妈"三仙姑"和算命先生就很典型。我想当代文学和现代文学确实出了一些人物，而且像赵树理写作的年代是受了很大限制的年代，那批作家都有非常深厚的生活积累，有很高的文化素养，也掌握了非常娴熟的文学技巧，但他们的写作由于受到了时代的限制，应该没有完全发挥出他们应有的水平。但即使这样，在我这个年龄的读者的记忆里还是留下了一些人物形象，但是这些人物能否进入世界文学典型人物之林，确实要画一个大大的问号。

像《红岩》里的甫志高，《红日》里的张灵甫，包括样板戏里出现的"高大全"的人物形象……就是说过去中国文学作品里出现的，大家记住的人物形象往往不是正面的人物形象，正面的人物形象往往都带有"高大全"的色彩，而很多反面的人物形象都写得很成功，也就是说很多中间人物写得反而有血有肉、活灵活现的。我想这也是中国当代文学在改革开放之前所受到的一个最大的禁锢，就是不能把人当人写，尤其是正面人物，只能写他好的一面，而反面人物也不能当人来写，只能写他极坏的一面，所以留下比较好的反而是中间人物，不是好人，也不是坏人。我想在座肯定有很多同学学过文学史，关于中间人物论，在上个世纪 60 年代也引起了文坛的激烈争论，也引发了很大的冲击。

二　——————————

文化定型对于一个民族的文化品牌塑造很重要

李莎：我叫李莎，是意大利人，从 1995 年起一直在北京意大利大使馆文化处工作。从 2002 年开始，我就开始在业余时间翻译中国文学作品，主要翻译作品是《生死疲劳》、《为人民服务》，其他的我就翻译了一些片段。因为意大利文化处组织了一个中意比较研讨会，其间我们出版了一个小杂志，每次我都要翻译每个作家的小片段，所以我也翻译过李洱老师的《花腔》、《告别天堂》等，反正一些小片段基本上都接触过，其他的风格我都看过。

我今天借这个机会想跟大家分享一些关于塑造国家文化品牌、文化定型方面的想法。一个国家和一个民族的文学品牌的塑造，主要取决于他们在国外的形象和在别人脑海里的文化定型。我们都知道他人眼里的你，基本上都是有力的和定型的你，虽然这个定型也许并不是一个国家或民族的客观现实面貌，但是我们都不能否认，在这个定型中他们是津津有味的，而且是普遍存在的，是一种描写他人眼里的你的很有力的符号。比如说我，你们看我是意大利人，肯定会想这个人爱吃披萨，爱穿时尚，爱看足球，就是这种定型，有少数人也制造了一些正确、可靠的形象，但大部分人还是依靠定型分析我、了解我。所以文化定型对于一个国家和一个民族的文化品牌塑造很重要。在翻译外国作品中，很容易涉及对文化定型的各种表现，我作为一个翻译者，怎么使他们发挥重要作用，这是一个问题。所以今天我想跟大家提一个问题，国家怎么利用文化定型塑造自己的文学品牌，强化自己国家的命运，创造自己的品牌，创造一种文化的原创地产品的效应。

我们认为一个人对其他文化的定型就是一种比较愚昧的、比较笼统的扣帽子的方法，但是事实上我们可以学会如何利用它们，让它们创造自己的品牌。比如好莱坞对华人形象的一种偏见，从上个世纪二三十年代就能够看出来，所谓的黄货电影，这方面都是黄种人，而且还是鬼鬼祟祟的、贼眉贼眼的黄种人。从这一形象可以看出来，那时候的西方人对中国乃至亚洲的形象的恐怖感。现在中国的形象在中国电影中有一种很喜人的、西方人喜欢的倾向。

举例来说，比如刘玉玲出演的《杀死比尔》，她就是典型、有力地创造了中华女性形象。这方面我想给你们说一个小故事。我每年去印度练瑜伽，在一个比较偏僻的地方跟印度人接触，我就说我们是从中国来的，他们一听我先生是中国人——这些孩子对历史一无所知，但是他们一听他是华人，就说到中国的武术。他们马上跟我们说他们想到中国学武术。你想，在印度一个特别偏僻的地方，他们就知道中国功夫。还有一些关于其他的经济贸易方面，好多西方企业家现在都在拼命地研读《孙子兵法》。

从这方面可以看得出来，电影、小说、音乐以及其他类似的文化产品都在建构一个国家的文化品牌，它们在这方面有非常重要的作用，虽然这个作用经常被一些研究者忽略。文学是一种很强大的品牌塑造媒体，而且就我做过的翻译，我最喜欢的是莫言老师的作品。我也开始思考一个公众知识分子在这方面应该如何塑造自己的国家形象的问题。我的第一本翻译作品是 2001 年出版的莫言老师的《檀香刑》，这就是原汁原味的中国制造，充满了中国传统生活的一些印象和声音，它是一幅富丽堂皇的中国壁画。这里充满了中国家庭式的矛盾、逻辑，他的尝试肯定对本族的读者是鲜明易懂的。莫言老师也说过，几乎就无法翻译了。

　　他的真实凝固了许多人类共有的、与社会以及与家庭、友谊、恋爱的一些概念。小说《檀香刑》以1900年为背景，通过对中国历史与文化的深刻反思，表明中国的传统现状与思想是可以克服西方无处不在的影响的。这是一种反对普遍主义，反对追求一体化的声明。像莫老师这样已经到达了事业顶峰的作家，选择了寻根，这就更加确定了大家公认的想法：中华民族的文明是无比的。对未来的自信会帮助中国人更愿意坦白和公正地面对过去。可以说作为一名公众知识分子，莫老师提前意识到了这一点。文学作品应该给国内和国外的读者制定一种对待历史和国际的新形象，中国作家和其他国家的作家和知识分子一样，对自己的读者和对其他国家的读者都有一种比较重要的社会角色。

　　所以我想谈谈我的另一本翻译《生死疲劳》。莫言通过中国动物的眼睛，给我们讲了50年的历史。小说主要说的是土地问题，中国人离开土地后，其对中国人的传统思想的影响已经减弱了很多。在我看来，莫老师给我们国内和国外的人一个重要的警告，就是说在享受时尚经济的青年，你千万不要患上对过去的一种健忘病或健忘症。我刚翻译完的《变》是一本很可爱的、搞笑的书。我希望你们能知道，我们70年代长大的西方人，特别是意大利，我们在大学静坐抗议的时候，墙上挂的是毛主席海报，我们那时候很严肃地认为我们就是在搞正宗的毛泽东主义。我们现在看到《变》会这么想吗？当然好多思想都是颠倒的，所以我们要感谢莫老师给我们重新创造一个对当时的中国青年的形象变化和创新的机会。

　　我现在正在翻译《蛙》，这是一本讲述中国计划生育的发展史的小说，我相信你们都看过了。莫言在这方面以第一人称讲述"我姑姑"的故事。姑姑是一位妇产科大夫，通过她的经验，我们从中能看到30

年来的计划生育工作发生的一些故事。它讲述了民族面临的一种困难选择，我看过一些这方面的资料，莫言老师也说过，这部作品写到了忏悔，一个国家和民族的忏悔。我相信莫老师所塑造的中国人的形象将又一次给我们国外读者留下深刻的印象，使得一直在批评中国计划生育残忍性的外国人看到真正的中国人的心理。

总而言之，莫言和他的作品对过去的关注与阐释，可以视为他接受现代化态度的一个疑问，是他对现代生活所患的健忘症以及对消费社会所带来的愚昧无知、自私行为作出的警告。在这方面，你们应该想到，经济繁荣不一定意味着精神繁荣，这恐怕是两个不同的概念。我们可以这么说，在莫言老师的书中，中国人能看到过去和现在，而外国人又可以看到未来。一个国家的文化品牌由各种各样的因素组成，而文学是极为重要的文化品牌工具。应该说莫言的作品对人们关于中国的文化定型提出了很多挑战，让人们重新思考，在脑海里重新塑造一种中国形象。最后，再一次感谢中国人，中国作家，莫言老师，帮助我们重新认识自己，而且帮助我们了解别人。谢谢大家。

三

写作就是杀死自己，让别人守灵

读者：李洱老师说："写作就是杀死自己，让别人来守灵。"怎么来理解这句话？

李洱：把自己最困惑、最迷茫的那一面写出来。我觉得作家写作就是寻求对话，让自己的弱点暴露无遗。以前读者看作品的时候，总希望从作家那里得到某种教益，或情感的教育，但是实际上读者读作品的时候能给作家一个安慰。因为作者写作一部作品时是非常空虚的，写完之后更加空虚，他希望从读者那里得到一种反馈，而任何反馈对他来讲都是一种安慰。所以我觉得作家实际上是一个非常虚弱的人，跟托尔斯泰、巴尔扎克等不一样，那时候的作家认为自己的手里有真理，但是当代作家手里没有真理。所以虽然我说"守灵"确实有点夸张，但是我觉得写作确实是一种对话，而为此把自己最困惑的一面拿出来，把自己对生活的不解、虚弱的一面呈现出来，然后达到一种安慰。我觉得这是一个写作的要义，我觉得守灵的过程就是在比较沉默的状态下的一种对话关系。

邱晓雨：我觉得守灵还不够，还应该盗墓，看这里还有什么空间挖掘，我们还要考察，看不同时代作家留下的印记。

读者：我以前看过您写的《暗哑的声音》和《平安夜》，好像都是根据外国文学作品改编的，像《平安夜》是不是改编自《金玉良言》？像您的很多作品都会改编于其他人的作品，我想知道为什么。

李洱：谢谢。你说的这两个作品，就是《金玉良言》和《带小口的女人》，我都看过，但是我不认为我是改编自它们。我写的《暗哑的声音》是一个真实的故事，是一个电台主持人的故事，我确实参加了一个女主持人的节目，在对话完之后，觉得这是一个很好的小说，我回来就写了，而且是一气呵成的。《平安夜》的故事也是那天，我不知道是平安夜，我被人请去参加平安夜活动，我在那个活动报亭门口跟那个人说话，我觉得这是一部小说。但是你刚才讲到的《带小口的女人》和《金玉良言》，我认为都是经典小说，你仔细看它们其实还是不一样的，里面涉及所谓第一世界、第三世界、东西方的，以及性的一些东西，就是作者善于处理的主题。他的主题更大，我的主题稍小一些，如果我模仿他的小说的话，我会写得比他还好。

邱晓雨：李老师先写的《喑哑的声音》，之后认识我，所以我在采访的时候也问到这个问题：为什么会写电台的主持人？

李洱：我前两天跟一个英国汉学家聊的时候，他突然跟我讲了一个故事，讲到一半的时候，我说是非常好的小说，但是我不知道他下面怎么讲。可是他本人不知道这是非常精彩的小说。当我回来之后，把这个翻译家的谈话在我的笔记本上写下梗概的时候，我发现它跟某个故事非常像。我们现在可以说生活不是在模仿艺术，只是有一个前后关系，我们可能会看成一种因果关系，其实不是。

他讲的故事跟我以前看过的故事非常像，但是主题也有不同。主题的不同在于我们生活在不同的时代，就是故事中某个元素悄然发生位移或变动，整个故事的主题、情绪、色彩都会发生很大的变化，但是从整体上来看，它确实跟另外的故事非常像。它也从某种意义上说明一个问题，就是作家的创新。我们十七届六中全会提到文化的创造力，这种创新非常困难，就是前人已经做出了非常精彩的工作，你所能做的好像就是在前人的基础上做一点改编，而且这种改编你自认为是很大的创造，实际上前人已经做过了。我觉得这也是作家的悲哀。

四 ————————————

中国人的形象是在不断变化的

陆建德：我想刚才李莎女士的发言很好，里面说到一个词，叫"定型"。这其实就是一个比较刻板的形象，一方面定型可能对我们走出去是有帮助的，另一方面我们也需要打破定型。举个例子，比如有一个意大利人不一定特别喜欢吃披萨，但他知道中国人喜欢把意大利人都想象成喜欢吃披萨饼，所以他看到中国人喜欢吃披萨饼，他就吃披萨饼。我们就会觉得这人太累了。偶尔会有一些想象，其实这个想象跟我们自己的想象是有关联的。

我觉得改革开放以来的作家，或者是中国新文学运动以来的作家跟外国的文学关联特别紧密，所以今天到清华来很高兴。因为清华原来的外文系出过一些非常优秀的作家，像我在社科院文学所或外文所的同事，比如杨绛女士，她的先生是钱钟书，他们都是外文系学生，但是他们对中国新文学的影响是非常大的。

我觉得外国文学对中国新文学的发展有很大的推进作用。有一点好的是什么呢？我觉得从新文学运动以来，中国最优秀的人物开始进入文学创作，尤其是小说的创作。因为传统中国一般文人是写诗或写文章的，小说创作比如《三国演义》或者《水浒传》往往有集体创作的痕迹，一般都是读书人完成的，但是这个读书人并不一定是当时优秀的人物。现在有一个变化，就是非常有才能的人开始转向小说的创作，因为小说是对我们自己的人性的最好的探索工具。如果这个工具本身是很不行的，最终我觉得关于中国人的想象肯定也是不好的。

我们这个工具现在变得大大丰富了，我现在甚至觉得，我们看2011年的小说，然后我们再和二三十年代的小说比较一下，我觉得我们现在的小说所呈现的人性多样性的途径要比那时候丰富，也可以说中国当代小说实际上创作的成就，可能不低于二三十年代，因为我们总会觉得祖宗的东西是最好的，实际上我们现在看一下，并不一定。

我举个例子，我觉得那时候也有一些作家觉得自己对外国文学很了解，他们也做过一些少量的翻译，实际上他们对外国文学的思考不一定像现当代中国作家这样，我知道有好几位中国当代作家读外国文学史是很深的。读外国文学史有什么好处呢？训练创造性的思维，他在看人家怎么讲故事，通过人家探索的手段来丰富关于中国人的创造。我觉得这方面做的工作是非常多的。

关于中国人最终怎么样，我觉得外国人看并不是很重要，要看我们现在自己怎么创作自己。因为在八九十年代中国作家走向世界很少，像你生活在中国，认为中国是没有文学的国度，你要生活在纽约、伦敦、巴黎，你可能有一些优势，然后会考虑是不是把你的作品介绍到外国出版社。现在不是这样了，现在他们对中国作家非常感兴趣，因为突然发现有如此丰富的世界与他们预想的完全不一样，因为中国作家不管写到性的话题，甚至是政治话题，这方面的大胆程度远远超出了外国汉学家的想象，所以这对他们来说是一个惊喜。

但是，我想中国人的形象是在不断变化的，我们千万不要觉得我们的文字写下来就是固定的，而是需要我们不断进行重新阐释和发现。有很多非常好的文学作品总是在突破，在重新发现的过程中，它通过跟后人的谈话，就是后面一代代读者的谈话，这个作品慢慢变得更加丰厚。我这样说的意思是，并不是作家的每一个作品原来都是经典，应该解释的程度只有一种。实际上不是的，我们有很多种。

刚才李莎女士讲到莫言的《生死疲劳》时用了"动物的眼光"，这非常好。这个动物的眼光我们看一下，我们如果换一个视角看这个世界是怎么样的，我自己可能是怎么样的，这样的话我们会看到我们呈现的东西是多维度的。因为中国传统的古代文学，我觉得有一点是这样的，我这个话说得不成熟，比如我们看《楚辞》，我们觉得诗人很自信，他觉得自己是最美好的，世界是黑暗的，自己与世界是处于对立状态的，他从来没有自我怀疑。但是中国文学里有一点激发了我们巨大的活力，就是我们大的声音开始变得不确定了，我们开始有自我怀疑和自我审视了，我们开始引进不同视角，从不同的方面讲同一个故事，然后留下了巨大的空间，这个巨大的空间要靠读者自己去发挥想象力，而且这种心理的参与是一个价值建构，就是我们认为这件事情背后好不好，我们应该怎样把这些碎片串起来，串起来之后我们会得到什么样的教益。

前两天，我碰到一个很小的事情。我在遛狗的时候，做出好像要打狗的样子，旁边一个小区的清洁工说"不要打狗"。我一听非常震惊，这是我们社会里非常新的东西，原来我对这个声音是不熟悉的，但是现在这个声音切切实实地在我耳边响起，我突然觉得我的行为不大好。还有，1969 年的时候，我家邻居养了一条狗，街道派出所说不能养了，要自己处理掉，我的邻居就把那条狗打死，然后烧了一碗分给了邻居们。我现在想起这个事情觉得特别不安，当时那个小朋友眼睛哭得红红的，非常难过，而他父亲把这个狗杀了，还烹饪了。我如果现在写的话，以现在的视角看待这件事，我会认为当时太暴力了，但是这样的成长太慢了。

像鲁迅的《伤逝》，涓生养了一条狗，生活条件不好，他就把狗扔到野外去了，后来这条狗又回来了。鲁迅先生是不是对这个问题很敏感呢？如果不敏感的话，这背后又说明了什么？我们是不是该重新审视涓生的行为呢？这样我们再来写小说的话，也会写出和鲁迅先生的对话。其实我觉得中国当代作家面临着一个巨大的挑战，就是我们的社会变得很快，这种变化关系也是非常微妙的，做文学批评的人要把这些拣出来看，需要跟像鲁迅这样伟大的文学家展开对话，对话的同时也应该有批评。谢谢。

五 ----------

曹雪芹把贾宝玉的结局留给了当代作家来写

读者：作为严肃意义上的作家，你们认为是否有一种自觉的意识，认识到中国传统文学这种文以载道的现实主义传统的召唤和复归？

李洱：你提的问题既是作家的困惑，也是批评家的困惑，就是现实如此精彩，人们经常说现实大于虚构，现实大于文学，在这种情况下，作家的写作还有没有意义？作家能否写出跟现实生活一样精彩的小说？这可以说是最近十几年来不断困扰当代作家和当代批评家的问题。也可以说只有在 90 年代以后，中国作家才会遇到如此现实的问题，以前没遇到过，但是我们可以从历史中寻找答案。我经常说一句话，我说曹雪芹如果生活在这个时代，可能会比我伟大，但是不会比莫言更伟大，这个时代产生不了《红楼梦》。为什么呢？

我们想一下，在曹雪芹写《红楼梦》的那个时代，整个中国文化发展到滥熟的地步，我们的价值观念如此稳定，我们的儒道所形成的基本文化结构是一致的，非常稳定，稳定到什么地步？稳定到整个社会的价值观念就像贾府门前的石狮子一样，社会在发生变化，但是远远没有我们今天的社会变化这么剧烈。在曹雪芹生活的时代，世界在他脑子里面形成了一种形式，赋予它某种形式感，这种形式感几乎天然地进入了曹雪芹他们这些人脑子里边，然后他把它写下来。我们可以再想一下，一个小男孩进入青春期以后跟一帮丫头打交道的情节，相对是好写的。

我们再想一下，曹雪芹没有写完，为什么？在我看来是遇到了大问题。我们通常说因为曹雪芹吃不饱饭，所以他病死了。我认为这个

"

解释是非常牵强的，其实是因为曹雪芹不知道贾宝玉长大后怎么办。像他爹贾政那样当官吗？他不愿意。如果像他爹那样当官，这部书毫无意义。当和尚吗？曹雪芹不愿意。那么对于以前的中国男人来说，他要么当官，要么当和尚，但这两条路都不成，他怎么办？曹雪芹无法回答，无法给自己如此心爱的主人公解决问题。当然，还有一条路，让贾宝玉走西门庆的道路，当然曹雪芹也不愿意。那么曹雪芹就遇到了一个问题，那就是他不知道如何解决贾宝玉长大之后怎么办的问题。

那么这个问题留给谁？在我看来，曹雪芹把这个问题留给了当代作家。当中国作家吸取西方文化，吸取中国古典文学，把各种各样的资源进行综合之后，他必须让他的主人公面对这个如此复杂的世界。这个世界上所有的作家，无论是西方作家还是中国作家，从来没有给中国当代作家提供一个摹本，所以中国当代作家在面对这个如此复杂多变的世界的时候，犹如孤儿，写作也因此变得困难重重，困难之大远远超过曹雪芹，超过卡夫卡。我们知道卡夫卡，当他写《城堡》的时候，他写不完是因为他不知道主人公进入城堡之后怎么办。当公务员吗？不知道。我认为这是卡夫卡留给西方作家的问题，现在这两个问题像两座大山一样压到了中国作家身上，中国作家对这个问题只能陷入漫长、痛苦的思索，目前还没有答案。

文学的最高理想是写人

读者：我问一下李莎。您说通过莫言老师的作品，中国人可以看到过去，外国人可以看到未来。这句话我不太理解。我认为是不是这样，中国人通过这个作品了解真实的中国的过去，外国人了解了过去的中国？

李莎：我认为中国人看到过去是看自己的过去，但是外国人看到未来是看大家的未来，因为莫言老师给我们提的警告是大家要面临的问题，就是过度的现代化，过度的经济的信任，过度的对世界发展快速的信任。这是我们全球所要面临的问题。我们不要以为有钱，我们的精神就繁荣起来了，这两个概念是不一致的。所以我认为外国人看到未来，就是看到大家的未来，包括中国人和我们外国人的未来。这个警告是大家所应该思考的一个问题。

读者：我问一个简单的问题。莫言老师的一些作品都是写乡土的，我想问一下，您有没有转向城市文化的描述？或者从事这方面的写作，对年轻人起到一个引导的作用？再问一下陆先生，就是你刚才提到狗，然后我就想到熊猫，它们之间的差别，是不是也可以作为写作的素材？

莫言：我更愿意回答狗跟熊猫的差别，而不愿意回答农村和城市的区别。

邱晓雨：这是不是就是农村和城市的差别呢？

莫言：挺像的。前不久我跟陆建德老师参加中国高层文化论坛，我最后一个发言，我说荷兰大建筑家设计了这么多有名的建筑物，但是我觉得在中国设计的中央电视台像一个大裤衩，我想问一下你设计这个大裤衩的理念是什么？这个建筑造型，你到底想没想过会让中国人产生什么样的联想？好像他也是王顾左右而言他。我当时直接表示对这个建筑物不喜欢，这个设计师说："我相信你总有一天会坐到这个大楼里做节目，那时候你会感觉到它里面还是充满热情的，有很多公众的活动空间。"实际上这也是一个城市的话题，城市是很多人向往的地方。

在过去看来有很多悖论的地方，就是乡下人纷纷想进城里，从县城到大城市，而城里的人，尤其是城里的有钱人，和那些虽然没有钱，但是很赶时髦的年轻人反而都想到乡下去，到那里买地，建别墅，建四合院，即便建不了四合院，也要在周末下乡采摘，去享受一下原始的自然生活。城市建设中也充满了更多的悖论，一方面充满了很多仿古的建筑，一方面也充满了很多崇洋的建筑，同时在建筑过程中又出现了许许多多万众瞩目的现象，最后我总结了一点，将来中国一旦实现了现代化，我们会上的问题就可以解决，我希望出现一种什么样的现象呢？就是：第一，让乡下人生活得比城里人更美好。第二，我希望穷人比富人生活得更轻松。第三，我希望老百姓生活得比当官的更自在。我们可以利用税收、法律以及各种各样的经济杠杆和政策法律实现这三条，这三条如果实现了，城市拆迁问题，包括我们文学中很多面临的困境都可以得到解决。

至于我为什么长期写农村题材？因为我生活在农村很多很多年，对农村很了解，正像整个社会都在发生变化一样，农村文学和城市文学的界限逐渐不清，因为文学不是写城市的，也不是写乡村的，也不是写苦难的，它根本就是写人的，我觉得写到人就实现了最高的理想。

陆建德：其实不是就狗和熊猫来说，最终还是要回到人身上。我刚才说到 1969 年，那时候我对狗是不在意的。我生活在浙江杭州，来了大批的安徽流民，是灾荒跑来要饭的，但是没有媒体关心他们，城里人对他们也是不关心的。从 1969 年到 1978 年，1978 年是伤痕文学，在伤痕文学里可以看到自我怜悯的感觉，就觉得他生活在农村是不对的，而绝大多数农民生活在农村是命运规定的，所以他们都想离开农村，但是这个情况很快就发生变化了。现在我们看到很多作家，其实他有着农村生活的深厚背景，他就看到原来那种简单的城里人居高临下地去写乡下的态度不可取，所以有了变化。这个变化还是跟狗有一定联系的，狗跟熊猫的差别我们不去管它，我们现在人工养熊猫的钱是不是花得值，这个也不论它，但是有一点是应该肯定的，就是动物在我们面前是弱者。

曾经有一个英国作家写《动物的活体解剖》，他说："我们如果对弱者是这样的话，那么只要有一个种族也认为比我们高级，他也可以把我们活体解剖。"他最终牵扯到你怎么看弱者。就是我们如果把弱者这个观念融进去的话，这个社会还是有很大的不同的，就是媒体开始关注很多弱者，作家开始通过作品让大家认识到，原来这种城乡的对比，我们可以考虑自己做得好不好，所以一下会发现我们可以讨论的问题特别多，而且要进入的深度也相当可观。讲到狗，最终还是要讲到社会，一个社会怎样才是公平，怎样来理解，刚才几位都说到了，就是超越地方和时间，比较带有普遍的人性，这种人性永远靠作家和大家共同来抒写，共同来评说。

现在的狗都明白自己是商品

邱晓雨：说到这儿我也要插一句，因为像莫言、李洱，还有很多作家来到我们中国国际广播电台的节目中，我有感觉，就是今天的年轻人关注的是务实的东西，房子涨价了，女朋友难找了……但是看书的话，会发现中国应该被关注的现实不是我们眼前的那一小块，大家看过这些作品以后会理解这个时代都有什么样的苦难，你会看到今天生活在城市和农村都有一些处境很艰难的人，你会变得更有责任感，你会觉得今天所获得的条件已经是很多人不具备的，当然不是说知足，而是说懂得去运用今天自己的条件做更多的事情，而且你也会知道有很多人，也许对你来说他们是弱者，你有责任让他们变得更好。这个小姑娘是今天最小的观众，只有 12 岁，你先自我介绍一下，然后说说要问什么问题？

读者：我是实验中学初一年级的学生。其实文字力量很强大，如果刚才主持人姐姐不说我 12 岁，可能你以为我 7 岁，我们班同学都说我像 7 岁的，可能个头儿比较矮。我的问题是：当我们在看一本书的时候，离我们最近的到底是谁？是那本书的主角，是这本书的作者，还是我们自己呢？

莫言：我觉得还是我们自己离我们最近，因为我觉得我们看起来是在读书，读故事，最终还是在读自己。因为一本书之所以能够打动我们，就在于书里的描写勾起了我们的记忆，我们从书中所描写的人物身上，从人物的命运和心理活动中感受到我们自己，想起了我们过去的岁月，回忆起了我们当下正在遇到的困境。因此我觉得读书是读自己，所以读书也是离自己最近的一项文化活动。

李莎：我有两个想法，比如你看书，有时候你在书上找到自己，有时候你在书上找到离你很远但是启发你好奇心的一个观念，这样的话，你在读完这本书后，你自己有了一个新的想法，你的脑子就变成三层、四层的，通过这个离你最远的人物，你可以重新看到你之外的世界。有的是你觉得这个人怎么做这种事，自己从来没想到，也要去试一试，这是一种方法。有的书让你一点好奇心都没有，没感觉，这本书你就不会喜欢了。

陆建德：我觉得这里面，一个是有我，一个是无我。因为我们看一本好小说的时候，我们无形中一直受到挑战，我们无形中总是觉得我的同情心可能在那儿，我不是说好人、坏人，因为我们无形中在做这个判断，有些不好的书我们看一下就扔掉了，我们觉得这个主角特别自恋。90 年代的时候，好像有少量的作品有一点这样，就是很自恋的叙述，这种书我们不一定会喜欢。但是真的碰到好小说，像莫言和李洱的小说，我们拿来之后，实际上我们是不断做判断的。如果这种小说简单地作为一个电视作品，很快地阅读是没有印象的，但我发现一本好书读完以后，自己跟原来有点变化了。看一部好电影和读一本好书都有这种感觉，因为我们始终都是参与者，把自己的成见打破了，进入了一个新的境界。

　　但是读书也需要这样的东西，就是你碰到的书里呈现的世界是你不知道的或者特别新奇的，就要尽量把你已经形成的固有的自我去掉，降到最低的程度来看，假定我完全换一个角度来看看这个作品怎么样，设想比如我是一个非洲人，然后我怎么样，也会有很多收获。就是有我之境和无我之境都是需要的，读所有人不能说都是自己，因为有些书是意志性比较强的东西，就是我们比较陌生的东西，读这种书就要有一种谦卑，就要把我自己去掉。

　　李洱：不能给小朋友太多答案，不要让他选择，刚才他们答得都很好。我是觉得刚才陆老师讲的狗的故事，引起了我的一些想法。我讲一下，刚才你讲到涓生把狗扔掉，扔完之后它又回来了。去年在河南三门峡富人别墅区发生了一起凶杀案，最后发现了一个奇怪的现象，就是养藏獒、德国黑贝的业主被杀了，而养中国土狗、草狗的没有被杀。最后警方进行了调查，当然调查的过程也非常残酷，虽然辣椒水、老虎凳没有上去，但是严刑拷打是有的。最后抓到一个人，这个人后来承认是他把那些业主杀了。但是在这个时候，在三门峡的另一个小区又发生了一起案件，两起案件的手段完全一样，这时候警方认识到，不是这个人杀的，而是这个人屈打成招了。最终抓到那些人，凶手作出了解释，为什么养藏獒、黑贝的业主被杀了，而养中国土狗、草狗的业主没被杀呢？他讲了一个事情，这个事情让人震惊。他说狗现在已经不把自己当狗了，狗已经具备了一种深刻的自我意识——这是我的话，不是凶手的话，就是狗现在认为自己是商品，当小狗被买的时候，它被当成尊贵的商品了。就是在商场买小狗的时候，你要在狗的脖子上敲三下，因为带了链条，这条狗就会忠诚于邱晓雨，但是当陆老师在这条狗脖子上敲三下之后，这条狗的忠诚瞬间改变，它不再忠诚于邱晓雨了，而忠诚于陆老师了。就是说这些狗自生下来就知道了自己的商品性，而土狗没有人买，所以它们还没具备商品性。当这些凶手去杀人的时候，他们在狗脖子上敲三下，这些狗认为在别墅里酣睡的主人把它们卖给这些凶手了，所以在杀人的时候这些狗不叫了，而土狗不一样，你把它的内脏取出来都还会发出嚎叫。当我知道这个故事的时候非常震惊，当狗变成商品的时候，狗非常聪明，它会一代一代地传承，慢慢地狗有文化了，不把自己当狗了。这个过程我觉得可以说明中国目前现实的一种非常巨大的变化，这种变化我觉得确实超出了人的想象。所以我说把狗扔掉之后，放心，现在这条狗不会回来了。

为什么文学是生生不息的？

读者：陆老师刚才说人性越来越关注怜悯、有同理心，但我老有一个感觉，就是我们越来越同情和怜悯的时候，我们会越来越敏感，越来越软弱，越来越有更多的妥协。当我们什么都不知道的时候，什么都不想的时候，这个人会很有力量，会做出很多绝不回头的事情。我们说人文方面很大程度上是去理解、沟通、妥协，我不知道哪一种更积极一点？就是老觉得我们有很多怜悯以后，我们会变得非常无力，我不知道这是人性的进步还是衰弱？说到历史上的话，在文学艺术特别发达的时候，这样的民族和国家反而非常容易衰亡，比如说像明朝被游牧民族入侵。

陆建德：我是觉得如果真的要成为了不起的文学的话，比如《狼图腾》，我自己就觉得这里面有一些东西，我有着一种深深的抵触。我想，真正的好文学能够把自己当做对象来看，我觉得看是不是强大的，这背后不是一个简单的结论，而是把我们引入一个简单的问题。但是这个艰难的问题总是在那里，我们大家总是在那里探讨，这就是为什么文学是生生不息的。文学不会给我们一个简单的答案，最后大家都像秦始皇一样了不起，它总是还有一些背后的一面，比如我们说温柔的一面也好，妥协的一面也好，但那背后有一种怀疑的精神，那种怀疑的精神也往往是人性非常动人的表现，我觉得那个还是应该存在的。

读者：我想问一下关于中国人阅读习惯的问题。我以前看过一篇文章，大致就是说德国人的车站里摆的都是德国人得过诺贝尔文学奖的作品，但是中国车站摆的却是时尚杂志之类的，所以我想问一下各位老师是怎样看待这个现象的？

莫言：像我经常会收到《新旅游》、《时装》，是我女儿订的，我也看过。我看风景的确漂亮，现在刊物做的彩色插页真是让我大开眼界。提的这个问题，是不是跟中国人、外国人的乘车环境有关系？中国乘车环境那么挤，别说看经典作品，看时尚杂志都不可能，只能抱一个小手机在那儿看短信，看手机上的小说。这个我觉得不带普遍性，可能是极个别的现象，因为我们去国外，坐过他们的电车和地铁，也未必像这位朋友所说的，人人都捧着一本经典在那儿读，没那么回事。我也相信在中国的火车上也会偶尔有捧着一本《红楼梦》的人。

邱晓雨：我们对外国人的理解也是局限于一些已有的形式。

真正的写作要排除迷云浮雾，看到社会的内核

读者：首先确实是商榷，不单纯是一个问题了。因为刚才有同学问到，他觉得要有力量的文化，而不是说怜悯的，才使中华民族更强大。陆老师也做出了一个让我很欣赏的文化。宋朝的作品比较多，审美是偏弱态的，这种审美不能带来真正的强大。我今天提问的问题和第一个问题类似，但是我跟他的调性是不一样的。大家知道莫言老师在领茅盾文学奖时说"匹配这个时代的作品还没有出现"，刚才李洱老师已经主动回答了这个问题，而且我也非常想听到口出此言的莫言老师是否也有这样的想法？能否给我们一些惊喜和小小的差异？

莫言：你讲的两种悲悯文化和强大文化，实际上我觉得宋朝有豪放派和婉约派，包括辛弃疾和李清照本来也有两面性。文学艺术和民族之间的外交政策并没有太直接的关系，关于伟大的时代没有伟大的作品也是近些年反复提到的话题。我们这个时代到底是什么时代？前不久我参加了纪念狄更斯诞辰二百周年的活动。我记起，狄更斯《双城记》开篇有一段话："这是一个破坏的时代，也是一个建设的时代，这是一个混乱的时代，也是有志趣的时代。"苏联作家在《鱼王》结尾时也罗列了一些有矛盾的话语，也是描述他所处的那个时代。

不过想一下，这两个作家在开篇和结尾的地方关于他们时代的矛盾的叙述，也完全可以移植过来描述我们今天所处的时代。我们可以看到像杜甫所描述的"朱门酒肉臭，路有冻死骨"这种现象；我们也看到刚才我讲过的城里人想到乡下去，乡下人想到城里来；我们看到有的人因为住的房子太多而发愁，有的人可能因买不起一所蜗居而痛苦；我们看到有的人面临着好几个好职业，在做痛苦的选择，到底该去人事部呢，还是该到哪个大学去呢，而我们也可以看到好多大学生

在各个求职场所愁眉苦脸地来回奔波……这种对立矛盾的现象比比皆是。

我想在今天的社会，我们还要发现这个社会的主流，以及什么是这个社会的本质。对于作家来讲，我想社会上发生林林总总的各种现象确实令他眼花缭乱，但是我想记录这些眼花缭乱的现象并不是一个作家的职责。过去有作家写《二十年目睹之怪现状》，按照鲁迅评价，这不是一部上乘之作，有些依靠猎奇或把展示奇闻轶事作为自己小说的主要内容。我想这并不是一种高明的写作方式，真正的写作还是要排除种种迷云浮雾，看到社会真正的内核，这个社会的主要矛盾到底是什么。

对于一个作家来讲，你可以偏执，可以有明显的立场，但是我想在写作的时候应该克服自己的偏执，应该压制自己过于鲜明的立场，站在相对高的地方来看待这个社会，看待这个社会的形形色色。我们当然要同情弱者，同情穷人，但是富人是不是人？我们一看贪官来就咬牙切齿，但是我们站在一种文学的角度来看这个问题并不这么简单。贪官是不是人？我们对他们的愤恨以及必须处以极刑之极刑的情绪是否符合所谓的普世价值？作为一个愤青，我在网上怎么发泄都可以，都不过分，但是作为一个作家，也把这样愤青的情绪移植到作品里去，势必会大大影响作品的艺术价值。

所以我觉得我们这个时代到底是不是一个伟大的时代，每个人都有自己的判断和答案，但是确实是一个波澜壮阔的、空前绝后的时代。在这样的时代里，作家可以写出伟大的作品，因为这样的时代为作家提供了巨大的可能性，因为在这样的时代里，人的丰富性得到了最强烈的、最集中的表现，就是说具备了产生伟大作品的物质基础或者资源基础，剩下的就是作家的胸襟、气度和才华。我觉得我们现在肯定应该谴责自己，过去我们经常听到老作家抱怨他们没有写出伟大的作品，因为时代的外部政策的限制。我觉得我们现在应该从自己身上找原因，你不能怨这个社会没有给你提供资源，应该怨自己没有才华，或没有理论思想，或本身的人格缺陷，所以影响了我们写出伟大的作品。当然，我想中国有这么多作家和正在成长的作家，伟大作品总会出现的。

耄耋之年回眸诗歌传统

——对话"诗魔"洛夫

<hr>

今天，我们更需要诗歌

于奎潮：欢迎大家参加今天的凤凰网读书会。洛夫先生是当代汉语诗歌光复性的诗人，诺贝尔文学奖的提名作家，他的人品和他的诗意，在诗歌读者中有口皆碑，拥有非常高的地位。

在很长一段时期内，洛夫先生的诗歌艺术已经得到文学圈、诗歌圈有口皆碑的好评，随着时间的推移，洛夫先生在大陆普通读者中的影响力正在持续扩大，越来越多热爱文学的人发现了洛夫先生诗歌的价值，在大众读者中的影响力也与日俱增。今年推出洛夫先生的诗歌精选集，也受到读者广泛的欢迎。第一次印刷很快就销售完了，又安排加印。在一年之内，一本诗集连印两次，我相信在中国当代诗歌出版领域也不很常见。

洛夫先生除了是一位杰出的诗人，还是一位公认的优秀诗论家和散文作家，尤其在诗论的撰著方面更堪称大家。早年他和痖弦、张默创立《创世纪》并进行诗歌的探索，同时也在诗歌的研究和评论上多有建树和创造，对台湾现代诗歌发展乃至整个中国诗歌发展路线产生了重要的影响。出版社也精选了洛夫先生的散文与诗歌的代表作，合成一本集子出版，叫《大河的潜流》，大家已经看到了这两本书。洛夫先生不仅是一个文学创作的大家，同时在中国书法艺术的探索方面也有极深的造诣。他以传统的手法书写当代的诗篇，风格独特，令人耳目一新。他的这些探索和他所取得的成就即使说不是独家，也可以说是这种探索中最杰出的代表。今天的活动是这样的，我们第一个环节是请在座的嘉宾和大家分享他们对洛老诗歌的研究成果。在这个环节开始之前呢，我们还是有请洛夫先生与大家面对面地讲述一下他对诗歌的立场，我们掌声欢迎洛夫先生。

洛夫：一般说来，很多人都认为今天不是诗歌的时代，但是今天看到这么多年轻的朋友出席，我感到非常惊喜，非常快乐。虽说今天不是一个诗歌的时代，是一个物质的时代，但是我始终觉得今天还是需要诗歌的。今天是一个交汇的时代，大家都知道，在这个社会中，大家兴趣多元，对于文学的热情也不如十年前、二十年前，但是我对文学和诗歌的未来前途还是抱有相当程度的乐观的。因为我觉得诗歌的发展随着经济的繁荣会有提升，有提高，因为我们的物质生活满足以后，我们还是需要精神生活，需要文学艺术作为我们精神生活的一个很重要的方面。所以我觉得在中国经济发展越好的时候，我们越需要文学、诗歌，所以我是持这样一个乐观的态度。

我从事诗歌创作也有六十多年了，一直没放弃过，有很多朋友问我现在诗歌不很受重视，而且是逐渐被边缘化的一个时代了，是什么力量在背后支持你能够创作数十年，而仍然坚持下去？我的回答很简单，一个诗人写诗，不是以经济市场的价位衡量诗歌的价位，诗歌本身不仅仅是一个写作行为，它不像小说和其他文体有某种社会效应，它是一个价值的创造，对于人的生命意识的创造，对艺术境界的创造，尤其是对于语言的创造，这是非常重要的。所以诗人的诗集是否能卖钱，他的诗写完有没有地方发表，他都不在乎，而且真正的诗人应该是这样的。我在创作早期，写发泄感情的诗歌的时间并不长，大概有五六年的时间，后来，我到台湾以后，二十岁左右吧，就和几个朋友办了《创世纪》诗刊，到目前仍然在发行，已经有56年了，所以是认可度很高的诗刊。

大陆的诗歌口语化，但丢掉了中国传统美学

洛夫：我六七十年代当总编辑的时候，打算全心全意办好这个诗刊（《创世纪》）。这个诗刊当时比较有名，里面有现代诗的一些作品，包括后现代主义、表现主义、价值主义，西方的现代主义各个流派。在80年代的时候，台湾所有的年轻诗人都向西方现代主义旗帜一面倒，我当然也是如此了，喊出来反传统。这样写作引起了很大的社会影响，诗人在全部接受西洋诗歌的美学影响和它们的表现技巧的影响时就出现了一个问题，这个问题是什么呢？就是与读者之间的距离拉远了。因为西方现代诗歌最大的弊端就是很现实，不容你探讨，跟读者的距离远了，强调心灵的和现实的一部分。这是当年台湾诗歌很重要的问题。后来批评家也提意见了，读者也提意见了，最后就是私自学，这样一直跟着西方人走。当时台湾有一个有名的诗人纪弦先生，他所宣扬的引起很大的反响，也招致了很多反对的声音，他的诗歌没有得到一个很好的发展。

到了90年代的时候，诗人们统统回头再看中国传统的文学、文化，尤其是古典的诗歌，做一个回顾和反思，重新评估，这是第二个时期。

　　第三个时期，现代西方美学、西方的表现手法和中国古典诗歌进行结合，有时看不出来是走西方的路线，还是受杜甫或李白的影响，这种语言加上诗歌的风格就成了台湾、香港、澳门诗歌的一个重要的主流。我就特别在这一方面做了大量的工作，要把中国和西方的、传统和现代的相结合，做了很多实验，很多探索，可是并不成功。1988年，我有机会重新回到祖国以后，有时候有机会被邀请到高校和大专院校，跟一些朋友谈心的时候会特别谈到这些，就是因为台湾接受西方文学也好，古典文学也好，他们从小到大都受到传统文化的影响，所以他们的诗歌一部分是那种唯美的书面语言，另外一方面，它还有一种深奥的语言，所谓深奥的语言也就是口语化的语言跟书面的语言，那种比较文雅的语言给憋回去了。

　　有人问我"台湾的诗歌跟大陆的诗歌有什么不同"，我想最主要的就是语言问题。大陆诗歌特别强调口语化，有的特亲切，生活化，也比较容易了解，因为它表现得比较直接，不用那种隐语，也不用象征手法、现实手法，甚至自己按照意象来写诗；不好的影响是可能变成口水诗，就是很简单地把生活的事情放在一起，换句话说，没有什么诗意，丢掉了中国传统美学。所以我就一直跟很多年轻朋友呼吁，我希望把我们已经丢弃很多年的，还没有发现的传统美，古典诗歌的那种意境美，重新寻找回来，这是我这几十年来一直在做的思索。我希望各位也对我的这个想法、主张和反思提一些更好的意见吧。

诗歌是语言的最高表现形式

　　何言宏：非常感谢洛夫先生。我在学校时从事中国当代文学教育，关于如何发展当代中国诗歌，像洛夫先生等人举行的诗歌活动非常活跃，取得非常重要的成就的时候，中国大陆正在搞"大跃进"民歌，比如红卫兵诗歌、工农兵诗歌等。在这样一个历史框架中，这种巨大的落差不仅在中国新诗当中延续了一个现代诗非常重要的传统，中国当代诗歌最起码有 30 年的时间，取得了非常丰厚的、可以在世界诗歌范围中赢得尊重的诗歌创作，洛夫先生所取得的成就具有重要的意义。我们应该对洛夫先生的诗歌创作表达尊重。另外，这些年来中国的诗歌创作是非常活跃的，但实际上这方面还有很多问题，洛夫先生总结出了一些这样的问题。所以如果我们认真阅读一下洛夫先生的诗歌，我觉得能够从中找到非常可贵的经验，而且他在现实诗、汉语诗歌方面都为我们提供了非常好的经验和传统，非常值得我们进一步学习。

　　洛夫先生谈到了李白、杜甫传统和西方现代诗歌之间的关系的问题，我觉得这对我们的诗歌创作非常有意义。古代，就像洛夫先生说的，确实是诗歌的时代。其实我们这个时代比以往更需要诗歌，诗歌是属于语言的最高程度的表现方式，我们这个时代更需要语言，比如图像的诗意、精神对物质和欲望的批判。还有刚才洛夫先生也谈到了晦涩，现代诗很多是比较晦涩的，但是我觉得有些晦涩是必要的，为什么呢？必要的晦涩可以抵抗我们对心智的挑战，凝聚我们的心智，迎合我们的心智，因为我们的心智在欲望等很多负面因素的影响下，可能会走向低俗，这就需要艺术观点、艺术类型的诗歌去挑战我们的心智，提升我们的心智，所以我们需要诗歌创作，需要更好的提升。从这样的意义上讲，我觉得我们都应该认真阅读和学习洛夫先生的诗歌。谢谢大家。

　　傅元峰：各位读者好！昨天晚上我和一个朋友提到了今天下午这样一个活动的时候，他非常惊讶，他说："是吗？洛夫会出现在先锋书店？"我说："是的。"他马上说："是 1928 年出生的那个洛夫吗，是在台湾淡江大学读过书的那个洛夫吗？"我说："是的。"他表示非常惊讶，也非常遗憾错过这样的聚会。我今天上午坐在书房里读洛夫的《漂木》，还是非常容易地沉浸到一种意境中去，觉得坠落的方向没有什么阻挡，非常深邃。我觉得《漂木》中的很多文字完全可以教给像坐在现场的大概八九岁的小孩去阅读，读了之后他们的困惑不是一般语言上的困惑，而是对一种语言上看起来非常浅白的问题的困惑。

前一段时间谈到特兰斯特罗默的时候，我觉得他的诗也有这样的特点。他的诗就语言层面来说，那么一个小孩是能够到达的，但是他没有限度，在入门之后有非常深邃的、说不清楚是宗教还是生活的一些问题。所以我觉得这是洛夫诗歌的一个非常重要的特色，就是他非常喜欢的一种意境，他会留下一个线索，这个线索连接的就是我们日常生活当中的非常亲切的细节。他刚才谈到了大陆诗歌和台湾、香港、澳门其他一些诗歌的区别，我觉得他谈到的语言的区别，特别是口语诗和在大陆之外的汉语诗歌在语言上的一些区别，我觉得是非常宽容的一个解说。我觉得不是语言的区别，可能是灵魂的区别。

刚才何言宏谈到 30 年的文化空洞和精神空洞形成的精神气象，那么它对语言会有一种作用力。他也谈到在 50 年代对于传统的反叛，我们知道洛夫的传统，朦胧诗是非常狭窄的一个正体，它的缺点是非常大的，但是他在言谈之中对于这种落差有一种宽容。我觉得在大陆的语言环境和文化环境中阅读诗歌和写作诗歌的人不应该如此宽容地就弥合了这样一个缺陷，那么洛夫今天出现在这里是一种精神和语言相连对的一体性，这样的一体性对于我们现在的大陆诗歌的状态缺陷、文字缺陷和精神缺陷都是一种提醒。我觉得我们应该不断地强化这种提醒，珍视这种提醒，所以我再一次表达对洛夫先生的感谢。

台湾文化的谦虚与优雅

黄梵:找到台湾诗歌,或者中国诗歌的中国道路,我感到非常幸运,我去的时间比较巧,正好是台湾已经在这方面探索出一条新路的时候,所以,我就在那边进行了大量的阅读,而且我发现洛夫先生是台湾诗坛公认的四大家之一,另外还有痖弦、杨木、方勤。其实台湾的语言明显比我们文雅,同时它的意境很独特;大陆语言看上去很通俗,但它也有它的力量。我自己为什么要赞同傅元峰的看法?因为我去台湾以后发现,大陆文化和台湾文化有很大的差别,差别在哪里呢?台湾的整体文化表现出一种谦虚、优雅和有内涵,而大陆文化总体上有一种粗鄙、洋洋自得,有一种自高自大、目空一切的特性,这种特性在我们的文化著作里面都会得到体现。比如诗歌,你去看大陆人的一些诗歌,你会发现这种特性表现得淋漓尽致,就像我跟台湾诗人接触的时候,发现他们都有谦逊的一面,而大陆诗人往往都有特别自大的一面,所以我觉得如果台湾文学有什么值得我们学习的话,我觉得我们首先应该学习他们的低调,这是一个方面。

另外,我在大学里开了一门课程叫做中外现代派文学,在这个课程里,我专门谈洛夫的两个作品,一是洛夫的成名作——长诗《石室之死亡》,还有一首是短诗《汤姆之歌》(以下简称《汤姆》)。为什么选这两个作品呢?我恰恰觉得它们更好地反映了洛夫诗歌的一个发展阶段。《石室之死亡》正好是洛夫在金门炮战时期写的一个作品,后来我听说他当时写的时候几乎是冒着生命危险,在一个碉堡里面完成的。我在跟同学讲这个长诗的时候,发现其实我不需要讲,同学们都能领会到长诗里所描写的那个战争环境,人在生死之间的才华。但是我在读《汤姆》的时候，我发现《汤姆》这首诗已经开始吸收全新的东西，吸收中国传统的一部分，这首诗特别好懂，而且里面正好代表着洛夫诗歌后期的一个重要倾向。

我觉得这恰恰是值得我们大陆文学界思考的一个问题，以洛夫为代表，台湾诗人走到这一条道路上是有他的道理的，不仅有社会的理由，还有语言和文化的理由。我们的文化将来总有一天会合流，我相信这是一个趋势，两岸的文化完全发展成两个独立的体系是不可能的，所以这种合流值得我们思考这样的问题：他们为什么这样走？他们这样走的道理在哪里？所以从这个角度来讲，我特别反对晦涩的诗歌，但是我支持不懂的诗歌，读不懂没关系，晦涩和不懂差别非常大，那个差别实际上刚才洛夫先生已经讲到了，你的诗歌如何容纳你的现实，很多所谓晦涩的诗歌是因为他把诗歌写成了天书，里面都是外星人才知道的密码。所谓不懂的诗歌并不在于它有这样的密码，而在于他在容纳社会现实和周围环境的时候，找到了一条非常独特的道路，这条道路可能我们一开始不熟悉，但是一旦我们熟悉以后，我们就了然于胸。所以这样的一条道路我是非常支持的，而且我心怀敬意，我认为值得我们借鉴。我就讲这些，谢谢。

现实是对付残酷命运的报复手段

欧阳白：洛老是我非常崇敬的一位伟大的诗人，我是他的铁杆粉丝，所以我今天从广东到扬州，然后再到南京来见见洛老先生。今天我非常高兴，我想朗诵一首诗，因为我觉得有这样的老师在场，我觉得我不敢再用理性的语言去解读老师的诗。我就在这理性和感性之间先读一首老师的诗，这首诗就是这个书的封皮《因为风的缘故》，虽然这首诗我读得不好，但是我觉我有资格读，为什么呢？这首诗有个故事，这个故事我掌握得比较多。因为今天洛老和师母都来了，师母当年是我们的第一美女，洛老当年在金门当兵的时候，有一次参加青年会的活动，看到她的背影，就跟身边的人说"这个女孩长得很漂亮，身材很好"，后来发现这个背影很好的女孩转过头来，正面也非常美，这个就是我们现在的师母，他们的爱情非常美满，今年也是他们五十年的金婚。

　　洛老有非常好的品性，所以他的诗歌中关于爱情的部分是非常隐讳的，一般人读不出来。洛老几乎没有给师母读过诗，有一年洛老过生日，师母说："今天不给我读一首诗，我就不给你做饭吃。"在这种情况下，洛老很着急，就在楼上走来走去，苦思冥想也读不出来。他说给最亲爱的人写诗是很难写出来的，给天天在一起的人念一首诗也是比较难的，但是今天关系到生日晚会有没有饭吃，所以很着急。这时候，刚好有一阵风吹过来，把蜡烛给吹灭了，他那个诗的灵感突然就迸发出来，就写下了这首广为流传的《因为风的缘故》。我现在朗诵一下：

　　　　昨日我沿着河岸，
　　　　漫步到，
　　　　芦苇弯腰喝水的地方。
　　　　顺便请烟囱，
　　　　在天空为我写一封长长的信，
　　　　潦是潦草了些，
　　　　而我的心意，
　　　　则明亮亦如你窗前的烛光，

稍有暧昧之处，

势所难免，

因为风的缘故。

此信你能否看懂并不重要，

重要的是，

你务必在雏菊尚未全部凋零之前，

赶快发怒，或者发笑。

赶快从箱子里找出我那件薄衫子，

赶快对镜梳你那又黑又柔的妩媚，

然后以整生的爱，

点燃一盏灯，

我是火，

随时可能熄灭，

因为风的缘故。

谢谢大家。

叶庆瑞：我看了洛老的诗感触良多。改革开放以来，很多台湾诗人作品先后"登陆"，我最早接触的是余光中的诗，后来是洛夫的诗，当我看到他的诗的时候感到大为惊讶，天下还有如此豪杰，于是洛夫的名字就烙印在我的心上。这次出版社出版了洛夫先生的诗之后，我是一气呵成地读完的，我千方百计地找到洛夫先生的诗歌潜心研读。我现在很少在报上发表诗，但是洛夫先生一直是我学习的榜样，他的诗是现代诗的美学史。从他早期的诗作到他晚年的长诗，无不体现了令人信奉的实践之道和放荡不羁的文化情结。洛夫先生曾说："我们所见到的不是现代人的影响，而是现代人残酷的命运，现实就是对付这种残酷命运的一种报复手段。"这让我们警醒，也让我们在阅读中获得了某种精神的解脱。洛夫挖掘真理，表现真理，诠释真理，有的是社会现象，有的是人类良心的诗，对比之下，那些将写诗当做游戏的现代诗人们要浅薄得多。

现代主义是一场未完成的革命

何同彬：我2002年到南京读书，在这儿待了差不多有十年，参加了很多诗歌活动，像今天规模这么大的诗歌活动确实非常少见，可见洛夫老师和他的诗歌多么有魅力。因为今天来的各界人士都非常多，我想把更多的时间留给提问环节，或者说和洛夫老师交流的环节，时间是非常宝贵的，所以我就简单谈两点我对洛夫老师诗歌的看法。

前一段时间我参与了一个文化活动，当时重读了洛夫老师的诗歌作品，重读的时候，我有意识地重新梳理了一下台湾50年代到70年代现代主义诗歌的一些状况。我发现，台湾在50年代到70年代之间的这场影响深远的现代主义诗歌运动应该对大陆诗歌产生了一定的影响，但是也有一些时代的原因，而现代诗以及整个当代汉语诗的发展，实际上又重走了台湾50年代到70年代的老路，仍然是一个现代诗歌探讨的艰难路程。虽然洛夫先生在70年代已经开始有意识地调整自己创作的方向，但是我个人认为，他仍然是一个现代主义诗人，而且我仍然觉得恰恰就是因为洛夫先生是现代主义诗人，他才拥有这样的魅力。

从《石室之死亡》一直到现在《因为风的缘故》，虽然说他在70年代谈到现代主义诗歌，到后来的创作中有意识地提到东方传统习俗等，但是事实上洛夫先生在诗歌创作中仍然持之以恒地保持着一种现代主义的内敛。潘石在 90 年代说过这样一句话，"台湾的现代主义诗是一场未完成的革命"，实际上这句话也适用于大陆当代诗歌的面貌。在大陆的语境中，现代主义仍然是一场未完成的革命，不仅是未完成的革命，而且是永远无法完成的革命。对于现代主义已经成为中国政治、文化这样一个商场，无论是台湾的现代主义诗歌还是我们当下的诗人，尤其是到了中年以后，基本上都放弃了他们年轻的时候或是他们诗歌创作早期的那些文字。

尤其是中国目前这样的一个语境，还是一个前现代、后现代混杂的这样一个境遇，在这个境遇里实际上现代主义仍然有它的特殊魅力，无论是台湾倡导的现代主义还是我们大陆倡导的这种意识开放。中国的现代主义是被搁置的，尤其是现代主义已经被庸俗化了，所以在这样一个时代实际上我们重读洛夫先生的诗歌对我们当下文化有一个重要的意义，或者是对文学创作有重要的意义，就是现代主义仍然要去挖掘。这是我阅读洛夫先生诗歌时的一个重要的感受。

另外，我们知道整个 70 年代的时候，台湾的现代诗到了后期，诗人基本上都转向了，回归东方，回归传统，或者像洛夫先生早年的诗歌回到中国古老的传统中，去引导新的诗歌创作的内容或话语。我觉得这种现代主义的转向既有成功的一面，实际上也有失败的一面，但是从诗歌阅读的层面来看，并不认为这种转向一定有阶段性，对超现代主义的修正从某种程度上也是对现代主义的废弃，这种废弃是无可奈何的。

从中国目前的诗歌创作来看，我们的诗人早年的现代主义还非常晦涩的，包括现实生活中不愉快的东西都可以扬弃，之后诗人对新的诗歌面貌呈现出特别洒脱、锐利的一面，他没有这种传统与现实对峙的底气和能力，所以从这个角度来看，我并不认为这种转向合理。因为我们今天来了很多年轻的诗人，我希望大家从阅读洛夫先生的诗歌中，不仅仅看到比如他 70 年代转向之后的诗歌创作，确实出现了一种特殊的面貌，这是洛夫先生一生追求诗意的一个阶段。对于年轻诗人来说，他们还要重新走洛夫先生的老路。到目前为止，诗人年轻时的诗歌面貌和年长后的诗歌面貌是不同的，当然，这种反思也影响了洛夫先生对诗歌的热爱，尤其是对于现代诗歌的感觉。这是我的一点看法，谢谢大家。

育邦：谢谢大家，我从读者的角度来谈一点我的体验。我觉得除了今天我们看到的洛夫先生的精选集之外，如果我综合读来，其实就树立了一个诗人复杂的立体形象。他的诗歌印象和他的整体性，是通过这么多年洛夫先生每一个人生阶段，经过不同思流，他在这些思流上探寻，并发现它们的美，而得以体现。追究到今天，我们可以说洛夫先生的诗歌汇成了一条大河。他从年轻时侧重写自己，过一段时间后，进入客观叙事阶段，激发出一些现代主义诗歌。其实这更多的来自他自身的创造，这种自身创造也是由我们中国传统文化和东方文化所孕育出来的美妙绝伦的印象，超越了中西方文化和诗歌的总和。从这个意义上讲，我觉得洛夫先生一直是一个勇敢的开拓者。我觉得任何一个写作的人都应该学习这种精神，就是特别需要不停地推翻前面的自己，不停地开拓新的路径。今天我们看到了洛夫先生综合他半个世纪的写作，可能以后还会有新的思流等着他的开拓。

我想起帕慕克写的《别样的色彩》，他里面讲到"我已经在收藏图案山水，我希望下面还有图案山水"，今天看到洛夫先生我觉得特别欣慰，因为洛夫先生如果从 50 年代算起，已经经历了 60 年的写作生涯，太了不起了。我觉得这种状态是美的，对于一个人来说也是美的，对于世界来说，他的诗歌给我们震撼，给我们提醒。谢谢洛夫先生。

二　————————

诗人是诗歌的奴隶

读者：我想问的问题是，当您创作的时候，您觉得您是处于感性之中还是理性之中？因为当我有创作激情的时候，我发现我没有办法做到理性，写出来的东西常常很极端，没有深度，没有思想，这是我的一个非常大的困惑。

洛夫：我觉得诗歌创作方面，我体会到最明显的一点就是，我自己认为我很用心地经营这首诗，最后读者不一定喜欢，其实他看不懂，而我无意中信手拈来的一首诗，他们倒很喜欢。这就是作者跟读者之间的矛盾和距离，想要弥补这些距离很难，因为每个诗人都挺固执的，也许这就是关于诗歌的理性和感性的方面。我早年有一句座右铭："诗歌本是诗的主人，诗人是诗歌的奴隶，但是诗人必须做语言的主人。"这里面就牵扯到这个问题了，当诗歌在一个诗人内心酝酿的时候，他心中没有当下，比如他会茶不思、饭不想，甚至于半夜起来都睡不着觉，有一种莫名的东西在内心里搅动，这时候你就是这首诗的奴隶，被诗给压住了。

可是当它变成文本的时候，变成语言的时候，变成一行一行的诗的时候，你必须要做语言的主人，这就需要用你的理性控制，最后呈现出来的才是完整的文本——就是有内在感性的部分，然后用很理性的语言把它整理出来，这首诗才会以一个完整的面目呈现在读者面前。

问题大概就是这样。

回眸传统

读者：刚才大家一直提怎么重新学习传统、回归传统，当我们回眸传统时，我们看到的传统是什么？我自己喜欢古典诗词，也经常写古典诗词，后来我才接触到现代诗歌，然后自己也写。我不知道我们大陆的一些当代诗人是不是跟着洛夫老师的步伐在回归传统。我看到了一些作者写的古典题材的诗歌，一种我认为好像是空洞式的穿越，像穿越小说一样再现一下古代的生活场面；另一种写法是在文本中间穿插、照搬一些李白等诗人的诗句，然后后面都是白话类的诗歌；还有一种，把带有古典意味的词语放入文本中，但是没有一个明显的主题，有一点玩弄古典的感觉。刚才有人提到洛夫老师的《与李贺共饮》，我觉得他这种调侃方式是高档的，他首先读懂了古典中的东西，然后以一种调侃的口吻，和古人进行对话，有一种言外之意的感觉。

洛夫：我认为你一面提问题，一面自己回答了。我想过去都是回归传统，我不是，我不承认这个话，也不赞成这个话，因为传统的某一部分已经过去了，没有回归的必要。但是我们老祖宗留下来的东西，不妨回头看一看，这叫做回眸，就是对中国最古老、最传统的国人的智慧重新做一个反思，以现在的眼光投射到几年前的个人作品里，看它是否能够反映出今天的现实。所以我觉得有一些传统的东西不能完全放弃，但是某些传统的东西还是需要我们反思和承认的。

我觉得有一点很重要，也许很多人都忽略了，就是我发现现代诗、当代诗很冷。我们读诗的时候有一点这种感觉，有一点反映今天的消费时代中冰冷的情感，读起来觉得寒冷。而古代的诗人与自然之间有非常和谐的关系，当然我们今天不一定要写田园诗歌，像孟浩然等诗人，今天我们的环境也不一样，我们在都市里面，我们要反映都市里的现实。可是我觉得并不需要展示现代人跟自然产生的这种敌对关系，甚至人类想办法用科学把自然消灭掉，我觉得怎么样重新在诗歌里表现人与自然和谐的关系很重要，不一定要写这种诗，但我们必须有这种想法。

另外，诗歌是否隐蔽下来，大陆主流诗歌都是非常直白地对现实的反映，虽然这也能够表现当代诗人对现实的反思，但是，它的语言没有透过意象来表现。有些诗我们读了以后很兴奋，觉得很有震撼力，过后就记不起来这首诗了，为什么？因为他没有透过意象来冷却激情，所以就很难达到流传的目标。

春秋的老实人和天真汉

——兼谈古典与国学

———————— 一 —————————

为什么大家不能做一个天真汉和老实人呢？

李敬泽：今天要谈的这个书是我的一本小说叫《小春秋》，一定要让我出题目，我就只好又把这个书拿起来，并再次把书的腰封看了一遍——说再次是非常准确的，因为就是第二次看。书刚拿到的时候，第一次看了腰封，非常羞涩，非常不好意思地看一眼，赶紧把这个腰封拿掉，以后再送人的时候都是把腰封拆掉的。送给安妮书的时候，她也没见过我这个腰封，所以现在可以让安妮看看腰封。这个腰封上其他的我全当没看见，我倒是记住了两个关键词，第一是国学，第二是经典。在我们这个时代，讲国学、经典好像也算是一件很大、很热闹的事。我自己在腰封上看到了我们的《百家讲坛》，也在讲国学，讲经典，全国人民都很热爱。我们的出版社在写腰封的时候，肯定也是希望这本书能够激发起和《百家讲坛》一样的热情。当然，我估计出版社多半会失望。但是我想，有一点我倒真觉得我和《百家讲坛》讲国学或者讲经典是一样的，都是属于半截的秀才谈学问，一瓶子不满，半瓶子晃荡，真说这瓶子满了，晃荡起来也没人看，这瓶水越少，晃荡起来看的人越多。我想，《百家讲坛》是这样的，我自己也差不多，我可能还不如人家，只有一个瓶底子晃荡起来，还是没人看。

现在网上也好，电视上也好，我们的电视剧也好，在讲经典、讲历史，主要是在教大家做一个聪明人，结果咱们要越来越"聪明"。我们的老祖宗有过那么多的谋论，那么多的生活技巧，那么多克敌制胜的法宝，有那么多怎么成功、怎么混得好的手段，我们要好好向他们学习。所以这恐怕也是我们现在的这些讲史也好，讲经典也好，这么受大家欢迎的一个原因，大家都希望聪明一点，再聪明一点。但是话又说回来了，我倒觉得是没必要的，没必要那么焦虑，那么着急要聪明。为什么呢？因为我们都已经够聪明了。今天这一屋子人，其实都是聪明人，都聪明得不得了，而且怕我们还不够聪明，比左邻右舍差一点怎么办？我们焦虑这个。但是在我看来，我们还应该焦虑另一件事，就是聪明过头了怎么办？太聪明了反被聪明所误怎么办？我们现在讲经典，讲国学，讲成功，讲权谋，我觉得好像都不大讲这件事。

什么叫聪明呢？庄子曾经讲过，以前的世界也好，人也好，是一团混沌。这一团混沌就像一团面团一样，就在这放着，当然是不聪明。后来有人在这凿了两孔，有眼睛了，明了；再凿两孔，有耳朵了，聪了；有眼睛，有耳朵，又聪又明了，还不够，还要继续凿孔，那么人就变得七窍玲珑、聪明无比了。但现在的问题是我们觉得还不够，还要继续凿，我们还要天天听《百家讲坛》，天天听国学，听历史，我们还要天天学权谋，学怎么和人斗争，我们全身上下就全是孔了，那是什么？那就变成了筛子。什么叫做聪明过头呢？孔太多了，我们就散了，就不能够成立了。所以在这个意义上说，我倒觉得我们反过来也可以想一想，事情还有另一端，就是还有另外一个可能，叫天真，叫老实。

什么叫天真呢？当我们谈天真的时候，有一个词叫天真未凿。是什么意思呢？就是没凿那么多的孔。后来我们长大了，天天凿孔，那就不天真了。什么叫老实呢？老实就是一团面疙瘩，实心的。天真和老实在我们这个时代其实都不是被充分肯定的价值，天真人和老实人在我们这个时代其实也都是珍稀的，现在我要夸我周围的谁真天真，真老实，他一定是心里很矛盾，回家要想半天：他怎么就认为我老实呢？凭什么我就天真了？一定觉得自己是学习得不够，训练得不够，才让人认为天真、老实。

但是我觉得，无论是对人来说，还是对一种文明的发展来说，天真和老实都是至关重要、非常珍贵的价值。读历史，我们现在是学权谋，学聪明，我们的古人其实还有另一方面，就是也要学天真，学老实。这个天真和老实要到哪里去找？我刚才说了，在周围的人中不好找，也只好到古人那里去找。我们常说人心不古，说的是什么呢？说的也是现在的人太聪明。我觉得唐、宋、元、明、清一路看下来，越往后聪明人越多，老实人也上不了史书了。我们再往前找，找到春秋，我觉得那个时候我们会发现老实人、天真的人很多，非常多。从这个意义上说，我就出一个题目叫"春秋的老实人和天真汉"，意思是什么呢？意思是说这本书是一小本劝人傻，劝人老实一点、天真一点、不要那么聪明的书。我不知道我回答完了没有，但是我索性就这么说了，咱们也老实一点。

春秋时代是"巨人和诸神的时代"

李敬泽：我想谈一下春秋，因为这本书里有相当一部分谈的是春秋战国的事。我们在座的都是读书人，不知道感觉和我是不是一样，谈起中国的历史来，秦、汉、三国、两晋、南北朝，然后唐、宋、元、明、清都有很清晰的概念，我们想得起秦代怎么样，汉代怎么样，唐代怎么样，但是中国人对于春秋还真没什么很清晰的概念。我自己把《春秋左传》先后买了两套来读。为什么买两套？其中第一套买了，有一本就丢在飞机上了，没有办法，只好再买一套。读完了，我还是觉得眼前一片云雾，为什么呢？很乱，人也多，国家也多，那些人名也很奇怪——你看看《左传》里，春秋时代那些人叫的都是一些奇怪的名字，和现在外国人的名字差不多，不好记。我们大家的感觉是很乱，对它没有一个清晰的印象。实际上"春秋"在我们的历史中也确实是一个特别复杂、特别有意思的阶段。自秦汉以后，能够有一个清晰的想象图景，那叫做"普天之下，莫非王土"，这是一个很清晰的大一统历史背景。而春秋不是这样的，春秋的实际情况甚至和我们中学教科书里教给我们的也是完全不一样的。为什么呢？那时候中国大地上没那么多人，找一片野地，圈起来盖起城，就叫做"国"，什么意思？就是都城的意思。城里边的人叫国人，城外边有人没人？有人，都是当地的土著，我估计都是画着花脸，穿着草裙的人。城里的人是什么呢？都是我们华夏民族的祖先，是周人。我们有文化，手里掌握着武器，我们占驻了这个城，占驻了这个"国"。

所以我们现在再想起来，春秋那么多乱七八糟的、数不胜数的国家，那叫什么呢？其实都是武装殖民点，是我们华夏民族、我们的文化向着整个大地逐渐地拓展、移民、融合的一个过程。如果我们一定要想象的话，我觉得有点像西部。就在类似于西部的环境里，我们可以想象，行动着的人，都是一些老实人和天真人。什么叫老实的人和天真的人？就是没有那么多贼心眼的，都是坦坦荡荡、非常强大的人。

我们看史书，觉得有意思，春秋的坏人，都说和我们后来的坏人是不一样的，春秋的坏人也是"老实人"和"天真人"。正如我这本书里谈到，当时郑国的郑灵公——李洱的老乡，在那煮了一锅甲鱼汤，他有一个大臣叫子公，有特异功能——只要知道哪里有好吃的东西，食指就要大动。正常情况下，郑灵公会说过来尝一口，但是郑灵公不让他尝，这个子公先生眼巴巴地站在这锅汤的面前，等了一会，又等了一会，实在受不了了，他居然就把这个食指伸到锅里了，蘸了点汤，放在嘴里尝了一下。郑灵公生气了，我的汤，你也敢尝？子公也知道郑灵公生气了，所以就叼着食指，一边尝着，一边扭头就跑。郑灵公一生气就说，把他抓回来砍了，但子公跑着跑着又一想，反正他也要砍我，我不如先把他给砍了。子公就赶紧扭头回来，杀了郑灵公，坐在那把这锅汤给喝完。我想，后代，比如唐、宋、元、明、清不会有这样的事，何至于就天真到那种程度呢？何至于就忍不住那口馋呢？何至于说领导吃一碗鱼翅你就忍不住蘸一下，吃了还得回来把领导怎么样了？我们都不会干这种事，这就叫傻事，但是春秋的人他干得出来。我们有很多办法能吃上这鱼翅，我给领导写匿名信，我会怎么怎么样，办法多了。春秋的人就是这样直接、暴虐、孩子气地把它给做出来了。

我个人觉得春秋的头一号英雄是伍子胥，伍子胥这样的英雄，后来的中国再也没有。我们看一看他的命运，这个人的一生是那么的坚决、暴虐。楚平王杀了他父亲，这要到了明代和清代，我们的那些儒生们，那些官员们，皇上要是不杀他的话，他就只剩下在地下叩头谢恩。伍子胥可不谢恩，扭头就跑，过了关，一夜白头，这是什么样的愤怒？什么样的仇恨？然后到了吴国，从吴国带着兵把楚国灭掉，把楚平王从坟里挖出来，鞭尸三百。这个时候又有咱们后代的聪明人劝他了，说同志啊，做事不要太绝，差不多就行了，得饶人处且饶人。伍子胥说我就是不饶人，我这个人做事就是要做到底。这样的人是注定倒霉的，所以后来被吴王杀了。吴王杀伍子胥之前，伍子胥对着刽子手说，你们把我这两只眼珠抠出来，挂到吴国都城的城门上，干什么呢？我要看着吴国灭亡。我想，这样的气概，我们再翻一翻历史，没有了。

我觉得，我们的春秋时代有点类似于希腊的荷马时代，那是我们的巨人和诸神的时代。你就感觉到处走的全是些巨人、庞然大物、猛兽，没有那么多的小聪明，在性情上，都是放纵和勇猛的人。其实我们现在想，这个世界上的猛兽都是老实人和天真的人。当然还有另外一面，就是这个世界上的猛兽也总是生存能力不太强的人。什么意思呢？这就像自然界一样，最先灭绝的是恐龙，还有我们的华南虎。最难灭绝的，是聪明人，是能适应一切环境，能够忍得了一切变故，适应一切变化的动物——老鼠。我看，就算人类灭绝了，老鼠也不会灭绝掉，那是世界上最聪明的动物。当然，就人来讲，我们始终也有一个选择，就是说我们是做一头猛兽，还是做一只老鼠。所以春秋这样一个时代，非常有魅力。但是话又说回来了，如果世界上到处是猛兽也很可怕，动不动就发脾气，动不动就打得天翻地覆、鸡飞狗跳，这个世界也不成个世界。

孔子一生都是一个失败者

李敬泽：春秋的时候有一个最大的老实人、最大的天真汉，那就是我们的孔子。孔子一生都是一个失败者，孔子一生都是不得意的。很有意思的一件事就是我们现在一讲孔子，讲《论语》，基本上讲成了一个成功学。但是孔老先生本人他可真是一辈子不成功。他难道不知道这个世界应该怎么混才能混得好吗？他太知道了，但是他说不，他说这个世界上还是有比混得好更重要的事。他说这个世界上，我们除了讲混得好，除了讲生存下去，我们还要讲"仁、义、礼、智、信"，我们还要做对的事，做有价值的事。他还说，实在没办法了，我就写《春秋》，我把那些烂事都写下来，发到网上去，我看你们羞不羞，"孔子作春秋，乱臣贼子惧"，看你们惧不惧，可我看人家也不惧。但是我觉得这样一个天真的人，他给我们的民族和文明留下了至关重要的遗产和教训。孔子的一生中，最令人感动的，值得我们中国人永远铭记的是什么呢？就是吴国去打陈国，楚国去救陈国，这两个大国的人打得一塌糊涂，在陈、蔡之间就困住了我们的孔子，这叫"陈蔡之厄，绝粮七日"。七天没有饭吃，只能摘点野菜吃，这样的时刻，连孔子最忠诚的学生子贡都动摇了。子贡去找孔子，这个时候我们的孔老先生饿着肚子在屋里弹琴，不弹还好，一弹这子贡就更生气，说都到这地步了，还在这乐呵。这个时候孔老先生就说，是"君子之道达"，君子要忠于他的道，松柏经历岁寒之后而凋亡。孔子说了一番话，然后我就想，孔子教训子贡，教训他们什么呢？教训他们说，这个世界上除了成功，除了赚钱、发财、升官，还有一些事是重要的。孔子认为，坚持他的真理是重要的，即使在最穷困的时候，最弱的时候，最难的时候，他也认为这是重要的。

说老实话，在这之前，我们中国人不是这么看问题的。但是孔子毫无疑问是为我们确立了一个标杆。他告诉我们，这世界上除了混得好，除了成功，还有另一些东西非常重要，以至于值得我们全身心去追求，去坚持。在这个意义上说，孔子一生都是一个天真的人、老实人，都是一个不太在乎混得好还是混得不好的人。所以在春秋时代，我们既有伍子胥这样的，身体上和性情上的巨人，我们也有像孔子、孟子这样精神上的巨人，他们都是庞然大物，他们也都是老实和天真的。我觉得我们真是需要不断地回到春秋，回到我们民族的童年去。

这个时代叫做互联网的时代，非常伟大，每天看报纸都有人来歌颂我们这个时代多么伟大。但是互联网出现之前，人类已经活了若干万年了。从公元前几百年到公元前后这几百年被称为轴心时代，为什么叫轴心时代呢？因为就在这几百年里产生了孔子、孟子、老子、庄子，当然也产生了苏格拉底，产生了释迦摩尼，产生了耶稣。现在我们想，如果没有这个伟大的轴心时代，没有现在看来如此天真和老实的伟大天才、人类的精神导师们，之后这两千年我们是怎么混下来的，我觉得真是无法想象。这些导师们教给我们的，其实就是"弱"和"安静"。

同样是谈国学，或者是谈经典，你要说我和人家有什么不同，我也想了一下，我是没出息的，我所喜欢的都是弱的和静的，我努力从经典中，从国学中，从我们的历史中看出了一些弱和静。老子说过"柔弱胜刚强"，就是我们这个世界上最终是以柔弱胜刚强。这句话我觉得不是小聪明，是大智慧，但是大智慧某种程度上对我们来说是奢侈的。我们都知道以柔弱胜刚强，但是在生活中，对不起，我们做不到，我们不能那么奢侈，我们还是得刚强。

前几天有个报纸采访我，说你这《小春秋》写的是什么，是不是历史啊？我说我是在谈历史，但是我想别人可能喜欢谈历史中的白天，什么叫白天呢？就是白天的时候人在闹腾、在行动、在上进、在努力、在钩心斗角，反正白天很忙。但我是希望写历史中的夜晚，夜晚是什么时候？是一个人安静下来，面对自己内心的时候，是安静下来看着月亮，看着月光如水的时候。我想历史中是有这样的时候的。我们中华民族文学史上的第一篇就是《诗经》："关关雎鸠，在河之洲。"我们想一想那是什么时候的事？夜里，遥远的河边，河中之洲上有两只鸟在叫，一只叫一声关，另一只又叫一声关，"关关雎鸠"。如果是白天，鸟叫就听不见了，也正是这样的静夜里，我们看到诗歌中的主人公失眠了，睡不着了，想起了那位美好的女子。

那么，这样细腻的情感，恐怕也真的是只有在夜晚，在寂静中才能够被感受到。当然，我们现在夜晚也不寂静了，夜晚的时候大家也不闲了，也在折腾。不管这个男子是一个什么样的人，在此刻，他是弱小的。我们这个时代可能要把这些静和弱全都取消掉，这样的生活是不是还值得过？这样的生活是不是真的那么好？我觉得是值得我们思考的。

我的本职是个编辑，也是个批评者，批评者的毛病就是把住话筒，不想松手，不过，我想我还是松一下。

二 ━ ━ ━ ━ ━ ━ ━ ━ ━ ━

中国作家对传统文化的背景知识的了解严重不足

李洱：我跟李敬泽大概是在 1994 年、1995 年的时候认识的，当时他在《人民文学》当编辑，现为《人民文学》主编。早年的时光确实令人难忘，后来物是人非，很多就超出了想象。我记得大概在 1994 年、1995 年的时候，像我这个年龄段的作家，开始写作，或者是渐渐在刊物上露面，那时我向敬泽请教很多问题。我还记得就在这样一个天气，我们汗流浃背地谈一些文学问题，敬泽当时对一些作家的判断，我现在想起来非常惊讶。虽然后来作家出国的出国，或者是经商的经商，搞电影的搞电影，但是他对很多作家的预期判断都符合了他们在未来十几年的发展，这件事是我非常惊讶的。我最初的一些小说作品也是敬泽看的，所以我一直希望李敬泽能够写本书，比如写 90 年代以后的中国文学，李敬泽应该是最合适的人选。90 年代以后中国的现实，和90年代之前、80年代有很大的差别，这种差别到了90年代后期之后，变得更加明显。李敬泽对中国青年作家的写作有一种非常犀利和准确的判断，同时他也是个批评家，对作家以及作品做了一些点穴式的解读和批评，比如对当代作家的一些评判，不仅仅是现代作家。他对当时一些中年作家，包括青年作家的作品都有非常准确的批评。比如说像"底层文学"这个词，最近几年讨论得非常热烈，但是据我所知，在这个词被批评家炒作之前，李敬泽已经做了很多工作了。这种就是对一些来自底层作者，或者一些处于弱势的作者，对他们的作品倾注了很大的精力和热情。

现在来看《小春秋》，我发现李敬泽的眼光，他的这种批评很多来自中国古代典籍，在李敬泽身上养成一种类似"气"的东西，能使他穿越很多当时非常复杂的文化现象，对一个作家的精神困境，对他写作可能会呈现出怎样的局面，做很准确的分析，包括一些批评。

我用两天时间把这本书看完，看完之后我非常非常兴奋，也得到莫大的乐趣和满足感。所以，接下来我谈谈对《小春秋》的看法。

我觉得整个篇章结构组织非常有意思，比如一开始写"关雎"，如果我们了解的话，我们知道《论语》一开始写"有朋自远方来，不亦乐乎"，是写一种朋友之情的，"关雎"写的是男女之情。中国文化跟西方文化很大的差别就是中国文化讲求这种人情美，从人情、世俗角度来看问题。李敬泽通过第一篇文章，显示了他的一个独特视角。其实我非常感兴趣的是李敬泽他关心问题时的兴趣所在，或者他的重点所在。他把目光投向了中国文化，或者中国精神发展史，他认为有一个非常重要的时刻，或者关键时刻，在那样一个非常关键的时刻，可以说人类的精神很可能会出现某种分野。比如说他提到孔子，他对子贡、子路的一套说辞，关于道，关于达，关于穷，关于它们三者间的这些最基本的概念，在后来 2400 年间影响中国的这些最基本的概念。对这种关系，孔子做了非常精妙的解释，但是孔子他不是通过一种演讲的方式，而是通过一种交谈的方式、一种低语的方式来表达这种看法。我记得敬泽的这篇文章的后面提到："这种真理在时间中运行，在黑暗中运行。"李敬泽的兴趣在于分析中国文化中最关键的这些时刻，有点穴式的分析，在《吕氏春秋》《论语》《离骚》这些中国典籍当中，那些中国文化最关键的时刻，李敬泽做了一种分析，非常重要，可以说是他整部书的一个重点所在。我看这本书的那天晚上，我的书刚写完，我如果早看这本书的话，很多故事我可以掺进去，因为他看了很多书，把这些精巧的故事缩到书里边了。通过这本书所体现出来的一种文化兴趣，我觉得可能会对于我这代作家，或者比我年轻的作家，像安妮这样的作家构成某种影响。影响在哪呢？在最近几年中，中国作家开始讨论中国小说或者中国小说的叙事资源、叙事传统，以及中国作家在写作的时候要做出怎样的调整。

我们都知道，现在中国作家对传统文化的背景知识的了解是严重不足的，在这种情况下，李敬泽这本书可能会提醒作家的叙事资源以及创作背景要做出某种简单的转换，我觉得这本书可能会具备这样一种意义。对我来说，我愿意把这本书看成一个枕边书，我觉得非常非常好看。李敬泽的语言也非常精彩，其实这个语言不适合朗诵，它适合看，适合阅读，我想就是这样。

三 ------------

进入老祖宗的财富里是件乐事

安妮宝贝：大家下午好，其实这个场合对我来说有点紧张，因为我自己写了十年的书，但从没有举办过这样的活动，平时我也很少出来参加这样的评论或者说大家一起讲一讲，我没有太多的经验。我是昨天下午才收到这本书的，因为敬泽把这本书快递给我，我大概只有一个晚上的时间，在睡觉之前看了一下这本书。我决定要过来参加这个活动有两个原因。第一个原因，敬泽在我心目中是一个很好的朋友。我们去德国的时候，他帮了我一个很大的忙。因为我们都喜欢逛集市，买很多的东西，他就帮我把最难托运的画和瓷器拿了回来。因为这是非常沉重的东西，所以我一直对他心怀感激。

第二个原因是他给我打电话的时候说这本书是关于古人古事的。我听完之后，就觉得，也许我可以过来说一说。为什么呢？因为我最近几年也在读古人古事的书，因此我想看一看敬泽有什么特别的地方，或者说我想看看他的读后感跟我有哪些异同。阅读是一件非常孤独的事情，尤其是像我这种不会用网络的人，我从来不去网上的任何论坛，但有时候我也希望知道对方在看完相同的书后会有什么想法。所以我对敬泽说，我会过来，我主要是想听一听你的演讲，因为演讲不是我的强项。当然，我也可以适当讲讲我的一些想法。在这本书里，我深有感触的是《东京梦华录》。这本书是我曾经阅读过无数遍的，我看到敬泽在书里也写到了，而且他说这是一本他阅读过无数遍的书，也是他非常喜欢的一本书，所以我们会有更多的共鸣之处吧。看完《东京梦华录》之后，我曾经特意去了一趟开封，在那里待了大概一个星期，没有做任何事情，就是在那里待着。当然现在的开封跟一千年前的东京已经没有任何关联了，说它是一个躯壳可能都不算，但是对我来说我觉得还是应该去看一看，这是我内心的一个情结。因为《东京梦华录》是我的一个巨大的幻梦，我非常想去抓住哪怕一点点空气的味道。我在那里待了一星期，我把所有在书里涉及过的地点，都走了走，看了看。然后我就回来了，继续写我的小说。我的小说里头有一部分内容是跟开封有关的，我想表达一个关于时代的主题，就是我们现在的时代跟以前时代之间的关联，或者说为什么现代会产生很大的变化，为什么有些东西失去以后再也不会回来了，这是我很想探讨的一个问题，也是我写小说的原因。敬泽在《东京梦华录》书评里写到，这是一个非常丰富的物质世界，这是《东京梦华录》里很小的一个细节，隐藏在一个看似不相干的记录后面。里面说到，阳春三月的时候，因为那时候花开得很多，芍药花、棣棠、木香全都开了，就会有很多人卖花，这些卖花的人会把花放在一个竹篮里，在街巷上依次排开，会在那里叫卖，用一种类似于唱歌的声音卖花。孟元老就说早晨的太阳刚刚照到珠帘上，庭院是非常宁静的，熟睡还没有醒，但是梦已经醒了，这时候听到所有的声音，就觉得所有的忧愁全部产生了。敬泽认为这是一个非常好的意境，原话就是说这是一大佳境，这是他自己的一个感受。

　　我觉得像一千年前的东京给我们的这种感觉，不单单是一个物质的东西。物质的确有很强大的影响，因为那时候的工艺品，包括大家用的或者说吃的东西，或者说交换的东西，都是非常丰富、精致的。因为有一个社会氛围在那里，大家就会觉得这个生活是有实在感的，是非常丰富的生活，而且是优雅的。这跟现在是不一样的。现在大家会觉得上网，或者买奢侈品，或者看一些大片，是得到快乐和乐趣的主要来源，但是我觉得古代的社会却可以给我们另一种启示。如果你去耐心阅读这本书，阅读其中无数的细节，你就可以感受到我们失去的那些东西、那种情怀——即使听到那种卖花的歌声，都会产生幽幽情怀。这是我非常深刻的体会。

我还是希望这本书能够对年轻读者产生影响。对作家来说，我觉得无所谓，因为作家各自会有各自的阅读趣味，但是对一些年轻人来说，我觉得他们非常需要进我们老祖宗的财富宝库里去看看。因为如果不去看，不去感受，就会损失很多的乐趣，这是我的一个想法。所以我希望这本书能够受到很多年轻人的喜欢，在这本书的指导之下，大家会去阅读其中提到的那些书，谢谢大家。

四 ————————

当今的"钩心斗角"是时代宿命

读者：关于这个题目我不知道该怎么说我心里的想法，我对春秋那个时代并没有什么了解，我在此想问的一个问题就是，您的这本书或者您期望这本书会产生多大后果？

李敬泽：你说会产生什么后果？我认为不过是把这么大的一个石子扔到一个海里，产生不了什么后果。前两天我答记者问的时候也说过，有很多事情我也不想做。我很俗，我用过博客，也是属于被逼的弄了个博客。我现在的博客每天估计常来常往的有一两百人，我就觉得这样特别好。如果有一天早上起来我突然看博客上来了3万人或者4万人，我就知道坏了，肯定坏了，我会很烦，因为马上我就要面对一大帮毫不相干的人了。书也是一样，从我个人来说，我倒真的没想过这个书会有多大影响，能卖多少多少，我根本就没做这个梦，但是我想总会有一些喜欢它的人。你看刘雁听到我说这话，就已经停下了她扇扇子的动作，很紧张地注视着我。所以，老实的话就不说了，天真的话也不说了。我刚才没有太听清楚你的意思，但是我想无论是看历史还是看经典，我觉得我们还是不要看得太死板。比如我们谈《春秋》，让我印象最强烈的是那个时代的人，他们的心里，或者他们在你的想象中，你感受到的明或暗。我们中国有一个成语叫"顶天立地"，意思是胸襟怀抱要有天地。我们现在做到有天地很难。我们基本上每天在一个办公室里，头上顶着天花板，脚上踩着地板，周围十几个人上着班，做着事，在这种狭仄的环境下，你怎么能做到胸怀天地啊？所以办公室政治的出现是非常有可能的，大家钩心斗角，谋权谋利。那种有天地的敞亮胸怀，我们现在真的少了，也许从正义这个角度来说，我们真的不及古人。孔子很看不上他那个时代，但是我想他如果有幸生在这个时代，他肯定恨不得逃回他那个时代。在这个意义上说，我觉得我们已经没有办法，这就是宿命，我们看不到天，我们只能看到天花板，我们看不到地，只有这个地板，这是没有办法的。我们读历史、看历史，我觉得咱们就别再琢磨历史里面那些阴沟在哪、下水道在哪，我们应该看一看历史中的那些人，他们是如何在有天有地的情况下去生活的。从我个人来说，这就是我对这样一本书的期望。我也希望能通过这本书，找到有同样期待和情怀的同志，谢谢。

珍惜你生活中所有的情感、时刻

读者：如果有可能，有些人未必会选择当下，其实可以说是当下选择了我们，那既然是这样的话，你们想要的是什么？就是在整个生活里面，你们内心最坚定的是什么？有没有在为它一直努力做？在这个过程中遇到了什么困难？你们是怎么样越过的？谢谢。

李敬泽：我觉得这个问题还真是特别难回答。今天这位女士忽然问我，你想要的是什么，说实在的，我还真不知道我要什么。我今天晚上估计要在床上辗转反侧，好好想一想我真的想要什么。所以我觉得这个问题的价值倒不在于说我回答我到底想要什么，而是她这个提问本身的警醒意义。我们其实常常真的不知道自己想要什么，我们整天很忙，我有时候觉得我简直就像没头苍蝇一样，我不知道我想要什么，我只知道我今天此时想要什么，此时我想赶紧把这个场面应付了，大家都很高兴，我也很高兴，我要的是这个。然后我们每天都有无数的这种"要"，我觉得能像这位女士这样忽然站在这，这些小事都不要谈，就是问你在生活中到底想要什么，这真是要命的问题，基本上就是孔子向我们提出的问题，这个场合有这么个人来问我这么一下，是我今天最大的收获，我打算从今天晚上就认真思考一下我到底想要什么。

安妮宝贝：刚才这位说我们不能选择当下，是当下选择了我们，也就是我们生活的这个时代是不能被选择的。我当时看《东京梦华录》的时候我有一个类似的想法，就是我为什么不能生活在以前，哪怕说以前有各种各样的问题，比如战争、疾苦，但我觉得那个时代整个的氛围还是不一样的。而现代的时代速度很快，像一列火车一样，"时代的火车"是我在小说里用的一个比喻，因为我觉得这就是一个开向黑暗的火车，而且它的速度非常快，所有的人都挤在上面，你根本就不知道前面是什么，但它肯定是黑暗的，这是我比较悲观的一个想法。我认为未来是这样的，包括地球、人类，我自己的观点是比较消极的。但我们既然已经在这个火车上了，我们又能做一些什么呢？我在小说里试图探讨这个问题，我觉得我肯定是给不出答案的，因为我是一个很弱小的人，我的思想也很浅薄，我看的问题也很局限，但我是一个作家，还是希望用文字去探讨一下这样的一个现象。我们所有生活中的人在做什么，或者我们面对怎样的情况，我们怎么选择自己的生活。这个是我想表达的一个观念。

我认为在这个火车上，有几种选择，一个就是你跟着往前走，不要想太多的问题。大家挤在火车上，一直往前开，你唯一可以做到的就是珍惜你的当下，因为你的生命存在，那就是你要过好你的生活，珍惜你生活中所有的时刻，珍惜你的感情，珍惜你的记忆，珍惜你的奋斗、你的努力、你的痛苦，所有的感受你都要珍惜，你要用真实的态度去面对自己的人生。在这样一个途径下，你就是要好好建立自己的生活。

还有一个选择，就是你能不能跳车，你从这个车上跳下来，那你有两种方式。一种方式是自杀。有些人觉得挤在车上特别不舒服，然后就想逃走，那就得跳车。还有一种你可以选择做一个边缘的人，你不要去参与这些大家都非常热衷的东西，或者所有的人都很亢奋，而你可以离它远一点。当你离它远一点，可能会离自己近一点，如果你离自己的生命比较近一点，那你的真实感可能会多一点。

不要因为个人情感而排斥作品

读者：安妮，我想问一个问题，你怎么看待艺术家和艺术的关系？比如说你喜欢一个人的书，但当真正接触这个人的时候，你对他很失望，觉得他的真实面和在文字中给人的感觉是不一样的。当然，这个人，我不是指你，我就想问一下你怎么看待这个问题。

安妮宝贝：刚才那句话其实有点多余，即使你指的是我，我也并不奇怪。你提到两个问题，第一个是说艺术家和艺术之间的关系。第二个是如果你喜欢一个艺术作品，但是你对这个艺术家很失望，这种情况应该怎么去看待。我来分别回答一下。

第一个问题，我觉得艺术家和艺术之间只能有两种关系，一种就是他要成为艺术的牺牲品，把自己放在用来祭奠艺术的一个台子上，也就是他要牺牲他的生命，牺牲他的生活，这个艺术家最后的命运会不太好，这是我的感觉。第二条路就是一些比较理性的艺术家，但我认为过分理性的艺术家其实就不是艺术家，但肯定会存在第二种方式。

第二个问题，我觉得不管你是去看书，还是去听歌，还是去看电影，你接触到的作品，它肯定是一个被浓缩、被升华过的东西，你不能指望一个作品完全和一个日常生活中的人对应起来。因为他既然是把最好的东西奉献给你，那这一定是精神中或生命中最浓缩、最精华的部分，你要因为得到这部分而感谢他，而不是因为这个人让我很失望，就对他产生排斥感。否则我觉得这就变成了你的损失，而不是他的损失。这是我的回答。

一个时代里，伟大的作家是极少数的

读者：先问一下安妮宝贝。刚才那位提问的同学说到艺术家的问题，那我就想问一下，安妮自己作为一个书写者可能是比较消极的，但是另一方面又是作为一个日常生活中的个人，那么这两种不同的角色应该有不同的生存状态。我想问的就是，作为作家的这种消极观对于你日常生活的精神状态是不是有影响，这种消极观对你日常的社会关系或者人际交往有没有影响？

第二个问题想问一下李敬泽老师。李老师的评论我看过，《小春秋》这本书我是最近才知道的。我匆匆看了几篇，没有完全看完，可能在整体理解上会有误差。我理解的是李敬泽老师是通过这部小说来将古代和现代做一种比照，然后去揭示古代的问题，或是反讽现代社会的某种现象。这种算是国学的一种现代阐释吧。我就想问李老师，你怎么看待国学经典的这种现代阐释？或者说你认为你对《春秋》的阐述与于丹《论语》的阐释有何异同？这种国学阐释对于我们这些青年，或者对于文化界有什么意义？

第三个问题就是问李洱老师了。当代中国的文学现状其实是有点让人尴尬，一方面是大家在叫嚣着向"诺贝尔"冲刺，但另一方面我们看到了当代文学那种"短、平、快"也好，或者是刚才提到的"好脏"、"好乱"的现状，我就想问一下李洱老师，您对中国当代文学的一个期望是什么？或者您对中国当代文坛现状的理解是什么样子的？

李洱：现在谈对中国当代文学的整体评价是一个非常敏感的问题，也可能是因为"身在此山中"。我觉得中国当代文学目前还是非常正常和非常健康的。昨天有一个朋友从天津来，谈到一些问题，我对中国当代作家写作的状况很多都是从他那知道的。我听了之后大吃一惊，当代一些重要作家，每人手头都有一部长篇出版，可见中国人的写作现在处于精力非常旺盛的一个时期。一个非常有趣的现象是，我们只要看一下中国文学史就会发现，包括现代文学史，很多作家的作品通常都是在20多岁完成的，比如曹禺的作品就是二三十岁完成的，以后就再没有写过好作品，老舍的作品应该说时间也比较早，后来写了一部《茶馆》，巴金的《家》、《春》、《秋》都是在很年轻的时候写出来的。大概也只有在最近几年，中国作家在50岁左右的时候，会突然进入第二春，作品量非常大，每人都要写大量的作品，这说明中国目前的社会现实对中国作家构成了强烈刺激。他作品写得好与坏还在其次，主要是每个人都想要表达，他急于表达对这个世界的看法，可能有一些不成熟，但是我们要允许不成熟，因为现在没有人能够对中国目前的现实做出一种非常准确的而且概括性很强的判断。因此，我们就要允许一些作家从个体的经验出发去表达他对这个世界的看法，表达他的人生经验。所以我觉得从这个意义上讲，中国目前的写作应该是处于非常活跃的时期，而"诺贝尔"奖等不全部是文学话题。

李敬泽：文学处于非常活跃的时候，中国的国学宣讲也正在处于一个活跃的时期，我没什么意见，我对什么舆论看得都很少，但是我想中国现在又处于这种特殊情况，所以我一开始就讲我真不好意思说我写这么点小东西和"国学"经典扯上什么关系。为什么呢？因为对于活在30年代、40年代的那些老先生来说，现在的我们对经史子集的了解仅仅是皮毛，而当时那些对于他们来说都是非常熟稔的了，我们现在连他们的小学水平可能都达不到的。所以在这个意义上说，现在你要我说，写那么几篇闲文就算扯上"国学"经典，我是觉得有点不好意思。但是我也知道，在这个时代，我们倒也不必太不好意思，为什么呢？因为大家都差不多，我们都经过了一个巨大的断裂和遗忘的时期，你比别人多懂一点皮毛显得好像也可以谈国学、谈经典了，那么这是好事，还是坏事？当我们没那种伟大的学者、大师的时候，我们有个中师、小师、小小小师，可不可以？我觉得是可以的。比如《论语》，古人几岁的时候，头一课都是学《论语》，而我们现在四五十岁了都没学过《论语》。那么如果现在在电视上有个人铿锵有力地给大家宣讲一下，让大家知道这么一个事，我觉得是好事。所以这里边就牵扯到刚才谈到的文学，我知道我们现在很多很多人，年轻朋友，包括我们的媒体，一谈起文学来，都会说现在的文学不行，没有伟大的作家，没有伟大的作品，很生气，很着急，中国的文学都是垃圾。但是我想我们也要在这个问题上有一个基本的常识和基本的现实感。就是说在任何时代，好作品和伟大的作家都是极少数的，这你得承认。明清小说多少部？光我们记载可查的一共出了多少？到最后能够剩下来的，够得上我们一拍大腿说伟大作品的，又有几部呢？比例是很低的。无论古今，好东西总是少数。所以这个时代，大家老生气，说你们一年出一千部作品，而这一千部里能有三部是好的就是成功的。那话又说回来，你能不能说因为这三部好的，我们是不是就不让那997部出了呢？我觉得恐怕也不行，大狗要叫，小狗也得叫，而且某种程度上说，大狗是从小狗长起来的，你严禁小狗叫，严禁那些不太好或者不那么伟大的作品出来，那些伟大的作品也是不会出现的。所以在这个意义上说，我们现在谈文学，还是要有一点平和之心。我就不明白，咱们是在谈文学，又不是在谈股市、谈房市，为什么一谈文学大家就全都不能平心静气了，全都变得很愤怒，连一些基本的常识也不讲了，摆出一副"大家"的样子。我想在文学上我们还是不必要的。我倒是同意李洱的这个判断，我想一百年来到现在，至少这是一个相对生机勃勃的时代，我想我们不必急躁。现在是经常有人拍案大骂，说文学为什么那么浮躁，伟大作品还不出来。我说你这不是浮躁吗？非逼着我们写出伟大的作品。伟大作品不是这样急出来的，如果有一个生机勃勃的环境，我们让万木自由自在地生长，那么我相信，这里边肯定会长出真正的大树来。

我在生活中不是一个非常无趣的、消极的人

安妮宝贝：文学的问题我就不讨论了，因为这有专业的人士在说，但是关于阅读，我觉得我还是可以说一两个我的观点。我觉得文学好不好，有没有好的文学作品，这个其实是不需要读者去关心的问题，

因为对于每一个普通日常的读者来说，你的选择是极其广阔的。我去书店，我就能找到无数我想看的书，我并没有感觉没有我想看的书，或者怎么没有好的作品出来，我觉得这个是不可能的，因为选择权在你手里，你可以尽情地、自由地选择你想阅读的书。如果能够把敬泽这本书里写过的那些书去读一遍，也足够花费你很长很长的时间，完全可以打发你的时光。

对于刚才向我提问的那个问题，就是关于性格的消极或者说对作品的消极会不会影响到性格的消极。我觉得每一个有所表达的人，其实都是内心消极的人，如果他不消极，那就表达不出一些东西。所以我觉得消极应该是每一个艺术家应该具有的特性。当然这里我没有认为我是一个艺术家，我只是一个普通的写作者。至于我自己日常生活中的性格，我觉得还好，因为我比较注重当下感。我觉得生活中的很多时刻我们都需要享受，包括阅读的乐趣、你种一株花的乐趣、你跟别人的乐趣，所有的时刻都是值得珍惜的，也是在你生命中留下印象的。所以我觉得我还好，日常生活中不是一个非常无趣的、消极的人，我可以分开来。

中国式的优雅

——白先勇话昆曲

一 ─ ─ ─ ─ ─ ─ ─ ─ ─ ─

我的故乡是中国的传统文化

谭飞：大家好，我叫谭飞，我也是白迷，今天是一个跟白先生近距离交流的机会。我印象最深的是，我认为白老师是个真正的爱国者——可能有些人爱的是异域中国，有些人爱的是政治中国，但白老师爱的是文化中国，所以我特别想先请白老师讲一讲什么叫中国，什么叫爱中国。

白先勇：是这样的，常常有人问我，哪里是你的故乡？我生在南宁，一个人到桂林，所以我的籍贯写的都是广西桂林人。可是我在桂林住了6年，6岁时抗战了，就到重庆了。然后战后又到南京、上海，1949年以后到香港，然后到台北。到台北后我念书，在台湾待了11年，所以我的成长其实在台湾，在台湾念的大学，念完大学以后我就留学到美国了，然后在美国教书，一住就住到现在。在美国住了差不多快40年。

人家问我故乡在哪呢，我说我生长的故乡在广西，可是你要说"什么地方是我的故乡"，地理上很难说。后来我心想，我的故乡就是我们中国的传统文化，我觉得回到我的中国的传统文化，心中最踏实，最有回家的感觉。我在美国教了40多年的书，再回到中国来，用8年到9年的时间投入到昆曲复兴的工作中，这是我觉得最贴近家乡的感觉，就是我们的文化。

谭飞：我看到您的《树犹如此》，有一篇文章是讲白先生在美国见到沈从文先生。

白先勇：好像是1981年的时候。

谭飞：那时候白先生首先感到遗憾，说沈先生这样的小说家现在来研究古物了，这个对您来说是一个遗憾，对读者来说也是一个遗憾。但是后来您又想通了，您说："如果他把全身的事业投入到对中国文化的复兴或推进上，可能这个重要性超过了写小说。"所以我就想问问白先生，您推广昆曲，同时也耽误了您写小说，因为其实我相信在座的很多年轻人甚至90后都是白先生小说的读者，那么您怎么看待这种牺牲，您的这种牺牲有受到沈从文先生的启发吗？

白先勇：我想我跟沈先生的遭遇不太一样。1981年沈从文到美国，那时候我正好有个学生的硕士论文写的是沈从文，是我指导他写的。刚好写完，沈从文就到了旧金山。我是在加州大学校区教书，我当然很兴奋。我很喜欢他的小说，那些短篇长篇我都很喜欢，他可能是我最喜欢的小说家之一。他们邀我到旧金山东风书店，和这个书店有点像，很多学生和知识分子都去了，那个书店就把我们俩合在一起。

在这之前，沈先生就在演讲，讲的是他研究的中国历朝的衣服，尤其是女装服饰。讲那时候宋朝妇女头上戴的什么东西，那个东西在宋词里面，就是温庭筠常写的女人的头饰"小山"。他说很多人以为这是屏风上画的山，其实不是的，他说女人头上别的发饰是山字形的，所以讲小山林立。他非常起劲地讲这些东西，讲得满头大汗。

有时你会忘掉他是《长河》的作者、《边城》的作者，他是一个非常虔诚的故宫研究员。他告诉我他在故宫的时候，有时候研究太晚了，故宫的门关上了，就关在里面一夜出不来。他那时候着迷到这种地步。

就我们的文化而言，我自己那时候在美国看到一些报道跟电视画面，看到我们有几百年历史的雕塑打碎了，我的心都碎掉了。之所以那么悲观，我想其中之一就是那时候我觉得我们的文化恐怕毁灭掉了，可能沈从文也是那种心情，他要尽他自己的力量抢救文化。

昆曲——中国式的优雅，中国人的从容

谭飞：我还看到沈先生曾经在回台北之后写过一篇文章，他说，"台北太浮躁了"。我们今天面对当下的北京或上海等很多大都市，可能能看到30年前台北的忙碌景象。所以我个人认为，昆曲是可以让中国人慢下来的一种艺术，我不知道白先生怎么看？

白先勇：你讲的"慢下来"，我觉得挺有意思的，刚刚我问了几位北大同学，不晓得有没有机会看到我们在北大演的昆剧。

读者：我去的时候已经演过了。

白先勇：我们曾去北大演过三次，2005、2006、2009年，在北京演过三轮《牡丹亭》。我们这个戏是个大戏，三天，九小时。想想看，要是现在的大学生坐在戏院里三个晚上，九个钟头，还要自己掏钱买票——当然学生票很便宜，可是也要掏钱买票看九个钟头的戏，这是一个很大的考验。谭先生讲的"慢下来"，昆曲的节奏非常缓慢，我觉得那是我们中国文化的一个节奏，而且是中国传统文化的节奏，也是中国式的优雅，中国人的从容。你看看昆曲的一举一动，透露出中国人的派头、优雅和气度。

谭飞：可以叫精致的优雅。

白先勇：对，那种气度充分表现在昆曲里。它的音乐、舞蹈和整体造型把我们中国人的姿态美充分表现了出来。西方人的芭蕾是最美的，他们是快动作的，不是很好看，也很优雅，但中国式的昆曲有中国式的优雅。我记得我们北大学生在里面看了九小时，天寒地冻，那天零下九度，晚上冷得不得了，11 点钟看完后，几百个同学拥到前面把我团团围住。我要回去睡觉了，我是南方人，北方冷起来真是受不了，但是学生们不让我走。我看到他们脸上发光，他们就告诉我一句话说，他们其实不是等着我签名，而是要谢谢我把这么美的东西带给他们，中国式的美在昆曲里的表现感动了他们。

如果昆曲不美，《牡丹亭》不动人，我相信北大学生坐不了九个小时，而且看完戏后就快点跑掉了。所以我真的非常感动，觉得这几年的辛苦都是值得的。我希望我们的学生，尤其我们大学生，我们所有的华裔青年，一生中至少有一次看到我们传统文化的美，感受到我们传统文化的美，你会觉得作为中国人是很骄傲的。美是朴实的，感动人的。昆曲最重要的是情，把中国人的感情用非常美的形式表现出来，如果这个情表现得不美也不会动人。

谭飞：所以通俗地说，白先生认为如果你看完昆曲或者看完一些古典的艺术，您就不会像现在这样浮躁，您会用非常优雅的方式生活，而现在我们的节奏和想法都太浮躁、太快了。

白先勇：的确，谭先生讲的勾起我好多话。《牡丹亭》大家都知道是一个很美的爱情神话，一个爱得死去活来的悲喜剧。一切爱得死去活来的史诗都是我们的爱情史诗。我想《牡丹亭》之所以动人，除了美丽以外就是情，情字把我们现在的学生感动了。人家说那么慢，两个人台上眉来眼去 20 分钟。现在我们看好莱坞的片子一拍而下，快得不得了。所以我看到那些学生乐得不得了。我刚刚在杭州演完，有几百个美院的学生看到杜丽娘和柳梦梅两人一拥，水袖一打下来，下面就为他们鼓掌，我想是那种情感被触动了。据我了解，有三对情侣因为看《牡丹亭》结为连理。有一对是北大的，本来他们俩不怎么认识，因为 2006 年去看《牡丹亭》，双双坠入情网，然后成了夫妻。女孩是《人民日报》的编辑，来访问我，问得我非常深，我问她对《牡丹亭》怎么这么了解，她说因为感动了嘛。采访完，她就把门打开，外面有一个青年男士是她先生，我们三个人一起合影。她很激动地告诉我，就是因为《牡丹亭》才结成夫妇的。可见得明代的戏曲的美和情还是一样能感动 21 世纪我们的大学生。

尊重古典，但不因循古典；利用现代，但不滥用现代

谭飞：所以不要只看《非诚勿扰》，我们也得看看经典的东西。我插一段，林怀民有过对白先生笑的描述，因为大家已经看到白先生笑了，非常有魅力。他是这样说的：白先生的笑很独特，"呵呵"有点像小孩的笑，呵了三五笑，恍如要断了，忽然拖着长声又扬高了，为一点事他就能断断续续笑上一分钟。我就说白先生一谈到昆曲，简直就是陶醉和爱了，所以我也想问一下，白先生一直认为文化不应该摆在博物馆里，比如玻璃罩罩着的一些死物或古物，那么您怎么看文化是一个活着的状态，应该是个什么感受？

白先勇：我们所谓传统，就是要传下去的，不传下去就不成为传统了，那就变成了一个化石。所以传统一定是活水的，它虽然有源头，还一定要流下去。所以我觉得我们现在的文化传统是我们的大问题，我想我们现在面临的一个最大的问题是，中国文化如何把几千年的文

化传统搬到 21 世纪来，重新赋予它一个新的意义、新的诠释。

　　这是当前最大的一个问题，我们有几千年的不得了的遗产，怎么把它挪到现代呢？从 19 世纪末到今天，我们所有中国人都在努力，实现现代化，但我们在做的时候有时候做错了，不但现代化没有达成，连过去的传统也毁掉了。我们犯了太多的错误，所以我们现在要认真思考这个问题，这是很庞大，很复杂，不得不面对的问题——如何赋予古老的传统以生命。我现在做昆曲其实就是在实验。

　　昆曲有 600 年的历史，是我国现存最古老的剧种，如何把这个有着 600 年历史的剧种，搬到 21 世纪的舞台上，让它重放光芒，既要保存昆曲的原本精髓，又要引起现代观众的共鸣，我们是花了很大功夫的。一开始在制作《牡丹亭》的时候就是这样做的，我们有一个大原则：尊重古典，但不因循古典；利用现代，但不滥用现代。所以把现代和古典对接起来，这个接点的分寸的拿捏是我们最大的挑战，也是最难的地方，它是我们现在最难的题目。

　　所以我们昆曲的"四功五法"通通保存住，但是在舞美、灯光、服装所有这些方面，我们会很仔细地讨论，如何把现代元素放进去。我们马上要到国家大剧院演出了，这是上演的第 200 场，我们走了快 8 年了，我们的大剧院是一个歌剧厅，西方式、敞开的，所有灯光是电脑控制的，所有的客观环境完全变掉了，我们怎样在这么一个新舞台上面表现一个古老的剧种而不去伤害它。我觉得我做的《牡丹亭》算是一个成功的实验。我现在敢讲了，经过了 8 年，演了 200 场，我们全世界都演过了，我们有超过 30 万的观众，他们的反映我们都知道，现在我敢讲这是一个成功的例子。

　　谭飞：而且可以告诉大家，所有的票已全部卖光。

　　白先勇：票大概只剩到第二天。

谭飞：今天如果读者和听众能去抢到也是白先生的一个期望，您想过这么好的票房吗？说实话，现在北京演唱会的票都不一定好卖了。

白先勇：主要是北京观众对我们有信心，因为我们大概是第11次进京了，每次在北大演出，2200人的座位，我要求有一半的学生票，也有一半不是，一千多张，卖差不多400多块，每场都全部卖光，相当高兴了。不过，我们刚刚在杭州演完，杭州那边很难卖的，听说观众都等着送票，结果我们在杭州居然三天爆满，那个1600块一天的座位，三天爆满。我们在美国演了12场，全满；英国也是6场全满；新加坡也是全满；在台湾、香港都是满座。所以这个剧真的很有口碑。

为什么总去北大演讲呢？我想可能有一天，北大的学生里就有一个人变成文化部长。现在的文化部长是北大的，看过我们昆曲的蔡部长是北大的，我想，如果看我的昆曲能陶冶出一个文化部长来，那昆曲就有救了，不必我那么辛苦了。所以我在北大也开课，开昆曲课。

谭飞：而且好像北大还有学生在里面演。

白先勇：我们有校园版，北大、北师大、人大的学生合起来有个校园版，很出风头的，在北京演完，到上海演，演得很好。

谭飞：所以，现在白先生让几大名校的校花都有了古典气质。

白先勇：唱了杜丽娘，出来走两步路都不一样了，很有大家闺秀的风范。

昆曲：明清时期的卡拉OK

谭飞：我们先给白先生10秒钟的时间，接下来我想讲讲当下。因为大家都知道，白先生其实也经常关注国内发生的一些事，包括我刚才跟他交流对于中国现在的一些世态人情，包括小悦悦事件的看法，我觉得这种事情反映的是人心的浮躁、社会的不安。因为白先生经历过这种转型期，所以特别了解，包括他在台湾和国外的一些经历，我想让白先生谈一谈怎么看待现代人的世态人心，这些事件给你带来什么样的刺激？

白先勇：我看到小悦悦事件激起大家的很多反思，我觉得很好。我觉得人们现在的价值观有很大的问题，我们中国人的很多价值观是从儒家思想传来的，仁者人也，仁者爱人，这都是孔子讲的话。

我们信奉的人的价值是儒家的一套，所以我常常说要做人，怎么做人，怎么关心人，还有中国人从前的宗教信仰是以佛教为主，佛教讲慈悲，讲众生大悲，我觉得这种价值是要紧的。中国人之所以为中国人，就是儒释道的价值酝酿出来的，酝酿了几千年。如果这些价值混乱掉或被拔掉，我们自己心中也会产生混乱，该不该同情这个人，我们自己也疑惑起来。

我在想，这种价值观很要紧，宗教信仰也很要紧。我在美国住这么多年，我也经常观察他们，美国最重要的是基督教，如果美国人没有基督教，那会变成一群野人。他们的科技那么发达，那会变成一个恐怖王国，还好它的宗教可以净化心灵。比如我刚刚讲的孔孟，可能你没念过孔孟的著作，但它的价值已经很早散布在中国社会了。

而美国靠什么？一是基督教，一是法制，一个是精神上的支撑，一个是制度上的支撑，这两样东西稳住了整个国家。如果这两样东西松动，它的精神上也会有危机的，整个西方精神上也有很大危机的。从工业革命以后，它们也经过了一个很痛苦的过程，我相信我们现在也有这样的过程，可能你们因为身在其中，会觉得这个社会变动得像洪流，怎么跟得上这个变动呢。所以我们讲我们的人心浮动，有一些焦虑是很自然的。

我 1987 年第一次回国，我也经常看到很大的变动，所以很难有一个固定的价值观。昨天是对的，今天有可能是错的；今天是对的，明天有可能是错的，变动得太快。所以如何在变动的洪流中稳住自己，这是一个蛮大的课题。尤其在各种文化入侵，日本、韩国、西方的通通涌进来时，我们的精神依靠什么呢？还是应该依靠我们的传统。靠什么？怎么靠？现在可能对我们的传统文化有很大的考验。我们的传统文化是不是能支撑我们整个民族渡过难关？这个问题最有契机、最有机会让我们有一个文艺复兴的时期。从 19 世纪到 21 世纪，我们的经济条件和社会条件好像都已经在替我们做准备了，下一个便是文化建设。现在大家都在讲文化建设，怎么建设？这不是说像我拿 1000 万出来去建一个什么东西那么容易。

谭飞：我刚刚跟白先生交流，我听到他嘴里说出了"精神文明建设"这六个字，但是我想他说的跟我们听到的可能不太一样，我特想问问白先生心目中的精神文明建设是什么样的。

白先勇：我讲的精神文明是在文学、宗教、哲学、艺术、戏曲这些方面表现出来的。每个民族都有精神建设的成就，比如英国最近挑选最杰出的英国人，他们挑选的是莎士比亚，培根当然也很了不得，但他们觉得对他们的精神指引来说是莎士比亚。比如意大利精神文明不得了的有很多人，但就表演艺术而言，意大利的精神表现在歌剧上。还有德国的古典音乐、俄国的芭蕾，它们代表着自己民族的一种精神成就，而中国人的精神表现在昆曲上。现在我们觉得昆曲好像没落得不成话了，但在明清时代，那是国剧。康熙乾隆时朝廷里的国宴都是昆曲演的，乾隆年代最兴盛时，他的皇家班子有 1000 多人，上至皇亲，下至市井，昆曲是当年的卡拉 OK，大家都在唱，所以昆曲有一阵子的确能够表现我们民族的美和情。我讲的精神是这个，你们讲的精神文明我不太了解。

应该好好检讨我们的教育

谭飞：现在发生的很多事，最根本的原因是我们信仰的缺失，所以我特别想请教白先生，我们怎样重建这种信仰，有没有一种比较简单的方式？因为大家一说到这个课题就觉得特别大，但是我们今天在座的都是一些青年朋友，我觉得白先生经历这么丰富的前辈的话对大家应该有很多教育意义，我们听听白先生的看法。

白先勇：我觉得我们信仰的落实跟我们整个传统文化失去自信很有关系。19世纪以来，很多西方文化进来，我们觉得事事不如人。大家看看我们整个20世纪的历史就是一部追赶西方的奋斗史。

谭飞：马克思主义也是西方传过来的。

白先勇：都是西方的，超英赶美，我们一直跟随西方。其实中国人也挺辛苦的，因为我们的科技落后人家几个世纪，我们要在最短的时间赶上，于是我们拼命地跑。我们有一个错误的观念，我现在提出来，大家讨论一下，就是从五四运动以来，我们的学制改了，我们完全是新学堂制，完全抄袭日本的，其中有一个就是几乎制度性地把我们的传统文化排除在教学课程之外，而且越来越厉害。

我们中学的美术课，老师不教我们山水画，让我们画石膏像，画香蕉苹果，我们就开始画那些东西。我记得我们老师就拿一个维纳斯的头放到桌子上面，我们大家就描。为什么要画石膏像？不知道。我们有几千年的优秀的山水画传统，为什么要画石膏？没有人问，很奇怪。

没有人问为什么小学生、中学生要画石膏像？画了石膏像我们就进步了？我们就现代了？我想看昆曲的人也可以用电脑，这个是不违背的。我们那时候有个错误的观念，就好像我们的戏曲落伍了，再去唱戏曲，我们的思想就跟不上时代的潮流了；我们的山水画是落伍的，我们画山水就没办法跟上时代了；我们的笛子落伍了，一定要弹钢琴、拉小提琴才跟得上时代，就是这样的观念。

在台湾我也大声疾呼，现在毛笔也不用了，这是有危机的。我们整个文化是最简短的线条文化，从我们的象形文字到青铜器、建筑，我们对线条的掌握非常准确，而书法是最了不得的艺术，充分表现了线条的美。所以我觉得我们的教育有问题，是不是我们应该坐下来好好检讨。

我在香港也做了一个纪念五四运动90周年的课程，我觉得当务之急应该对我们的中国文明做一个全面的重新评估。因为现在那么多的出土文物，我们的文明史要重写了，应该从我们的哲学、文学、艺术、音乐、戏曲各方面重新做一个评价，而这个评价要客观，理性。我觉得应该借助所有海内外的专家对中国文明做一个最全面的重新评估，把我们19世纪和20世纪的偏见纠正过来，而且我觉得要公正地评价我们的缺点和不足。我们的文化之所以衰落，一定有致命的缺点，大家要痛加检讨。

对于五四时代，我们能理解，那时候要救亡图存，现在已经过去90年了，我觉得应该写一本中华文明教科书，所有的学生，不分专业，通通要必修。

西方的大学都是这样做的。我教的大学是加州大学，学生不管什么专业，一进来一二年级就有一课：西方文明史，很厚的一本书，从源头讲到现在，每个人都要修。他们修了那科以后，对西方文化有一个正确的认识。他们学了西方文化以后，还有一科也是必修的，就是非西方文明。你可以选印度的宗教，也可以选日本的艺术，可以选中国的文学。很多学生选我的课，中国现代文学，所以认识自己的文化和文明的同时也要认识别人的文明。我们中国人就是对自己的文明稀里糊涂的，怎么能够认知西方的文明，吸收他们的精华？这样就常常会误判。比如你学西方的油画，你到法国的卢浮宫走一趟，你就知道他们的传统是移不过来的，背后有几千年的文化底蕴，你不能去学人家的，抓过来自己用也只是很表面的。但是，我们绝对不能排斥西方文化，人家这么了不起的成就当然要学习，从中激发我们的灵感，给我们启发，但在这之前，自己的文化先要有底子。

谭飞：所以，白先生其实说了三个观点：第一，五四运动解决了一些问题，但可能产生了更多的问题；第二，真正建立文化自信，才能重建信仰；第三，中国的传统文化必须经过从小的教育，深入到大家的学业和骨髓里。这其实让我想到了陈寅恪先生说过的"中国如果把国外的东西一股脑拿过来，不经过消化，它就成了非卢非马之国"（"卢"是"卢梭"，"马"是"马克思"）。

不能粗暴地对待文化

谭飞：这个问题我们先讨论到这。其实我相信大家还对一个人感兴趣，这个人的年龄跟白先生差不多，就是李敖先生。但是我们看到李敖先生跟白先生的风格是完全不一样的，李敖先生是嬉笑怒骂，好像一辈子都在破坏。而且最近几年，李敖先生的变化非常之大，以前大家认为他是一个斗士、一个勇敢的人，现在大家觉得他好像和政治离得越来越近。

但是我们看到白先生，他一直游离于政治之外，一直在做建设的事，一直在做昆曲的普及，包括昆曲在大学校园的宣传工作。我特别想请白先生评价一下李敖对中国文化是否也是一种建设，你怎么看这种像李敖式的文化符号？

白先勇：我今天讲我自己，不讲别人。我觉得现在，每个人对文化的看法或者方式不一样，我现在跟同学们接触以来，我觉得当务之急就是在学校里做昆曲普及。我们去过29个重点大学，最远到兰州，最南边到广西师范大学。昆曲从没去过的地方我们都去散播、播种，我希望有一天至少学生看到这些东西是有启发的。很多学生看了以后觉得真美，让我很感动。最感动的一次是我们在英国演出的时候，演完以后，有三个年轻的留学生，一个是北京的，一个是台湾的，一个是香港的，三个完全不同的文化背景，这两个女孩和一个男孩来见我，眼睛红红的，他们说感动得不得了，能够在英国看到自己国家的文化在这里发光。我想他们的眼泪也很复杂，我觉得有民族情绪的成分在里面，也启发了他们对中国文化的一些想法。的确，我们在美国和英国演出时，那些观众能一直鼓掌十几分钟，我们在加州四个校区演完以后，那些观众站起来鼓掌。因为他们对中国戏曲的认知只到京剧，他们没有想到比京剧老了几百年前还有这么一个剧种，比他们的歌剧要早两百年，而且这么精致、成熟、恢弘。他们大吃一惊，而且对这些东西产生了很大的兴趣，他们马上就研究，尤其是伯克莱校区当年就开昆曲课。这才是西方人的研究精神，态度很严肃，也很谦虚。我觉得我们对于文化也应该谦虚，很虚心地去研究、承受。

谭飞：诚惶诚恐。

白先勇：真的，我在做的昆曲就是这个事情。我在做的时候，我希望能够把它原来的精神还原并呈现出来。我们在做的时候绝不是拿来随便用、随便改，我们很尊重它，所以我做的时候非常虔诚。我先声明我做这些绝不是我一个人的，虽然常常是白先勇的名字跳出来，我后面有一大队昆曲义工，都是很顶尖的艺术家。

谭飞：团结在以白先勇为核心的昆曲艺术团周围。

白先勇：他们也有一种文化使命感，我相信在座的大家都有，都希望复兴中国文化。我想我们的文化骄傲感潜伏在心中已经一个多世纪了，大家都希望有一天我们中国的文化能够重振，这是一条很漫长的道路，绝对不能粗暴地对待文化。

谭飞：但是，我在《树犹如此》中看到白先勇几十年前写过"人定胜天，逆天而行"，而现在中国对"人定胜天"这件事，其实很多人在打问号，因为觉得人要敬畏自然。刚才白先生讲到人敬畏文化，其实也是对天的一种敬畏，白先生现在的态度有改变是吗？

白先勇：的确，我想中国最大的危机就是我们的环境污染，从前西方也都经历过，鱼都不能吃，很可怕的。我们的生态破坏很吓人，又要经济建设，又要照顾生态环境，这是个两难的问题，而且我觉得自然的反哺力量是非常大的。当然，人希望能胜天，但是我想有些自然的规律，如果违反就要闯大祸。

谭飞：还是要顺天而行。

白先勇：要顺天，不然人类要闯大祸。

我欠了一身文债

谭飞：那么接下来两个问题我相信在座的读者也很感兴趣，白先生很多作品都改编成影视剧了，您怎么看这一块？改编的原则主要是什么？

白先勇：有的作品我没参加，甚至我没有授权。

谭飞：哪一部作品没有授权？

白先勇：《金大班的最后一夜》，所以做的时候完全在我的控制之外。我的作品改成影视剧、舞台剧、绍兴戏、上海戏都有，当然这等于衍生品，有的我参与了，参与也蛮有意思的。我自己也写过舞台剧，我有一篇小说叫《游园惊梦》，后来写成了舞台剧，也上演过两个版本。一是 1982 年台湾版本，是归亚蕾、刘德凯演的，演得非常好；一是 1988 年的大陆版本，上海昆剧院、上海青年话剧团、上海戏剧学院、广州市话剧团几个单位联合演出的，女主角是上昆的当家花旦黄玉仪，是另外一个风格，也不错。电影也有好几部，有一部我跟谢晋合作的《最后的贵族》，本来是请林青霞演，后来林青霞来不了，台湾不让拍，最后是潘虹演的，还有《金大班的最后一夜》等。

谭飞：我们还想问一个问题，白先生应该说是当了八年的昆曲义工，也获得了阶段性的成果。

白先勇：是。

谭飞：我们看到票卖得非常好，而且在全国很多大学、很多城市都兴起了昆曲热，那我们想问问作为小说家的白先勇，是不是现在有机会实现一下自己私人的愿望？

白先勇：是，我欠了一身的文债。的确小说是我的最爱，也是我第一重要的、终生的追求，我闲的时候小说还是我最先想要写的。我的读者们等得不耐烦了，请大家再耐心一点吧，我还会写小说。现在忙着做关于我父亲的传记，先预告一下，明年春天先出一本我父亲的影集。

谭飞：画传？

白先勇：我父亲的影集，明年二三月会出来。我父亲很多珍贵的照片背后有很多故事，所以我要快点写出来。

二 —————————

"哎呀，美得不得了！"

读者：谈到中国现当代的戏剧，我觉得不能不谈到陈白尘先生，而且我的外公跟他也算是朋友，我听过他的很多故事，我也知道您跟他是朋友，我想请您谈谈，这样老一辈戏剧家有怎样一些职业的操守？他们当年是怎么样的创作状态？

白先勇：我1987年到南京，因为我听说南京有一位昆曲大家张继青老师，她的外号叫张三梦——因为她唱《痴梦》、《寻梦》、《惊梦》这三折最拿手。我听了以后慕名去拜访她，而且还托了谢晋写封信给她，要求她特别演一场，她平常也不大演。而陈白尘先生、吴百涛先生那时候是南京大学中文系的老教授了，教戏曲的，就陪我去看这场演出了，正好碰到我的老师叶嘉莹先生也跟我们一块去了，所以那次很值得纪念。叶先生是我在台大的老师，我们去看的时候，我对陈白尘先生并不是那么熟，但我知道他写过《大风歌》等很多有名的戏曲。他跟我讲一句话，我到现在还记得非常清楚，老先生看了张继青的昆曲以后很激动，也谈到昆曲的没落，突然间说到："现在的大学生都应该以不看昆曲为耻。"那时候老先生讲得非常激动。大家觉得昆曲那么没落，那么没有市场，而我千里迢迢从美国赶去看昆曲，当然有所感触。我想我之所以投身于昆曲跟那次回国看到的昆曲很有关系。

读者：我是武汉大学出来的，四年前在武大看到了青春版《牡丹亭》。我觉得推广昆曲艺术是一件很有意义的事，想问一下您觉得像我们这些普通人如果做一些昆曲的推广普及工作的话，能做一些什么呢？

白先勇：你看我们种子撒下去不知道什么时候会发芽，我们去过那么多学校，武汉大学很奇怪，我碰到好几个武汉大学的学生，那次在武汉大学演得空前轰动。

读者：一票难求。

白先勇：好像有几千人，他们坐在地上。

读者：对，因为当时是晚上开演，我们都是下午去排队，而且我当时是跟在我们老师屁股后边说"老师你给我一张吧，你给我一张吧"。那个假期很多人都没有回家，就是为了看那场演出。

白先勇：好极了，我就爱听这些，可见我们的努力没有白费。我到全世界募款，给你们看戏，我们到武大、中科大都是免费的，而去一次需要不少钱，你看我们有八十几个人的团队。后来去了武汉以后，我们就到合肥中科大，那边从来没有昆曲，有黄梅戏，理工大学都是男孩子，哪晓得我们一千八百个座位的厅涌进去三千多人，学生很有秩序地贴在一起。当时朱校长都慌了，说万一出事怎么办，那么多学生。我们的演出盛况强大到那种地步。

为什么会这样子？为什么中国的学生会那么狂热？这样一个六百年的剧种，那么缓慢的调子，三天的大戏，三个钟头坐在那里，还要坐在地上，为什么不走？我想现在我们中国的年轻大学生心中都在寻找文化的定位和认同，作为中国人，我们的文化身份是什么？有些东西不能认同，而看完青春版《牡丹亭》，被里面的美和情打动了，觉得这是我们自己的文化。我们在北大演完，学生的眼睛是发光的，我觉得他们好像参加了一种文化仪式，有了很大的精神上的提升。不光是在大陆，香港、台湾，他们的问题跟你们的问题不太相同，但是也是中华民族的一分子，也是在找这个东西。演完后我很感动，我们看完第一场，也有一个像今天这样的座谈会，都是一些年轻人。台湾有个大学生是学法律的，他看完后站起来说："白老师，我看了你们青春版的《牡丹亭》后，我以作为中国人为傲。"我听后肃然起敬。因为台湾的学生很少讲这种很严肃的话题，对于很严肃的东西我觉得挺可笑的，他板起脸来讲，可见我觉得这件事情真的触动了他作为中国人的内心的东西。

　　其实我不是昆曲界的人，我很爱好昆曲没错，那我也不至于说要把我这么多年的时间和精力都投入到一出戏里，其实我做昆曲最大的目的是什么？就是希望借昆曲把我们的年轻人引导回来，重新认识和亲近中国文化：原来这么美。看一幅了不得的书法，我们很虔诚地看；看那些宋朝的汝窑瓷，不敢去碰它。这是我们的精神文明。

每个身段都是一幅仕女图

　　读者：对于《牡丹亭》，审美也好，戏曲评论也好，对《游园》和《惊梦》这两场谈得比较多，但是对《寻梦》这场的评价可能不如《惊梦》和《游园》，而我曾经无数次一个人看沈丰英表演的《寻梦》。我特别想听听白老师对《寻梦》这一场的分析，就是你在设计这台戏的时候有什么考虑，包括几个情绪的转变等。

　　白先勇：我太高兴听你这席话了。我先讲讲《寻梦》这一折。《寻梦》这一折是在《游园》《惊梦》之后，杜丽娘游园以后做了一个春梦，跟一位俊俏书生在牡丹亭上有一段幽会，然后她醒过来了，发现这是梦，然后过了一阵子她又回到园里去寻找她从前的旧梦，还想到牡丹亭去，这时候她在园子里又走了一遍，慢慢咀嚼当时她跟书生幽会的情景，然后发觉这个是梦以后那种惆怅、失落的心情。其实这是《牡丹亭》里最了不得的一折戏，充分表现了昆曲的美学，这一折戏半个钟头，七大段的唱段，七个曲牌，台上没有任何道具。半小时空台唱七段，你想要抓住几千人的注意力是需要功力的，不光是它的弦和设计，昆曲是载歌载舞的形式，每唱一句它一定有一个非常优美的舞蹈动作的配合，所以你看半小时的《寻梦》，每个画面都是流动的，每一个画面都是不一样的，所以半小时是无数张图片和造型促成的。

张继青老师说得很好，每个身段都是一幅仕女图，和唐伯虎画的图一样美，它是昆曲里最了不得的，它的特质是抒情。它的抒情跟我们的普通戏曲不同，以说故事为主，叙述为主，它是抒情的，像宋词，非常幽微的情感都要从身段表现出来。《寻梦》充分表现了昆曲的抒情成分，所以它是了不得的，也是张继青最了不起的一折戏。她是从一个叫姚传芗的老师傅那学的，身上的绝活就是这一折。张继青特别跑到杭州去拜师，然后又把这个传给了沈丰英。每次沈丰英上台，我都要讲："《寻梦》你要唱到足，做到足。"另外一折戏叫《拾画》也是了不得的一折戏，所以《寻梦》和《拾画》是《牡丹亭》的两根柱子，一定要把柱子撑好。每一次我都提到它，后来沈丰英唱得非常好，她把她老师的功夫学下来了。我们这一折的设计也特别美，而青春版的《牡丹亭》的成功还不是偶然的，它是整体美。

如果各位没有机会买到票看青春版《牡丹亭》，你一定要到国家大剧院去，我们现在有一个摄影展在大剧院就可以看到，很便宜的一个门票就可以进去了，可以看摄影展。我们现在有很了不得的一个摄影展，青春版《牡丹亭》拍了七年，有22万张的剧照，可能是影视里最多的一次。摄影师许培鸿跟了我们七年，这次是从22万张挑出来放在大剧院里，而且跟现代科技相结合，我们有几面好大的光墙，用它投影出来非常美，还有一个光墙是3D的。

中国式的优雅　　195

为了昆曲,我成了传教士

读者:我的问题是关于中国古代传统文化艺术的传承、推广的问题。其实这些艺术非常棒,但是没有找到很好的推广渠道,所谓"酒香也怕巷子深"。我知道昆曲尤其是青春版《牡丹亭》取得这样大的成功,一方面是昆曲本身的魅力,还有一方面是您和您的团队不遗余力地推广。您能不能分享一下,在现在这个看重商业利益的时代,您是怎么说服那些机构把资金投入到支持这样的中国古代文化艺术传播上的?您觉得您所做的努力在多大程度上可以应用到其他的同类艺术推广上?

白先勇:推广的话一定要靠媒体,所以我非常感谢,无论我在这儿或是在别的地方,那些媒体真的非常捧场,帮助很大。我在北京,北京的媒体对于我们这个戏也有很多话题。还有,我是拼老命的。以前我写作的时候从来不接受访问,从来不上电视,因为我觉得不需要,而且我认为用我的作品跟读者交流就行了,我绝对不去讲我自己的作品。其实我蛮怕上媒体的,可是为了昆曲,我就抛头露面,我突然变成一个传教士了,我讲一百遍,你们不信,我就讲到一千遍,直到你们相信为止。

你知道我们在美国是怎么推广的吗?两三个月前,美国的电视、广播、报纸我都上,让他们访问我,所以我的功夫是很要紧的。你看他们推广的歌剧《猫》,其实《猫》也不怎么样,但是能推得那群猫到处跳,他们是有一套的,就是你从第一张宣传照,第一张海报开始都要讲究。

谭飞:我补充一下,两百场下来,青春版《牡丹亭》总共花了三千万以上人民币,这都是白老师募来的,所以我觉得这真是可嘉,大家鼓个掌。

白先勇：我最怕问人要钱，有时候我跟他们吃饭，吃两个钟头不好意思开口，最后快要结束了，还不讲怎么办呢？真是很难的，但是没办法，你看大江南北出去跑都需要钱，没有商业考虑，是不行的。如果有商演的钱，我就把那些钱给演员，他们太苦了，大部分的钱用在演员身上，用在剧院上，用在服装上。我们什么都是最好的，服装是手绣的，差不多两百套，每一套都是手绣的，好几千人民币一套，那是苏绣、丝，那些东西不是随便能做的。

读者：我看过您青春版《牡丹亭》的影像，我注意到结尾的地方，柳梦梅骂杜宝有三大罪，第一罪纵女游春，但是在青春版《牡丹亭》的演出里，这个被抹去了。我觉得"纵女游春"是对柳梦梅这个人物性格很有意思的展示，我想知道把这个戏的细节抹去是出于一种什么样的考量？

白先勇：我很高兴中央戏剧学院的同学来看，中央戏剧学院和中央美院这些学校都是我们的重点对象，我希望你们都来看，多受点影响。我在杭州的时候，中国美院有几百个学生来看。我们看到它本来的演出本就是这样子，所以我们的考虑就是三个戏要比较戏剧化，演出的时候，文学本看得好但说的时候戏剧效果不一定好。后来我们四个人改好了。我是那个召集人，还有三个专家，但是这些专家弄出来的东西在舞台上面有一些不一定适用，所以那些老师傅一直在那儿试，老师傅说不行，我们又开会，又改，磨磨蹭蹭五个月磨出来的本子。

好戏是有人看的

读者：我想问的是，您认为像现在中国的传统戏剧与传统文化，如果需要去了解、推广它的话，应该是以什么样的形式展现在大家面前？是以它原本的样貌，还是说把它和现代化的元素融合？这个度是怎么把握的？

白先勇：这也是一个很重要的问题。我说昆曲美是指昆曲本身美，而不是说每一个制作出来的版本都美。《牡丹亭》有很多版本，制作很重要。制作包括什么？演员的选择、剧本的改编、舞美的设计、服装等，这是一个艺术品很重要的东西。好戏是有人看的，现在我们老说不好看，其实很多戏我也觉得不好看，尤其是电视上，我看到就转台，不好看嘛。所以在制作方面，我们的戏是由两岸顶级的戏剧家的参与制作出来的，一点都不马虎，我们准备了整整一年。我对昆曲的态度是视若文物，等于我对我们中国的字画、青铜器这些文物一样。

读者：白老师，这次大剧院是最后公演吗？

谭飞：真的是绝唱了，在国家大剧院。

白先勇：应该是。他们也要唱别的戏了，不能老盯着一个戏唱。我们还有别的戏，我们已经做好了《玉簪记》。有没有人看过《玉簪记》？《玉簪记》很好看的。

谭飞：我看基本上都是对爱情充满了渴望的女生。

白先勇：对，我们有一句话说，"十部传情九相思"。

"梦先生"的知情识趣

——漫谈音乐与人生

一

主持人：各位读者朋友们，下午好。在林夕老师出场之前，我们不妨先谈一谈这本新书（《知情识趣》）的诞生，有请顾青老师来和我们分享一下这本书出版背后的一些故事。

顾青：为什么中华书局会出这本书，我想今天到场的每个人对林夕老师的热爱都有各种各样的缘由，我也和大家分享一下我个人的心得。在我的心目中，"词人"这一形象在中国已有了上千年的历史，在我眼中，林夕先生就和柳永、李清照、纳兰性德这样的传统词人一样，有着历史上传统作词人的基因，带着词人的性情。林夕先生在千年之后也会载入史册，就像我们因为一本书的机缘相聚在这个午后一样。谢谢诸位。

做一个"知道分子"很重要

林夕：谢谢各位。关于追溯我祖宗的问题，刚才有谈到柳永跟纳兰性德还有李清照，李清照会打麻将的，她是一个非常有情趣的人。

　　我刚才听到柳永的时候，倒是很期待自己和苏东坡有所关联，结果考究起来是根本没有任何关联的。

　　以上是玩笑话。我先来介绍一下《知情识趣》这本书，中华书局百年华诞出版了这本《知情识趣》，刚才有人问这本书中有什么比较深的含义，如果你把书名拆开，就是"知识"跟"情趣"。我觉得一个人，我们常说要做"知识分子"，其实作为一个"知道分子"也是很重要的，因为你什么都知道一点点的时候，就比较安全，不管是在生活上、心灵上还是在实际行为中。比方说如果你有病的话，你知道一点关于医学方面的知识，你就可以保护自己。在心灵上面，你多知道一点，你的整个世界就宽广了，心胸也随之变开阔了。

　　然后我来讲讲关于"情趣"方面的话题。刚才有人问到怎么看待"情趣"，这本身就是很有趣的两个字，一个有情的人，如果他太无趣的话，他在感情方面就可能会有一个比较不好的下场。因为你光是有很浓的、化不开的感情，可是你这个人太无趣，就会吓跑很多人，因为你不懂得谈情的乐趣，你永远都只会强调你自己有如何的深情，永远只懂得说亲爱的，那可能就会吓跑很多人。你应该学会用有趣的方法来表达"我最亲爱的"五个字的内涵。如果你只是一个很有趣的人，但是很无情，那怎么办呢？那无情的人一定会自食其果的。这就是对这本书书名简短的解释。我想这个书的题目可以很大，"知识"跟"情趣"远没有讲完。有情趣的人，最重要的是你要多一点知识，对世界保持一个起码的好奇心，差不多哪一个范围都懂得一点点的时候，你就会容易有情趣，就是说作为一个"知道分子"其实已经足够让你成为有情趣的人。"知识"跟"情趣"二者有互补的作用。

生命本身就是用来燃烧，而不是用来浪费的

林夕：我举一个比较实际的例子，比如说喝茶是一件很有生活情趣的事，可是作为一个很有情趣的人，即便没有茶，我喝白开水也可以喝出它的味道。我再讲一个我生活中具体的例子，就在这个春节期间发生了一件比较大的事情，我有一个家人，我家庭中很重要的一个人进了医院。你们可能很少有留在医院里面的经验，但探访过病人的人都知道，他们除了病痛以外，最怕身处的环境比较闷。我去看病人的时候，因为担心他会很闷，所以就带了一些书给他看。因为对我来说，有时候我不是一个知情识趣的人，我会想当然认为每一个人都像我一样，会很喜欢看书，书在故我在。可问题是我这个亲人没有经常看书的习惯，因为已经是老人家了，你现在要求他做一个很有情趣的、每一方面都懂得一点的人，可能已经太晚了，所以我带了一些在我看来对他很有帮助的书，就是佛教的书——这个是很没有情趣的行为，因为在医院里边，你还给他一些佛教的书看，也未免太沉重了，如果要皈依，可能是早晚的问题，立地便可成佛，可是在医院里还要在我的压力之下看那些佛书就真的太无趣了。那个时候也没有电视可以看，所以我担心他怕闷，特别是在他夜里睡不着的时候，不知用什么方式排解失眠带来的困扰。我会常常很担心身边每一个人在太无聊的时候会不会浪费生命，因为生命本身就是用来燃烧，而不是用来浪费的。

我后来问他，他就说也没什么可以做的。我说不要那么灰心嘛，这个世界还是很有趣的。他问我除了文字以外，有没有其他东西可看，他说因为自己看字的压力太大。那个时候我就想，如果你当初知情识趣，很有知识，很有情趣的话，就没有今天这个困局了。所以我们趁现在还来得及，要多培养一点情趣。

　　后来我想来想去，带了一些图片集给他看。刚好因为在家里比较匆忙，就带了几本关于故宫的图片集给他看。我本来想带一些关于动物的，还有一本书是上次我生病的时候买的《鸟瞰中国》，本来也是候选之一，可是从高空拍下来的中国，我会跟他分享什么呢？可能这些都太严肃了，所以我就随便选了两本关于故宫的图片集给他看，就好像带他云游其中一样，在医院里边也就只好这样了。

　　之后他看了，翻了几页以后，因为差不多，其实看很多历史剧可以看到仿故宫的那种建筑，好在我每一方面都知道一点，也真的会用感情去了解那些东西。比方说翻到故宫有一个很大的水缸的时候，我想让他看得比较有趣一点，就跟他玩起了一个问答的游戏："你知不知道这个缸有什么作用？你猜猜。"结果他就说是浇花用的。于是我跟他说有一本书，我找了很久都没找到，就是《故宫消防》，我想如果找到那本叫《故宫消防》的书，他会很有兴趣地把它给看完。因为我认为那么大的一个故宫，消防的问题是怎么解决的呢？如果走水的时候，又会怎么办呢？我觉得这些很有趣。还有包括故宫便所的问题，我把这些事和他一讲，他就觉得很有乐趣，听我把这些细节性的问题讲出来，他便开始觉得有一点趣味了。好在我有一定的知识跟情趣，就可以在那么沉闷的医院环境里面让他觉得比较有趣。

给自己一个呼吸的地方，看看内心的世界

　　林夕：这个插曲还没完。之后我就离开了医院，忽然在那一刹那我不想回家了，心情挺激动的，因为毕竟是我的亲人患了病。当时我就很自然地随着公交车走，开到哪里就是哪里，比较感性，在那么美丽的下午。我记得在那个不太美丽的傍晚，因为车子刚好开到一个有

我喜欢的东西的地方，开到了卖热带鱼的市场，我就看了一阵子水族馆里的鱼。我忽然之间就在想，如果有人知道我这个行为，刚从医院里边探望完我的家人以后，我就去看了水族馆，然后还买了几条金鱼回家，他一定觉得这是一个很不孝的行为，觉得我这个人真是没心没肺，一出去就进行那么有情趣的活动。我想我的下场如果在古代，一定会很惨。就像一个老外写的《异乡人》里，在他母亲死了以后，他竟然没有一滴眼泪流下来。可是我自己不是那么看的。如果这个车不是开到卖鱼的地方，而是开到卖盆景、卖花的地方，我也可以去一下，还是可以达到这种移情作用的。

那一刻我自己明白，不管我有多担心，面对一个事实的时候，如果我的担心对整个情况没有帮助的时候，那我担心也是白担心，我先不要让自己倒下来、垮下来。好在我有那么多的兴趣，这个车子其实无论到了哪里，即使经过任何一个家具店，我还是可以立即把我整个人投入在另外一个世界，可以让自己有一个呼吸的地方。这是我的幸运。

现在我回到这本书里面。这本书其实也写了很多类似的东西，包括猫猫狗狗。你可以看到，从那些情绪中其实也可以看到一些人生的问题，只是这本书可能相对前几本而言，没那么严肃地直接谈到这些问题。它当中涉及我兴趣的方方面面。以前有一些在专栏，或者是在出其他书的时候没有收录的，比方说我对文物、家具、古籍那些太个人化的兴趣的东西，在这本书中就有比较直接的、纯粹的展开。里面有一篇文章就纯粹谈到我对古书的一些看法，我希望通过谈我的个人兴趣可以让每一个人看到他们自己的内心世界。

二 ————————————

我离不开文字

主持人：非常感谢林夕老师的精彩发言。今天我们还举办了一个活动，就是对林夕老师《知情识趣》讲一句心里话。大家已经看到了，我们这面墙布置了很多漂亮的彩纸，上面写了很多我们从微博上挑选出来的感言。这些都是您的粉丝跟您说的内心话，您有看到吗？

林夕：有啊。

主持人：要不要念出来？

林夕：好。我觉得这一个他用的全部都是四字词，好像牌匾一样很有趣，所以我先念一下"为伤落水"的："一心助世人脱贫，以文载道，丰功伟业，令人敬仰。"我觉得好像在读台本上面给死去的人物做的墓志铭，所以这是很有趣的。

主持人：还有要和大家分享的吗？

林夕："感谢你道出世人的恋爱心声。假如有一天你不再写词，这世上还有好歌吗？"——当然会有很多很多好歌，可能好词就没那么多了。

"没有什么语言能够形容林夕对我的影响，无论从哪个角度而言，都是一生一世。"——别那么轻易地说一生一世。

"仰着他的万象与目光，现在我说什么或者赞扬什么都是无知的亵渎，与你同呼吸在一片天地，我正在拥有这种荣幸与荣耀。"

主持人：接下来的时间就交给大家来与林夕老师交流。

读者：大家都知道您是一个非常有名的词人，但是我有一个问题，如果有一天当您不再从事任何和文字相关的工作的时候，您会干什么呢？

林夕：跟文字无关的？

读者：对，那您会做什么工作呢？

林夕：不带这么狠毒的。其实我的兴趣还有很多，刚才我提到随便一个东西我都会产生兴趣。文字是我觉得最能够把这个世界解释清楚的工具。它跟图像的功效是不一样的。比如我刚才提到故宫的种种，你没有文字去表达的话理解就很困难。但很多工作我其实都没有兴趣。我曾经很希望成为一个室内设计师，后来我觉得这个工作太烦琐了，要照顾太多东西。过去曾经在唱片公司、电视台工作，那些工作都是我所喜欢的。

读者：您会考虑当一个消防员或当一个邮递员吗？

林夕：没有考虑过。消防员需要有很好的体格，还要经常接触火种，这些我都没想过。

词是诠释难以言喻的现实的艺术

读者：有人说写词的词人，他写出的词是心中最柔软部分的一种现实的体现，我不知道您是怎样理解这句话的。

林夕：这句话是我自己说的？是我说的还是别人说的？

读者：我忘记了。

林夕：我把心中最柔软的部分——？

读者：对，部分的现实的体现。

林夕：一种现实的体现。我认为所有有生命力的东西，不管是词也好、诗也好、散文也好、小说也好，都应该把这个一时间难以言喻的部分，也就是说最柔软、最缥缈、最抽象的部分能够比较具体地呈现出来，才算是好的作品。我觉得好的歌词也应该是这样子的。

读者：我想问您一个最近特别火的事情。

林夕：太火的问题？难道是消防员吗？

读者：您不是去了黄伟文作品展的尾场吗？您是否觉得陈奕迅和何韵诗的表演与当年的哥哥和梅艳芳的表演比起来，吻得很过火？但是我觉得那是气氛到了一定程度很自然的表现。我想听听您的看法，谢谢。

林夕：我觉得随性就好了。因为我只看了一场，我也不晓得他们是不是每场都是，可能太刻意了，也可能就在那一场他们两个人尽兴吧。开心就好了。对于他人的一些行为，我其实没什么意见。我觉得好看就好，我看着也很兴奋啊。

读者：所以您觉得还是好看是吗？

林夕：接吻都是很好看的。

读者：我想替您的广大粉丝问一个问题。您去看过 Wyman 的演唱会，什么时候你也开一个这样的 show 啊？

林夕：什么时候？我真的从来没这个想法，这很麻烦，我不弄这种事情，把自己放在浪端，不习惯。不过一个人在任何时候都不可以把话说得太死，只是我可以向大家保证一点，可见的未来也许会，但就此刻我心里的想法而言可能性很低，比我还要矮、还要低，就把这个希望、把这盏灯灭掉吧。没有任何的期待，也就没有失望吧。

读者：我想问的是怎么样能保持写出来的东西自然流畅？因为我

以前写的东西，自己比较喜欢，写到后来就觉得虽然写得很多，但是写出来的东西自己也不愿意读，觉得不够自然流畅。您是怎样在这么多年一直保持您的文笔清丽而自然流畅的？

林夕：这个问题很难回答。保持自然流畅关乎两方面，第一个就是自己的内心，第二个是关于技巧的问题，技巧的问题就一言难尽了。其实你要了解什么是自然，已经是很难得了。可是，如果你了解整个过程，它也要顺其自然，我想第一点就是不要刻意。比方说我想写某一个题材，我希望自己很有使命感，想传达一首让人听起来、看完歌词以后快乐的歌，我如果把这个使命感扛在肩上，或者在我写作的时候很刻意要做到这一点的话，我就会有一些不必要的负担。如果在写作前先想好一些必须放在里面的字眼，我的整个作品就围绕着这个字服务，写出来的时候就可能会很不自然流畅，因为我没有顺着自己的心写。我记得苏东坡在讲书法的问题时说过一句话，他说要不以更佳为尤佳，意思就是你想更佳的时候，反而不会太佳。没有某某制作人或者歌手跟我说，某个东西你要是写出来以后一定要很火。相反，自然而然地写出来的东西可能更有市场。有一句话嘛，这个是很重要的，"人法地，地法天，天法道，道法自然"。我想我们面对这个世界和创作也是一样，你不要勉强而为，自然就会很流畅了。

"随性"，随感性还是随理性？

读者：我想问林夕老师，您是怎么持续做一个事情这么久的？因为中间您肯定受到种种诱惑，也会有点浮嘛，但是您一直坚持把它做得很完整，您是怎么去坚持以及去抵御诱惑的呢？

林夕：也就是说我怎么把一种情趣、一个知识持之以恒地坚持下去而不放弃？我认为，一切一切都是情趣里面的感情，对自己真的有感情的事情，哪怕遭遇到什么样的困难或者是僵局，也会坚持把它做下去。我对个工作是非常有感情的，而且把它当成一个兴趣看待的。刚才你还讲哪怕遇到什么诱惑，等于喜欢一个人吧，如果你们相处的时候有一些不愉快，你也不会那么快就说我觉得你让我有不快的地方，我们分手吧。当然这也是很合理的，你不快乐为什么要在一起呢？当然你的不快乐，也是源自你曾经因为这个原因而快乐，就像我一直希望可以把歌词写下去。关于诱惑的问题，因为我兴趣很多嘛，如果我不写歌词的话，我可以看更多的书，这也是一个很大的诱惑。

读者：我的问题是关于个人修养方面的。您刚刚提到一个词叫做"随性"，在您的生活当中，您觉得是随感性多一些，还是说在生活当中遇到特别大的困难或者是挑战的时候，倾向于去多读一些佛经、学一些佛理，就是随理性的成分多一些？

林夕：这个问题很好。我们常常说机缘，有什么机缘让我们能够去接近某一个范畴的东西，比方说佛，佛教或者是佛学，机缘其实没有我们想象的那么玄，其实所谓"机"就是机会，因就是因缘的因，缘就是缘分的缘，总共是有 12 种嘛。问题就是，佛学是因为有实际生活的需要，遇到一些解决不了的困难才去借鉴的。当然这个功利心人皆有之。一个人皈依某种宗教，很多都可能是因为遇到一些不顺心的事情，有一些想不开的事情，或想不通的问题。

比方说我小时候看着坟墓和蜡烛，就会想到死亡的问题。因为我很小的时候听过一种说法叫"人死如灯灭"。那个时候我还是小学吧，比较早熟，想到人死如灯灭，我就觉得生命有什么意义呢？如果你的生命，是记忆不可能保留下来的一个过程，好像这个灯灭了以后，那一刻的我非常害怕。然后我就想到生死的问题，就尝试去从宗教里面找这个答案。我觉得这个是很自然的。而如果有一个人，他天生就是完全什么都不在意的，他一早已经看破生死的问题，我想他可能不会成为任何宗教的门徒，因为他自身已经成为一个精通佛教的人了。

你知道我说的意思吗？我当初接近佛教是为了写歌词，我记得是把情歌写到某一个程度的时候，就想怎么可以在感情上面寻找一个哲学层次的答案，有了这个问题以后，可以发掘更多的答案。我觉得，佛经里面或者是有关一些佛教的学问，应该是一个很好的根，所以我就寻这个根，在寻找的过程当中发觉它太迷人了，后来慢慢顺其自然，随性找到了佛门。

希望大家容许我呈现一个不一样的我

读者：我是北京的一名大学生，记得前几年你的歌词一直都是写一些感情非常深刻的内容，但是后来像《犀利歌》、《伤不起》这样的歌词和你之前歌词的风格有些不同，我想问一下您对此有什么想法，还有在将来写词的时候您会怎么走呢？谢谢。

林夕：我本身就是一个风格多元化、以擅长变化自居的歌词创作者，所以有时候写一些像《犀利歌》这样的歌词可能所反映的和以往那种深情的感觉有所不同，也希望读者容许我呈现一个不一样的我，这个才是我真正的性格。我不太喜欢让现在的我来局限未来的我。

读者：我是通过陈奕迅的一些歌曲，像《十年》、《富士山下》，还有王菲的一些歌了解您的，我想问您在作词时会有意地选择歌手吗？还有就是，您觉得是词成就了曲还是曲成就了词？谢谢。

　　林夕：我从来没有选择过歌手，因为在我们那个行业里面是歌手或者是制作人选择我们，当然我也可以耍一点性格选择一些歌手，可是有时候真的身不由己，因为有一些歌手唱歌怎么样我是不晓得的。假如我问一个人唱得好不好，他们有时候会说这不是我分内的事情。

　　第二个回答就是，词和曲之间没有说谁成就了谁，一首好歌的成就与佛理中基本的因缘际会一样，有时候是因为他有一个很好的点子或者他写得真的是太好了，所以连无用的旋律都可以听起来好像很好听的样子，也有时候纯粹是因为旋律太动听了。我举一个例子，往往有一些太好的旋律就自然会让我的歌词也好起来，特别是在写的时候整个人投进去，把我最真实或者最丰富的部分呈现出来，它就好像一个手术刀把我剖开。像王菲的《暗涌》，整个旋律一听就为之悸动，所以就把我心里边一些潜在的感情激发出来了，所以我觉得《暗涌》这首歌就算是曲成就了词吧。谢谢。

对话九把刀

——那些年，我们一起追的女孩

我是一个没有耐心的作者

苏紫紫：读者朋友大家好，欢迎来到今天的凤凰网读书会。今天为大家带来了《那些年，我们一起追的女孩》，相信大家来这里不仅仅是来看一本写关于初恋的书，既然这本书能够吸引到这么多的读者人山人海地站在这里，肯定有很多的原因。

九把刀：很高兴。因为写小说已经很多年了，上次来大陆的时候根本没有人要来参加我们的签书会，所以今天还蛮安慰的。

苏紫紫：其实这本书我是昨天下午拿到的，我之前看过电影，就感觉我不是在看电影，几次我在电影院晃过神来，看着自己手中的爆米花之类的标志性物品，才知道原来自己是在看电影，而不是真真实实地在经历这段青春。于是果断去看了小说，文字更是吸引我，我很好奇，能把电影拍到呼吸般自然，能把小说的文字把控到像是在触摸自己的青春，有什么特殊的原因吗？

九把刀：在写《那些年，我们一起追的女孩》之前，应该讲几乎所有的故事都是虚构的，都是从我脑子里面想象出来的故事，但这样的故事写久了之后，其实是很想把自己的生活放在创作里面，所以当我有机会写《那些年，我们一起追的女孩》时，我没有把它当成小说来写，因为这本书它只是用故事的手法来写我过去经历的事情，基本上每一件事情都是我青春里面的重要记忆。

苏紫紫：每一件都是吗？

九把刀：书里面都是，电影里面有改变。

苏紫紫：你写了那么多风格多变的作品，具体你是怎样选择的？就题材来说的话，包括这本书。

九把刀：其实我是一个没有耐性的人，读者都非常理解这一点，我没有恒心连续写两次题材一样的故事。这也是《猎命师传奇》之所以没有办法好好写完的一个原因。对，就是我没有办法整天写武侠或者整天写奇幻，我喜欢跳着写。这样的一个好处就是我可以把握每一次写出来的故事都是我真心很喜欢的，而且很想完成的故事。缺点就是有一些故事我总是没有办法好好地写完，大家轮流排队。我写很多种类型，所以《猎命师传奇》也得排队。

我的青春并不特别

苏紫紫：但是刚刚说到《那些年，我们一起追的女孩》（以下简称《那些年》）这本书它是一个完全回忆的东西。

九把刀：对。

苏紫紫：它是回忆起来完全拷贝那个青春吗？

九把刀：其实最主要是我们的青春，我自己的青春其实是不特别的，我没有去混过帮派，我也不是 Gay。台湾很多青春的 Gay，如果他是一个"同志"导演，他的青春有很多对于性的一些恐惧，电影就很有深度。我的电影为什么没有深度呢？是因为我的青春没有深度。

我的青春整个在做一些白痴跟阴冷的事情。我的青春里面最大的烦恼就是我到底能不能追到女孩子，然后就是准备考试，用功读书。我青春里面所做的唯一可以跟小说相提并论的事情，就是我在大学的时候办了一场自由格斗赛，这个完全不合乎常理，但是这个比赛我还真的曾经办过。

苏紫紫：我在网上征集问题，包括我自己看那个小说我都有这样的疑问，为什么要办这个？虽然很唐突，但真的像沈佳仪说的那样很幼稚。

九把刀：其实我觉得每一个人都会想在喜欢的女生面前展现自己最厉害的那一面。如果会灌篮的话，我会整天在沈佳仪面前灌篮，我曾经有一度认为我很会打架，就以为我是打架的天才，因为我从小打架都没有输过，所以我很想要打架给沈佳仪看。有一个潜在的原因是沈佳仪她比我高三厘米，我很矮，那就是我青春里面最恐惧的一件事情。一个比较矮的男生要跟喜欢的女生证明我有能力保护你，我觉得最直接的方式是办这个格斗赛，这是我青春里面唯一觉得了不起的事情，却亲手毁了我的爱情。

苏紫紫：我作为女生，会觉得男生做这样的事情一般有两种原因，第一种是真的很喜欢自己，第二种是真的荷尔蒙太多发泄不出去。你觉得你是哪一种？

九把刀：回想起来，这个事情它有很明确的答案。我太喜欢沈佳仪，我办这个比赛她很讨厌，我们吵架之后其实我没有立刻进行反省。我当然很痛苦，一直哭，伤心是巨大的。但是事隔半年之后，我立刻办了第二届九刀杯自由格斗赛，因为在当时我交了一个女朋友，就是我后来交往的女朋友，所以我是要跟沈佳仪说，我找到了一个女孩子，而且这个女孩认同我的幼稚，她跟我一起办了这个格斗赛，而且她还在旁边扮成一个小护士准备治疗受伤的人。所以我说不要小看男生的幼稚，你不要以为男生办了一场这样幼稚的比赛，以后就没有办法在一起，或者他就会立刻进行反省，不是，这个男孩子会再接再厉做一次更绝的事情。

苏紫紫：书里面沈佳仪曾经说过这样一句话，她说是你说的，成长最残酷的部分就是女孩子永远要比同龄的男孩子成熟。

九把刀：对。

一个女孩子的成熟，没有一个男孩子招架得住

苏紫紫：你说"一个女孩子的成熟，没有一个男孩子能招架得住"，这句话是反击沈佳仪说你幼稚，还是你自己的反思呢？

九把刀：有些道理是非得你亲身去痛过才有办法理解的，有时候你明明知道一个道理，还总是别人跟你说，你也认同，但是你能不能够清楚地把它放在心里面？你不会。所以女孩子成熟与否可以完全跟我没有关系，但是如果女孩子的成熟伤害到男孩子的脆弱和幼稚的话，我们就会记住这件事情。这个事情它是诡异的，你们回想下，回想男孩子跟女孩子从小一起玩到大的一个游戏，这个游戏就是男孩子闯到女孩子的后面，然后猛力地扯女孩子的辫子，女孩转过头来说："你神经病啊！"然后就开始追着男孩子打，这个游戏很吊诡的地方就是男生会一直跑，女生会一直追。我们男孩子这种钢铁般的体魄可曾怕过你们棉花般的拳头殴打我们？我们根本就不怕。那为什么要跑？有时候跑一会儿之后会突然停下来，然后回头说："哈，红色的！"但是我们什么时候在乎过你们穿什么颜色的内裤？根本不在乎，那为什么还要掀那个裙子？就是为了确保这个追逐的游戏大家都会进行下去。我们

怕你放弃了，就在你快要放弃的时候，我们再掀一下裙子，然后又继续跑，因为我们就喜欢逗女孩子，你要说笑也好，生气也可以，我们总是希望在你们心目中有一点点的重要，一点点的地位。

苏紫紫：最害怕的是你掀了人家的裙子，她还是不过来理你，是吗？

九把刀：对，就是怕这样。其实男生都很怕我们喜欢的女孩子提早一步被别的男孩子掀裙子或者是拉辫子。就是我们总不能一个男孩子在前面跑，一个女孩子在后面追，我们忽然过去掀裙子，"哈哈，红色的"，她就会面临她到底追哪一个的窘境。我们不能让这种情况发生，所以我们要逗女孩子，我们就要先下手为强，第一个捉弄她。

苏紫紫：说到先下手为强这个话题，我看小说的时候，有一点很不理解，你好像是先喜欢李小华，同时喜欢两个女生是吧？

九把刀：对。

苏紫紫：我觉得不太靠谱。

九把刀：为什么《那些年》跟其他我写的爱情故事不一样？我写的爱情故事男孩子大多有点晦涩，就是他只会喜欢一个女孩子，而且几乎都是从一而终，因为那是小说啊。但是《那些年》是我真实的青春，我觉得我在写真实的故事的时候，我不想说谎，而且男孩子不要说同时喜欢两个，同时喜欢十个都没有问题，完全都不会矛盾。

苏紫紫：那你最后还是会确定一个，喜欢和爱之间怎么确定呢？不知道现在你是否非常肯定你是喜欢沈佳仪，是不是就不会说这本书是为李小华写的，对不对？

九把刀：对对对，不会这样说。

苏紫紫：为什么呢？

九把刀：因为你发现这本小说的起点是什么，起点是我开始注意到沈佳仪这个女孩子在我心中存在，她在我心中存在的那一刻其实李小华也在，所以我也会一边写李小华。又好像是我有另外一本书是写《这些年，二哥哥很想你》，但这本书它也会从李小华那时候开始写，其实那本书的时间表是从这只狗来我家的那一天开始写起，它来我家的时候，我的生命里有李小华，有沈佳仪，然后慢慢地又会有另外一个女孩子进来，所以它的时间表都是依照这本书里面最重要的一个角色设定的时间。

不只是我保存记忆，我们共有记忆

苏紫紫：沈佳仪看到这本书和这个电影了吗？

九把刀：其实我在 12 月 26 号以后就没有在媒体前面提过沈佳仪，除了昨天，有很重要的原因是我觉得读者都知道了。为什么？我要求这本小说中出现的每一个情节都是真实的故事，所以我希望小说里面出现的人物也都是真的，尤其当时我在写的时候是 2005 年，那一年我还不是台湾畅销的作家，后来才发现是，所以我并没有问沈佳仪可不可以用她的名字。后来小说出来之后，这本小说是我在台湾第一本上畅销排行榜第一名的小说，我自己也吓到了，我蛮怕沈佳仪会不开心。

苏紫紫：会不会打电话过来骂你："你怎么那么幼稚？"

九把刀：小说签名后送给她，她看完之后写了一封非常感人的信给我，她信里面的最后一句话就是："谢谢你，柯景腾。谢谢你写这样一个故事，让我觉得自己是一个特别的人。"看了之后我就觉得很感动，因为我记得我曾经在一个节目里面讲过，我觉得谈恋爱的时候到最后只会有一个人负责保存记忆，另外一个人会果断地往前走。那个人他会开始收集或是收藏两个人曾经出去玩的照片，写过的情书，他会把交往的一切都记在脑海里面，不会抛下。所以沈佳仪看了后，她记得我写这样故事的时候，其实我有一种记忆是关于认可的感觉，原来我不只是保存记忆，而是这个记忆我们一起共有，所以是非常安慰的一个感觉。

后来拍电影，从筹备到拍摄期间，再到电影完成，其实都跟沈佳仪保持联系。我最重视的就是她的感觉，所以虽然有些话不能讲，但我确保一件事情，就是我讲出来的话都是真的话，有些真的话如果说出来不太好，我就不想说。12 月 26 号之后，我希望她可以被保护得更好，所以后来就不太提。

苏紫紫：其实我想在场有很多读者肯定心里面也偷偷喜欢过自己前排、后排、左边、右边的女生，但是那种感觉，你觉得你有什么要提醒他们的吗？

九把刀：我每次进教室的时候，我都刻意不看沈佳仪。每次我坐在位子上，我第一个动作就是把早餐丢到抽屉里，然后趴着假装睡觉。但是我都很想很想她赶快拿笔刺我，反正每次她刺我的时候我都一副不爽的样子，就是"干吗啦，很痛"这样子，其实我心里都很高兴。有时候男生比女孩子还要别扭，我不知道怎么提醒大家，我自己都是一个笨蛋。

苏紫紫：你也不知道该怎么处理是吗？

九把刀：我写这本书跟拍这个电影，有时候你说要传递给观众什么意思，其实都是后面才加上去的。就是说我们在完成这个作品的过程之中，才会开始慢慢地理清为什么我要拍这样的作品。但是其实有一点是真的很重要：青春里面发生的爱情，也许不是最珍贵，但是它是独一无二的。你可以想象一件事情，如果班上有一个男同学他是一个猪头，他没有礼貌，待人处世也差，但是他功课非常好，所有人都知道他将来会考上医科当医生，这样的男孩子在班上会很受欢迎吗？其实不会，没有女生会喜欢他。但是如果他将来真的考上了医科当了医生，在社会上的联谊会，很多美女都会贴过去想要跟他在一起。其实学生都很纯洁，你是一个猪头就是一个猪头，她才不管你前途是不是一个医生。所以我们就知道如果学生喜欢一个人，心会有多的纯粹，没有人拿前途来跟你说我将来会成为一个医生，你跟我在一起会有多少好处，你说服不了班上的女孩子。所以青春里面的爱情很干净，我们喜欢一个人，最想要得到的回报并不是你告诉我你将来会当个医生，而是你的回报就是我好喜欢你，就跟你喜欢我一样那么的喜欢，这就是我们能够祈求到的最大的一个幸福感。所以《那些年》这样的爱情会被这么多人喜欢，并不是那本书里面描述的爱情会有多么大的事情，而是它特别普通，它几乎会发生在每一个人的心里面，我只是把我的那一部分写出来而已。

电影的诞生要感谢沈佳仪老公

苏紫紫：我在书里面的感觉是沈佳仪挺喜欢你的，你觉得她喜欢你什么？是因为你比较幼稚和傻吗？

九把刀：没有，后来大家都长大了嘛，长大了之后有各自喜欢的人，我们才有办法把这些事情摊开，然后好好地检视我们曾经错过的每一次机会。检视了之后我只想去撞墙而已，就是有一些谜底掀开来就好像是天灯上面的字。电影做了一些改编，但是在小说里面和我的真实人生里面，我们是去阿里山看日出，所以后来我问过沈佳仪，如果那天太阳真的出来了，我问你要不要跟我在一起，你会给我什么样的回答？我听到之后差点没当场死在电话里面。

苏紫紫：为什么？

九把刀：……

苏紫紫：不要紧张啦。

九把刀：我没有紧张，我是不想讲。我们或许没有办法跟最喜欢的人在一起，但是你真的不要连一句话都不敢问，因为连一句话都不敢问，什么机会都没了。这个电影如果有那么一点点的意义的话，那就是告诉你，死也要死得理所当然，不要死得不明不白。

苏紫紫：我在电影里面看到最后一个镜头好像你强吻"沈佳宜"的老公，在现实里面你是怎样做的呢？也是吻她的老公吗？

九把刀：不是。在小说里面有写到这样一段，就是我们去参加沈佳仪婚礼之前，大家一起坐在车子里面聊天，因为阿和他非常想要亲新娘，所以他事先问过沈佳仪嘛，说："大家都追你这么久，那我们在婚礼之后每个人亲你一下？"沈佳仪就说她没有问题，但是她得去问一下她的老公，然后她的老公就传话给沈佳仪，叫沈佳仪传话给阿和，说"好啊，可以啊，要怎么亲她就要先怎么亲我"。我们就开始在车子里面骂她的老公，这个故事是这样子来的。当时我记得后座只有我一个人，整个躺在后车厢，我印象最深刻的就是，我看着窗外，忽然之间有一种想要冲上去的冲动，也就是因为这个冲动才诞生要拍成电影的想法，所以应该说这部电影的诞生要非常感谢沈佳仪的老公。

苏紫紫：那现在这本书能够出来跟大家见面，这也是刘春荣老师看中的，是吗？我看到这个封面的时候很好奇，感觉很单纯。这个封面是刀大亲自定的吗？还是你亲自画的？

九把刀：那是一个马来西亚的读者画的吧。

苏紫紫：就是他看了这本小说之后画的是吗？

九把刀：应该是吧？难道是他随手涂鸦的吗？其实我不知道。这个封面不是我决定的，但是是我决定把电影的那个剧照当做新书的一个封面，就是纪念照吧。

苏紫紫：我可不可以问一下刘老师，其实在市面上记录这种青春的小说，可以说多也可以说少，但是为什么就挑中了这一本呢？

刘春荣：我从第一个读者的角度来谈一点我自己的感觉。九把刀刚好是出生在 70 年代后期，像我的话是出生在 60 年代后期，年纪差不多相差十岁，现场的读者正好是又差一个代际。为什么大家感觉小说里面的很多细节、很多情况、很多事就是发生在我们自己身上？看到这本书、看到这本小说，给我们第一个感觉就是自己记忆仓库里面某一扇门，或者是某一个窗户被打开了，当年，那些年其实很多男孩子也就是这么过来的。九把刀这本小说，我们最看重的一点就是他没有经过任何的修饰，没有说我当年怎么怎么样，我当年怎么聪明怎么样，就是非常原原本本的原生态的感觉，哪个地方应该是自己糗怎么样那种感觉，他能够把这个写出来。

第二点，我自己感觉，对现场很多年轻的男孩、女孩来说，这本书其实还有一点，我建议你们也注意一下。这本小说实际上是九把刀从现在这个时间点往回去看，除了这个故事本身，这是一条线以外，他还写了很多在这个时间点看那些东西的感悟，这对大部分读者来说，对他们的成长都是有好处的。回过头去看很多事情，比如说男孩子、女孩子，包括刚才九把刀说了一点同龄的男孩子和女孩子之间，女孩肯定比男孩子心灵上要更成熟，这一点可能大家都有体会，比如说高中、初中阶段，同一个年级同一个班的话肯定女孩子会说男孩子幼稚或者是怎么样的，包括怎么表白他有一段，就两个人，怎么表白都可以，但是为什么要那么郑重？就是男孩子心中把女孩子看得非常重要，任何一件事情都是郑重其事。很多这样的事情也表现了九把刀自己的性格。我觉得书里面他的这种感觉、过来人的这样一种经历可以让很多男孩女孩们学到很多东西，对心灵成长绝对是有好处的。所以我们感觉这本书作为纯爱这个题材来说值得做，是非常棒的一个小说。

《那些年》对我的青春很坦白

苏紫紫：我还有一个疑问，九把刀老师今年是30多岁了，是吗？

九把刀：33。

苏紫紫：为什么当时不想马上把它记录下来？为什么要等那么多年呢？是觉得现在已经够成熟可以回味当时那种幼稚的状态了吗？还是有别的原因呢？

九把刀：这个小说大概是2005年的时候开始写。有看过我超过十本小说的读者请举手。还蛮少的嘛。我写了六十本嘛，就是这个故事有一些读者已经知道了。我非常喜欢沈佳仪，这个故事很可能是我自从会写小说的时候开始，就想要完成的一个故事，但是我当时有一个很好的女朋友，她也非常喜欢吃醋，她很在乎沈佳仪的存在，所以我没有办法写这一段青春。没有办法写的时候我就只好把我的感情转化，所以我第一次写我跟沈佳仪的故事其实是《月老》。《月老》里面的男主角叫"黑人牙膏"，女主角是"小咪"，这两个人其实就是柯景腾跟沈佳仪。你仔细去看会发现，这个女生非常会照顾男孩子，会为他带便当，会教他数学，其实是因为我没有办法写我跟沈佳仪的青春，所以就写了一个转化的故事。特别是那个女主角小咪其实也是我小时候喜欢的女孩子的名字。

苏紫紫：你好坏。

九把刀：对，我写了之后，我当时的女朋友看了，觉得事情有一点不太对劲，但是我就假装没有这回事。后来写了《月老》，隔不久我觉得我又好想写我跟沈佳仪，所以又写了《功夫》这个故事。《功夫》里面的"少渊"跟他的女朋友也是柯景腾跟沈佳仪的关系。后来又写了一个小说叫做《打喷嚏》，里面的星星姐姐跟男主角也是姐弟恋，也是女生照顾男生，完全就是我爱情理想中的柯景腾和沈佳仪。

所以等到我的前女友跟别的男生跑了之后，那天下午我就开始写《那些年》。说真的，因为我刚刚讲那三个爱情的故事，它都经过一些角色对应的转化，都是把真实的情况分配给虚构的角色去执行，所以等到我有机会写《那些年》的时候我已经很厌恶虚伪，不想再掩饰了，所以直接就是单刀直入，对我的青春很坦白。

苏紫紫：有一个问题很严重，你幼儿园喜欢的女孩子，小学喜欢的女孩子，初中喜欢的女孩子都用到了，以后怎么办？再写爱情小说的时候你准备写谁？

九把刀：现在的女朋友小咪。她从跟我交往的第一天开始，就出现在我的网络上，对所有读者来讲，她都不是一个秘密。有些不是我读者的人，他们会很难理解我这一点，他们觉得说你干吗把女朋友的照片放在网络上？这不是让她没有隐私吗？这不是在消费她吗？但是请所有人现在集中精神，如果你觉得我是一个公众人物，他整天说他没有女朋友，整天说他单身，如果你是他女朋友，你很开心他这样说的请举手。他这样说你会不开心的请举手。（不开心的举手多）对，这就是答案了。说实话，女朋友很开心我承认她的存在，而且整天写我跟她的一些打情骂俏无聊的小事，她都很开心。所以后来那些无聊的打情骂俏的小故事被我收录在我的书里面，她很开心。其实她每次出现在我的文字里面，她都一边看一边捏我，说"你干吗，你很无聊"，但是都在笑。这一次总算读懂了女孩子脸上的表情。

男生要配合女生的成熟

苏紫紫：现在我们还留半个小时想让刀大来回忆一下他书里面的一些细节，很感动读者的一些东西，可以现场来讲一讲当时到底是怎样的情况。（现场播放 PPT）

"柯景腾，你不觉得上课吵闹是一件很幼稚的事吗？"沈佳仪在我背后，淡淡地说出这句话。

"这要怎么说呢……每个人都有自己上课的方式……"我勉强笑笑，答得语无伦次。

"所以你选了最幼稚的那一种？"沈佳仪的语气没有责备，只有若有似无的成熟。

九把刀：好，其实沈佳仪她一直都有装大人的毛病。男生有时候上课吵闹其实也说不出来为什么，我很喜欢上课接话，老师讲一句话我就很喜欢跟在后面讲一句话，那句话常常全班都会觉得很好笑。

苏紫紫：爱臭屁是吧？

九把刀：就觉得显得自己有才华，但是沈佳仪觉得我这样非常的无聊。我知道我很无聊，但是被骂还是不高兴。

苏紫紫：很多男生都是这样，你说我上课很吵，那我就更吵，一直吵到你这一辈子都会记住我，不会忘记我。

九把刀：其实在小说里面提过一段就是沈佳仪非常怕鬼。有一次我拼命跟她讲一些奇怪的鬼故事，一直讲到她生气，她有好长一段时间都没有理我。其实我真的很痛苦，知道我自己玩得太过分，但是自己又拉不下脸跟她说对不起。记得有一次好像要开学了，我回到教室里面坐下来，也不敢去搭理沈佳仪，反而是沈佳仪主动若无其事地跟我像以前一样讲了几句话。你说她多成熟啊，她没有拉下脸，但是她先踏出了第一步。所以男生尽管再怎么幼稚，其实也要分辨生命里面最重要的人是谁。如果对方踏出了这一步你还拿翘，还装得一副很高尚的样子，那男生就去死吧。要学会配合一下女生的成熟。

为爱情陷害朋友是理所当然的事

苏紫紫：好，下一个。

"糟糕，我会不会太奸诈了？"我看着月亮。
"不会，你是非常非常的奸诈。"月亮说。
"不客气。"我竖起大拇指。

九把刀：对，我一直在陷害我的朋友，我真的觉得在爱情里面陷害朋友是一件理所当然的事情。我经常会跟读者讲，说我们在追求一个女孩子的时候难免会受到一些挫折，这些挫折很可能会伤害你的自尊心。比如送花给女孩子，女孩子可能会说你送我干吗，你不知道我对花过敏吗，然后就把花甩在地上，你的自尊心就会遭到践踏，这是很正常的。因为我们在追求一个女孩子的时候本来就是要追求一个比自尊心还要重要的东西，这个东西就是爱情。同理可证，我们在追求女孩子的时候，一定要牺牲比爱情还要重要的东西，比如说友情。我们可以追求到"沈佳宜"之后再好好地跟其他的朋友道歉，花一辈子的时间道歉，但是不能够花一辈子的时间遗憾当时没有使出全力追求这个女生。

原来如此。

这场棋局，就像沈佳仪跟我的关系。

多年以后，不论我再怎么努力，永远都只能博个有趣的平手。

九把刀：我跟沈佳仪下棋是非常有趣的一个回忆。我从小就非常会下棋，我觉得我是象棋的天才。有很多擅长跟不擅长的事情，我不擅长的东西太多了，但关于脑力方面的事情还算比较擅长。沈佳仪跟我下棋的时候，她会忽然之间把我的棋子给拨掉，或者是一开始就先拿掉我的两个炮再开始下棋。我会有点得意，沈佳仪成绩这么好的学生居然在下棋的时候感觉像是一个弱智，所以我很喜欢跟她下棋，我很喜欢很多人站在她的后面帮她想应该怎么赢我，因为都赢不了。现场的女孩子可以用这个方法测试一个男孩子喜不喜欢你，你可以跟他玩象棋然后抽掉这只炮，说"不要这只炮了，看起来很讨厌"，然后把它拿走，如果这个男孩子会默默地让你拿走，或者不默默，跟你说"你在搞屁啊，没有人这样子的"，然后假装把炮拿回去。你在那边跟他磨来磨去，最后他还是让你把这个炮给拿掉，这表示他很喜欢你。如果不让你拿走，或是很不耐烦，那就说明他不喜欢你。

苏紫紫：你怎么判断沈佳仪比较喜欢你呢？

九把刀：看来在场的男孩子很有福气啊，这是一个必杀技。在电影里面出现的那一幕是真的，就是"沈佳宜"明明打赌赢了我，但是在几天之后她忽然绑着马尾在学校里面出现，好几天她都绑着马尾。她明明赢了却还要绑马尾，让我觉得她可能有一点点喜欢我。所以在那之后我喜欢绑马尾的女生，我整天讲我喜欢绑马尾的女孩子，为的就是把这个讯号散播出去——九把刀喜欢绑马尾的女生。所以我在追求我现在女朋友的时候，约会的第三次还是第四次，我约她去打棒球的时候她绑了一头马尾，然后很害羞，脸都红了，那一瞬间我就知道她一定是蛮喜欢我的。后来每次办签售会，我看到有绑马尾的女孩子出现，我就会觉得她们喜欢我。

苏紫紫：但是你怎么确定你知道她有一点点喜欢你，怎么再下一步判断呢？我们现场男生肯定很想知道，怎么觉得她一定一定非常喜欢我，我已经确定了？

九把刀：有些事情永远都没有办法确定，因为男孩子其实很胆小，只有发现女孩子有一点点喜欢我们的时候，我们的行为才会变得比较大胆起来。所以如果你有喜欢的女孩子，你可以向她散播你喜欢哪种类型的女孩子的讯息。比如说"我喜欢忽然就露点的女生"，她如果跟你出去的时候忽然就露点，就表示她有一点点喜欢你，要不就是她疯了。我的意思是说，你可以适度地散播一些可爱的小讯息，看看对方会不会假装若无其事地配合你，这是一个讯号的呼应。

苏紫紫：你为什么在电影里面把自己弄得那么帅，能问一下吗？

九把刀：其实要找到一个跟自己一样帅的人来演自己真的是太困难了，发现找不到，后来想要找金城武，但是金城武年纪又太大。柯震东他其实也不是接近我的帅，后来认识的时候我跟柯震东说："虽然你没有我帅，但是你可以靠着你的演技还有你的身高来弥补你跟我的差距。"大家看完电影之后觉得他有稍微接近我了吗？（现场狂笑）

我一眼……一眼！一眼就看出阿和很喜欢沈佳仪，而我也严重怀疑阿和同样发现了我对沈佳仪奇异的好感。

那时我坐在沈佳仪前面，阿和坐在沈佳仪的右边，座位关系呈现出一个标准的直角三角形。我们两个都是沈佳仪最喜欢找聊天的男生，这个共同点让我坐立难安。

九把刀：其实我从小最怕的就是阿和，阿和是我最大的情敌。

苏紫紫：他在每个年级、每个学校都是你的情敌，是吗？

九把刀：对，他从小到大跟我喜欢的都是同一个女生，包括《月老》的那个女主角小咪。阿和是一个懂的东西很多的男生，跟我是完全相反的类型。他胖胖的，这一点曾经让我一度觉得很安心——虽然我矮，但是你胖，基本上就是两个缺点互相抵消。但阿和在高中的时候曾经努力减肥，减到比我现在还瘦。当时我真的快崩溃了，我整天练习立定跳，希望有一天可以忽然跳出那关键性的三厘米，可惜就是没办法。有时候我真的很怕他。但是沈佳仪喜欢阿和，这一点让我觉得很棒——沈佳仪既然会喜欢胖子，可能也会喜欢矮子。

苏紫紫：你跟阿和现在见过面吗？还有没有互相攻击对方的缺点，觉得很得意？

九把刀：阿和就是阿和，我们一直都是好朋友。他结婚了，然后又变得更胖。阿和是一个很厉害的勇者，我在微博上曾经写过他是卖保险套的，他的人生就是不停地在拆炸弹，另一边在读秒。我很佩服他，不愧是我生命中最大的爱情敌手。

第一次与我一起回家的人

"就算你们彼此喜欢，但就是不可能一直当男女朋友啊。如果早就知道一定会分手，为什么还要这么早谈恋爱？这样不是很没有意义？"沈佳仪很严肃地说。

"你一定会死，那你为什么不现在就死一死？"

九把刀：我们在学生时代最喜欢的男孩子和女孩子可以成为男女朋友，往往到最后你们也不会是夫妻的关系。但如果你们要说这是徒劳无功，你不应该跟他在一起，这其实是一件很诡异的事情。我的意思是说或许应该反过来想，此刻所进行的爱情不是一生一世的，所以应该要更珍惜现在正在牵着你的手的人，因为你这一辈子就只能爱她这么一次。

苏紫紫：你不会害怕吗？就像我跟我初恋男朋友在一起七年，高中毕业的时候就分手了。

九把刀：小学六年级就在一起？

苏紫紫：就会觉得很怕，因为我来到北京，考到了很好的大学，他还在宜昌，很怕会有别的东西出现。比如说距离很远，彼此就会怀疑对方在那边有没有干什么，这问题对我来说不是有勇气就能解决的。

九把刀：我也不知道怎么办，但是我觉得爱情有好多种方式，像我哥哥的爱情。我哥哥的爱情很特别，他从小学一年级开始就很喜欢坐在他后面的大嫂。从小我哥哥就想要摸大嫂的手，于是跟我大嫂玩那种拍手心的游戏。后来我哥就开始追求她，但是小学女孩子觉得被男孩子喜欢是一件很恶心的事情。我哥哥苦苦追求她，初中他们没有在一起。高中的时候他们又一起念精诚中学，我哥在高中三年级的时候终于追求到我大嫂。他们大学四年在一起，我哥念硕士两年，念博士班四年他们都在一起。他们结婚的时候很流行做成长光碟，把两个人从小一起各自成长的过程拍成影片。他们这个影片当然是从小学的时候开始做，后来我哥拿出幼稚园时候的照片，我大嫂拿出她幼稚园的照片，发现我哥哥当时就坐在我大嫂的旁边，他们从来都不知道原来幼稚园的时候他们就已经坐在一起了。这是多么恐怖的爱情，我哥哥居然从小就被红线绑住。所以我觉得可以喜欢很多很多人，然后历经分手、失恋过程的很多种爱情滋味的爱很棒；但是可以从一而终一生一世只喜欢一个女孩子或男孩子，这种爱情其实也很珍贵，但是也很恐怖。

苏紫紫：好吧，我们看下一段。

"一起回家"这四个字，不管在哪个生命历程，都有很浪漫的意义。

"一起"代表这件事一个人无法独立完成，"回家"意味着背后的温馨情愫。

第一次与你一起回家的人，你一辈子都不可能忘记。

十三年后，我闭上眼睛，还是可以看见……

九把刀：这是我跟李小华。我在上了大学之后曾经找过已经念了大学的李小华出来吃饭。她也很开心，我当然更开心。后来在聊天的过程当中发现她对我们很多以前聊过的话或者做过的事情根本就没有记忆，我不晓得她是故意装还是真的忘记了，所以我才会说：两个人在一起，如果后来分手了有一个人会果断地向前走，那个人就是李小华；有一个人会负责保存记忆，那个人就是我。《那些年》快要上映的时候，我在 Facebook 上找到我小学喜欢的那个女孩子小咪，她已经是两个孩子的妈妈，她非常惊讶我后来会去写小说。在她的记忆里我想要成为漫画家，她说她到现在还保存着我以前送给她的每一张我所画的漫画，还有自以为将来会成为漫画家的装模作样的签名。我很想哭，很感动。通常我在演讲里面说我从小就想成为一个漫画家的时候，底下的观众可能有一部分甚至一半以上的人都觉得可能是一个演讲的话术，讲曾经的梦想挫折后找到别的梦想的一个过程，可能是一个虚构的故事。其实不是，它是我生命的一个真实的过程。这个过程被我当时好喜欢的一个女孩子记住了，她知道我曾经想要成为一个漫画家，而且收着所有我送给她的画，重视我的梦想，是那个记忆也被这个女孩子共同保存住的一个感动。

所以虽然我比较喜欢沈佳仪，但是一起回家这件事情是跟李小华一起做的，永远都是我生命中很重要的一页。

苏紫紫：记忆里面应该会有更多的小细节吧？比如说我们小时候一起回家都会搞一些小动作，蹭一下或者是有一点身体接触。

九把刀：有，我会为了想要跟她有更多的身体的小接触把脚踏车停在我家附近，然后再跑步去学校，这样我跟她一起走路的时候就不会多一台脚踏车在中间卡着。男孩子荷尔蒙分泌很旺盛，我们不需要牵到女生的手，只要肩膀一直靠在一起就会心跳加速，就会肌肉僵硬。我满脑子都在想着不要被发现，要深呼吸，要想一些更光明磊落的事情。这是很刺激的。

她们不只带给我痛苦，还有很多快乐

苏紫紫：咱们再看下一段。

人真的不能太高估自己的天分，这只会让"努力"这两个字失去应有的光彩。

九把刀：这是我人生中很重要的一个感想。我会努力地记得我们当年要追求的梦想，当然要有斗志，但是天分跟努力两者都很重要。

我一直觉得有那种从开始都不会写作，但是透过自我的训练有可能会忽然开窍的人。但反过来讲我们也很容易被天才给挫折，我当初很喜欢画画想要当一个漫画家的时候，本来以为努力可以填补所有的空缺。我有一个朋友是漫画的天才，看到他怎么画画之后我完全被打击了，我发现有一些差距是我这辈子都无法接近的，所以说遇到天才是一种幸运，让我们知道原来自己并不是这一方面的佼佼者。

苏紫紫：觉得自己不适合就应该马上换掉自己的梦想吗？

九把刀：有些时候成功和失败真的很难去计较，比如说我们看《那些年》这一部电影，如果这个电影票房很差，或者不要讲票房差，拍出来根本就是一个烂片，那我在这边跟大家讲梦想，可能比较没有力气，但是其实我不会后悔，因为我就是的的确确去认真做了这一件事情。我做了有可能是一个反证，反证我自己原来没有当导演的才华。我不会矫情地以为我努力，但是却没有实践它，无论如何就是去尝试，让所有人告诉你答案。

读者：为什么你把"沈佳宜"的老公选得那么老呢？

九把刀：各位发现为什么把她老公选得那么老，因为沈佳仪的老公大我们八岁，他本人就比较年长一点。但是这个演员不是随便选的，他在台湾是一个非常有名的广告喜剧演员，他一出场，在台湾的电影院是集体爆笑的。他有喜感，在台湾非常受欢迎，喜剧的感觉没有办法在台湾之外的其他地方出现是比较遗憾的一点。我不是因为不喜欢她老公，所以特别找一个老的演员，而是因为这个喜剧演员很受欢迎，所以才会找他来演她的老公。

读者：之所以沈佳仪在你初恋记忆当中那么深刻，有没有一个原因是你从来都没有追到过沈佳仪？第二个问题，你有没有想象过，如果当年你和沈佳仪在一起了，那后来你们会怎样？

　　九把刀：我很快乐后来我写了一本书。在一起后被抛弃，抛弃我的那个女孩子也是我生命中很重要的一个。所以我有一点或者大部分时间都很幼稚，但我是真的很重视在我生命中出现的每一个人，不管分手的时候有多痛苦，我都永远记得你不只带给我痛苦，其实你也带给我很多的快乐。我的爱情里面其实到最后都不会有恨，我跟她还是有联络，她现在也是幸福快乐。当很多人都以为我在消费我喜欢的女孩子的时候，其实你都没有问过她们的想法。如果你是电影里面的"沈佳宜"，我真的好希望你看到电影的时候是感动的，或者你的心意是被理解的。

青春如丧，青春如花

——致我们终将逝去的青春

如丧的青春

崔永元：刚才在台下，在别麦克，给晓松和刘震云的是胸麦，给我一个手麦，我就知道这是一场阴谋。跟我说是签字售书，让我维持一下秩序，坐到这个位置才知道是来主持。晓松可能不知道，因为有一段时间他没有跟我们一起过正常的生活。

高晓松：心还是跟大家在一起的。

崔永元：这一段时间不是很长，但是发生了很大的变化，从节目主持人变成一个历史学家了，但是重新拿起话筒，也还能找到感觉，挺激动。

今天大家坐在一起是因为高晓松的新书。全场朋友是不是都有这本书？

读者：有。

崔永元：大部分都有。我们是不是一起喊出这个书的名字呢？两个字，来，一二三。

读者：《如丧》。

高晓松：听着有点丧气。

崔永元：即便人生遇到一点挫折，也不应该这么悲观。你怎么看这个书名？

高晓松：我是这么想的，连着"如丧"的是"青春"。青春已经流逝了，很难过。那些回想起来特别美好的岁月不知道哪天哪刻就没有了，是不慌张那一天，还是阳痿那一天？反正你不知道，毫无准备就没了。

写了这本书后，我突然想起，"如丧"就是"如来"的反义词——"如来"就是"如同要来，早晚会来"，"如丧"就是反过来，"如同要丧"。当然在两位大师面前不能说岁数，但是你能感觉到如同要丧、早晚要丧。

谁个青春不激情？

崔永元：刘老师怎么看这个书名？您的青春有没有"丧"过？

刘震云：高晓松这本书前面是两篇稿，后面是一些剧本，再后面是一些丧文，丧文后面有一些歌词，歌词后面有一些空白。

崔永元：空白后面还有定价。

刘震云：从这个书的发布会来看，晓松确实不是一个纯粹的作者，发布会特别像音乐会。就前边两个小说来说，我觉得非常好。

崔永元："非常好"为什么说得有点犹豫呢？

刘震云：犹豫是觉得小说的内容在别的作品里也出现过。对于青春丧失的感叹，我觉得古今中外所有作者都在探讨。就像《不过如此》，也是对青春、过往的一种感慨。知道《不过如此》是哪个朝代的书吗？

崔永元：今天在座都是年轻观众，不知道"四大名著"《不过如此》。2011年我写的书，刘震云老师作序，当年卖得特别好，当时在排行榜超过了《红楼梦》。

刘震云：主要是因为前面的序。法国专门有一本书《追忆似水年华》

也是探讨这个的。但是晓松有一点我比较喜欢，这本书是2011年他在拘留所写的，不是写现在，写的是1988年另外一个自己。所以从结构上讲，如丧青春好像也不是过去。

崔永元：对不起刘老师，插一句，晓松你是自己主动写的还是不写不行？

高晓松：我主动写的。

崔永元：刘老师接着说。

刘震云：回忆1988年的高晓松，那个时候他20多岁。

高晓松：19岁。

崔永元：长得像20多岁。

刘震云：如果一个19岁的人在音乐圈，我觉得他的生活会非常特殊，这个特殊主要是在生活观念上领导着潮流。书中有些篇幅是写信的内容，我从来没有设想在1988年，崔老师对信的看法会跟高老师一样，一直到现在崔老师都是一个非常严肃的人。高老师1988年在音乐圈频繁换女朋友，这不是潜规则，而是日常规则。

高晓松：是乐队规定动作，想换乐器，但太贵了。没有，其实没有刘老师说的那么坏，荷尔蒙太充沛。我们应该尊重女性，不是我们拿女生当衣服，是人家女生先喜欢吉他手，后来喜欢贝司手，最后喜欢主唱。年轻嘛，荷尔蒙太充沛了。但其实挺感动的，我书里也写到了，当年每个乐队都有几个铁粉，最后结了三对。虽然年轻的时候跟这个、跟那个，最后挚爱亲朋，真成了三对。

我亏欠了很多真心

崔永元：整个书我就喜欢这一篇，唯一遗憾的是他说是小说，如果是自白就更好了。好像中国还没有什么人敢这样写，巴金先生晚年写过。

高晓松：说它是小说有两个原因。我不喜欢跟人家对记忆，发现对起来都不一样。1988年，我不说具体发生什么，但有一件事给我们那一代学生造成了严重的改变和冲击。那件事情发生后，我们去一个地方住了47天。咱们在哪儿上厕所？问起这个事儿，我发现没有一个人想得起来，没有一个人记得我们是去前门上的厕所。

崔永元：你说的是很小的细节。这里面写到老狼干的一些事，真是老狼吗？

高晓松：这是第二个原因。我怕人家家属在家搞批斗，原来你们年轻的时候这么不要脸。所以我说这是小说。

崔永元：干吗非得写老狼的名字呢？不能是哈士奇吗？

高晓松：我试图改这个名字，但这个名字在我心里充满了意义，改了以后就闻不见味了。

崔永元：我不知道刘老师怎么想，如果说拿法律、道德这两件利器看晓松的文章，有可能咬牙切齿：高晓松那个时候就应该进去。对晓松来说，那是一段青春，不仅仅是这本书里的故事。描述一下你对青春的感觉吧。

高晓松：你刚才有一句话说得对。我跑过去那边，我同屋都是什么人，你喝口酒就跑里边来跟我们混了？其实我还干过很多不要脸的事。从法律上讲我只犯了一个法，一个人不能光拿法律衡量自己，那样是机器，你得用良心来衡量自己。我觉得可能六个月都轻了，这六个月使我回忆起很多美好。

说到付出真心，很多人会讲我把真心给了你，你把下水给了我。我欠的是什么？我收获了很多真心，但我给了别人很多下水，直到今天，我都觉得亏欠了很多真心。所以我想我就该在里边待着，不光是时间，物理上的 184 天。原来忘了的很多人，回想的时候，我记起了很多见过一面的人。火车上见过一面的、巴黎见过一面的匈牙利音乐家等等，我为每个人写了一首小短诗，纪传体的小诗。但我经纪人说这个诗如果发表出去，对我的形象不太好。但我确实挺真诚，写得很朴实。

崔永元：从这个意义上来讲，我们是不是都该选择停下一段时间？

高晓松：我觉得特别应该。

崔永元：倒不一定是去那儿，在家里。

高晓松：我以为你们都去那儿呢。在家没有用，你在家可以搜索照片、打电话或者翻老相册。

崔永元：刘老师如果在那儿，作品会更好？

高晓松：刘老师已经到巅峰了，估计会变成音乐家。

弹琴是一种宗教仪式

刘震云：我表达了三分之一，他俩老插话，一扯就扯到社会和道德的层面。文本上写到他跟女朋友的经历，非常糜烂，恰恰这个作者是在一个每天见不到女性的地方来写糜烂和蔓延，这种心情的对照，我觉得晓松掌握得特别好。但这并不是他自主地掌握，是客观上给他提供了环境。从这个意义上来讲，应该感谢生活。

高晓松：我很感谢生活。

刘震云：另外我还有三分之一没说完。晓松在台上的发言是自相矛盾的。他说他年轻时候做过很多伤天害理的事，其实他书里的情感不是这样的，他的情感充满了美好。刚才崔老师说第一篇写得好，其实第二篇写得也不错。第二篇是 2006 年写给 1990 年的，隔了 10 多年。

这两篇基本以作者情感作为通道，我觉得还是有继承性的。歌词部分，我也看了，不知道崔老师有没有看到，第一首写得饱含情感，我想请教一下李娜是谁？

高晓松：就是火车上跟我挤成相片的那个人，大眼睛。《恋恋风尘》，"我相信爱的年纪，没能唱给你的歌曲，让我一生中常常追忆"，我的制片人手机铃声就是这个。歌是真的，我怀念了很久，坐在北外 3 号楼台阶上，自己唱这个歌，她也没有听见，事隔很多年才发表。

崔永元：看完了这本书，对《同桌的你》有不一样的感觉。本来《同桌的你》这首歌特别动情，想起自己的青年或者少年，青涩，美好。然后晓松介绍了《同桌的你》的创作经历，介绍之后，整个把梦戳破了。歌挺美好的，但创作意境没有想象的那么好。

刘震云：结构很好，一个美好的歌产生于一个特别糜烂的环境里。

高晓松：我觉得是一个平衡。就是说你把糜烂的东西释放了，心里特别纯净，如果你释放了纯净，留在心里的就特脏。

崔永元：它是在什么样的环境中创作的？什么东西激发了你？

高晓松：花了十几年时间准备这首歌。弹琴就像是一种宗教仪式，当年的摇滚圈那么脏，为什么有那么多好姑娘喜欢呢？因为弹琴的孩子都是好孩子，放下琴不管有多糜烂，拿起琴一下子就变得特别干净，那个瞬间最美好。写歌肯定需要经过弹琴的过程，先弹一小时琴，自己变得特别干净，连自己都不认识自己，弹完琴一下就多愁善感了。九月开学的时候，风吹开领口，长发的姑娘远远朝你微笑。

崔永元：你说的是清华还是哪个学校？

高晓松：刘老师北大的或者你们广院的。

刘震云：我们学校可没这风景。我觉得晓松给糜烂的生活找了一个美好的理由。另外，我看晓松的小说、散文和诗，确实颠覆了多少年的一个概念，有一个词叫"英雄救美"，他书里总是美女救英雄。哪有这样的好事？

高晓松：没有让你遇见。

刘震云：完全是因为音乐。

高晓松：你背了一把琴，五六个姑娘就上来了。那真是一个干净而美好的时代，不管怎么靡烂，都觉得自己干净。在一个肮脏的时代，不管怎么美好，都觉得肮脏。那个时代的厦大，姑娘们站在海边，看着驶来的轮船，想象着这条船会带来什么样的生活，会有怎样的邂逅，会遇见怎样的爱情。没有骗子，他说他是中央美院的，我说我是清华的，没有一个人欺骗，大家都别上了校徽，没有卖假学生证的，在那么干净的环境里，你最多做流放的人，因为时代好，再怎么样也坏不到哪里去。今天我们倒有一点变成坏时代的好孩子了，反而我们不管在微博上，还是在其他事上，更愿意呼吁，写一些善良、美好的东西。这个时代总让人觉得脏，每天洗车都觉得车上满是泥，或者今天又出去做了一件肮脏的事情。你很难要求自己。

崔永元：你现在说这些已经晚了，已经出版了。写第二本书吧。

高晓松：又要半年时间。

"我身怀六甲，满腹经纶！"

崔永元：你喜欢哪个高晓松？一个是《如丧》的作者，一个是写《同桌的你》的音乐人，还有一个是电影《大武生》的导演，你喜欢哪个？

刘震云：我和晓松上礼拜一起去旅游，从不熟变成了熟。他最大的才华在于解构，他的小说、诗、散文，包括电影、音乐都有这个特点。如果在导演、音乐人、作家三者之间，晓松能够专心做一件事，他肯定能做到大师的地步。但是晓松给我的回答是，只做一件事情没劲，三件事同时做才享受，才是牛的。这个观点使我开了眼界。从古至今我接受的教育都是一个人只做一件事情，从那天我的世界观和方法论都发生了变化。

另外，晓松说比这三件事更重要的是做人。他举了一个例子，他跟一个著名的足球运动员在拉斯维加斯进赌场，高晓松在里面输了，足球运动员赢了，足球运动员出来就分钱给高晓松，他说一块来的，算总账。

高晓松：在伦敦的赌场。

崔永元：玩什么呢？玩 24 点还是？

高晓松：还少点。

崔永元：刘老师接着说。

刘震云：我就问咱俩进赌场，赌 24 点，如果你赢了，我输了，你会不会给我？他说今天的月亮很好。

高晓松：刘老师说的也挺打动我，我跟刘老师比是才疏学浅。

刘震云：你当时可不是这么跟我说的。有一天晚上，在阿尔卑斯山下，大喊"我满腹经纶"。

高晓松：上联是"身怀六甲"。我当时的原话是，"努力想把一件事做成功相当于欲望"，是欲望支配你做。我最大的理想是有一位公子哥养着我，我什么都懂点，我很多年前就说了，今天还是没有变。

刘震云：你当时说的不是公子，你说的是美女。

高晓松：美食、美酒，替公子把这事儿给应了。

书应该真实记录一个时代、一个民族的情感

崔永元：我特别欣赏刘震云老师的性格，对他的朋友，他都说实话。图书大厦有 600 多种新书，这个时代我们怎么对待书？我们年轻的时候对书顶礼膜拜，现在我们怎么看待书？怎么看待出书？晓松先谈谈？

高晓松：你可能有点保守的倾向。书不能只是伟大的、专业的，艺术也一样。每个人都可以拿起笔，拿起吉他，拿起摄影机，我觉得才是艺术真正的生命力所在。不是仅有几个大师可以写书嘛，我觉得应该以开放的态度接受。我在微博上、网上看到很多完全不知名的人写的东西，虽然经常吐得在电脑前打滚，但有时也有漂亮、干净的，我会抄下来，哪天用在什么地方。

崔永元：写书不是表现每一个人的才华，而是表现每一个人的权利。

高晓松：每个人都有权利。

崔永元：刘老师为什么把书放在地下，放在脚边呢？不是故意的吧？您谈谈书？

刘震云：放这儿。

高晓松：实在不行再还给我。

刘震云：书有多种多样。有的书会把一个民族引向歧途，可能过了一百年，你才发现因为这些书，这个民族受了多少磨难，死了多少人。

崔永元：您说一本书就达到这样的效果？

刘震云：比如说苏联……从十月革命开始一直到苏联解体，这个民族确实经受了巨大的磨难。

另外还有一种书，它其实离社会、政治是比较远的，像《如丧》《红楼梦》。但我觉得它记录了一个时代、一个民族的感情。我们想知道清

朝人的感情只能到《红楼梦》里去找，我们想问唐朝人的感情就在白居易的诗里去找，所以从古至今，点点滴滴情感的记录，是这个民族能够到今天的一个最大的依据和助力。我们可以忘掉历朝历代的思想，但是我们不能没有情感。这个情感从哪里来？我们过去的情感是什么？我觉得这是文学、诗歌，包括音乐、电影，承担的特别重要的任务。当然这样的书，它的价值和发行量有多少，和这个作家是不是大众偶像是没有关系的，但同时也是有关系的。凡是好书，发行量一定非常大，比如孔子的书，从春秋发行到现在，再比如马尔克斯的《百年孤独》确实在排行榜上待了很久。

　　书最大的价值，也就是说之所以要出版，最重要的一个原因就是这本书的意义何在。以前写书的时候发现，书里的人物总是比作者说得多，他们体现了这个民族此时此刻的一种心境。中国人口非常多，但确实是一个弱小的民族，这个弱小的民族应该发出什么样的声音以及表达什么样的情感，这是文字工作者的一种责任。我们到底是一个怎样的民族，可以从这书中看。

　　我可能跑题了。

　　高晓松：没关系，大家来上课。

　　我来补充一句。出书是权利，我愿意写几个字，甚至找人代笔都可以，但是写书的是自己，下笔去写时，你其实是有责任的。不过跟我写歌不同，那是职业责任。崔老师和刘老师都说第一篇写得好，比后面的带劲。我之前不知道什么叫写作，除了知道写歌词得押韵。在里面没有事，就尝试去翻译《百年孤独》最后一章。翻译书和看书有巨大的不同，你翻译一本书得字斟句酌，要学习写作，每一段看很多遍，要想意义在哪里，节奏在哪里，需不需要多加字或者简略一点。原来认认真真去翻译一本书后，会发现大师有很多有意思的技巧在里面。

翻译完之后，还有三个月时间，我就想是再翻译一本呢，还是自己写点什么？我自己有了冲动，我学会一点东西，学会了一点节奏感。隔着墙壁听着 100 米外的雨声，我就在想是不是拿起这支刚学会的笔，写点东西，所以就写了这本书。我自己包括出版社都认为这个东西比我以前草根状态下写的东西要好很多。艺术艺术，艺和术，少一个都不行。但为什么艺写在前边？有艺才有术。像刘老师就都有了。我以前音乐上有点手艺，但没有崔健、罗大佑那种术。

刘老师说错了，即使我专心做一件事，我也成不了大师，我 30 岁就发现了。我特高兴，特轻松，太好了，终于不用对南墙了。我知道自己能不能做，那个时候看大师们的电影和书，包括我翻译的那本书，穷我一生也写不出来，包括崔健，我一生也写不出来。所以我干脆甭撞南墙了，但是我还行，还有些自己独特的东西，所以我走上了这条路，当门客，不当公子，我还是闲散吧。

青春如丧，青春如花　　**243**

我不纯洁，巨复杂

——关于《我的奋斗》

这本书诚恳到失去了励志作用

柴静：上星期，罗永浩说："有一个新书发布会，你来吗？"我说不让我翻跟头就行，但是没想到让我来做主持。反正跟罗永浩谈话，挺难的。之前，我一个同事来了，他直接问我，罗永浩的书值不值得买？我说你问谁都行，就别问我，我对他的感情已经影响了所有的朋友，今天就是纯粹的书托。今天要跟他对话，为了保持职业感，我刚才在底下还是写了几个问题。

罗永浩：尖锐一点。

柴静：他跟我说这本书的时候，其实我挺奇怪的，因为罗永浩一直在说，励志书是没有营养的，是精神的鸦片，所以我问你，为什么写了励志书？

罗永浩：其实是这样的，你写一本书，从市场运作的那一方来讲，给它贴什么标签跟你是没有关系的。

柴静：推荐语是你写的吗？

罗永浩：推荐语是我写的。可封皮上面写的"畅销书"，这个就挺邪的，你还没有卖就知道它是畅销书？肯定是出版公司对我这本书挺有信心的，但是不知道印了几万册，在这里向沈老师表示不解。第一是畅销书，第二是励志书。"励志"是图书公司刚开始找我谈的时候定位的，所以我写书还是按照我原来的想法去写，但是它在销售渠道上被贴上励志书的标签，跟我个人是没有关系的。我从写作的角度来讲，没有把它当做励志书来写。正是因为这样，在今天，理解励志书就是拿读者当傻子的一种——你只要努力，你就能成功，你虽然 1.5 米身高，但是你可以去 NBA 打球，为什么呢？因为历史上出过这样的精神病，等等。我对这种书还是比较反感的，所以坦率地讲，我是很不甘心这本书被当成励志书销售的，但是如果市场定位上是把它当成励志书去卖，我就写一句广告词。我想对我多少有点了解的人可以容易地想到，如果出版公司写一个词肯定会写成我说过的一句屁话，我个人非常反感。所以你今天注意到，在网上，卖这个书的广告语也写的是"给剽悍的人生一个解释"，解释什么呢？我就讲讲我的成长经历，不是什么解释。但是出版商也好，他们找的市场公司也好，都希望用这么一句，所以我就烦得要死。如果这句话要出在书上，我就不想出了，因为你到哪去都听这么一句话，给人的感觉像是东北一句难听的话叫"耍大彪"，丢人现眼。我的"剽悍的人生不需要解释"，本来是课上随意说的，但是被传了很广，广了之后老有人问这一句，最后把我迫害到出一本书都要说这句话，最后图书公司的责任编辑跟我说，那你帮我们想一句书封上的话吧。后来把它定位成励志书，但励志书都是不老实的，所以我想如果非说它是励志书的话，我们就把它写成一种与众不同的励志书，所以我写了"在近 30 年来的中国，励志书从未如此诚恳"。我深深地感动了，我不知道你们是不是也一样。牛博网的一个读者留了一句话，我很喜欢，他说"这本书是如此的诚恳，以至于都失去励志的作用了"。我觉得这是迄今为止对这本书的评价里最中肯的一句。所以如果你想把它当成打气的精神鸦片看，是没有什么作用的。我也收到一些来信和留言，有些孩子想买这本书，被父母劝阻了。父母也不了解我，为了销售，很多书店大屏幕电视会放配套光碟，父母领着孩子站了一会儿，孩子决定买一本，但是父母决定不让孩子买，他们说，你听他的话，会死得很惨的。当然，你们如果知道我的演讲内容，大概也知道什么意思。我不知道是不是解答了你的问题。

二 — — — — — — —

罗永浩是流行音乐

柴静：应该算是解答了为什么你要出励志书。但是你也解答了为什么现在思想和文化界对你的书都没有共鸣。

罗永浩：这个我也纳闷，我觉得是思想界的耻辱。

柴静：我知道你有很多标签，比如自由主义者，还有罗永浩和和菜头是中国思想界的脊梁。

罗永浩：是"里脊"。首先，我觉得这句话言过其实了，我跟和菜头并列？这不靠谱。这是朋友们经常拿来推敲我的一句话。

柴静：我就问了一下陈晓卿，为什么罗永浩的书出来，你们都保持一种异样的沉默？你们关系都挺好。他说了一句话："我是中国古典音乐，罗永浩是流行音乐。"

罗永浩：我觉得这个要挺过去，挺难的。大家可能知道，在过去有一个叫郭敬明的文学青年，"新概念"全国一等奖出来的人，他年轻的时候挺有理想的，写作也挺有追求的，但是他第一本书出来之后，文化界、思想界都恶评如潮，但卖得挺好。他一个是年轻，一个是脆弱，所以一怒之下就搞流行文学了，一直搞到今天，赚了很多钱，一个好好的文学青年就被他们这样毁了。所以我现在想说的是，我很庆幸我是在37、38岁的时候遭遇到了文化界和思想界的摧残，所以我还会挺下去，不会走郭敬明的路线，请大家放心。

柴静：我也确实听好多来买书的人说，我们来买这本书不是冲着罗永浩的作品来的，是冲着罗永浩的人品来的，怎么听起来人家好像觉得……

罗永浩：我也收到过这样的留言和来信，说："老罗，书里这些内容我都看过了，但是你也让我快乐了那么多年，我支持你一下，买一本。"这其实是所有的评论里最让我讨厌的一种。你不用这样，你爱买不买，不要买一本后好像是这些内容老是免费能弄到，但支持你一下。千万不要这样，大家都是出来混的，我觉得这没什么意思，你买了，就买了，不买，就不买，不要觉得是在支持我，或者是挺我。如果你真觉得能免费弄到，或挺我才买书，说明我们国家出版社的状况很惨，到哪都能弄到免费和盗版，这也是我们国家从事创作性工作的人越来越少的原因。

柴静：大家有好多的议论，你也听过，你回应一下：190多页的书里头有73页是原来的演讲稿，你既然附了光碟，为什么还把它弄成文字？有必要吗？

罗永浩：我为这个事也道过歉，我不应该送你们一张光碟。我发现大家逻辑都很奇怪。有的人说我的光碟都有那些内容，为什么又把演讲稿移到书上？还有人说，怎么书里有那么多演讲稿？这就奇怪了，你们没见过名人的演讲稿出书的吗？满大街都是。我出一本书，很正常，很可能是它的市场定位就不是给看过录像的那部分人看的，而把它当成大众可读性的，所以当初磨铁的编辑找我，也是这样一个定位。但我希望再送一张碟出去，因为希望写的比讲的好。但是现在赠送的碟竟然惹了麻烦，经常收到反馈，"你给了碟，但网站上有免费的视频，你为什么把文字印出来骗钱？"所以我也感到《我的奋斗》这个书名并没有使我告一个段落，我可能还要继续奋斗下去，改变公众这么荒唐的想法。为了这个，我会继续奋斗。

三

单口相声大师？

柴静：你出这光碟还有一个副作用，有人议论说，看了这本书，说你说得比韩寒好，但是你写得不如他。

罗永浩：这个我看得很淡。事实上，一个媒体跟我聊的时候，转述了我的朋友王小峰博客上的一些话。因为王小峰在这本书出来之前写了一个虚拟书评，杜撰了很多名人对我这本书的评价，比如祖德老师，还有郭德纲老师，说这个书不是杜撰的，是"大杜撰"。其中引用了韩寒和冯唐两个人的"评价"，其实是王小峰杜撰他们两个人的语气做了评价。然后媒体找我来谈，我自己不记得这个事了，听得我脸都绿了。我以为真的是韩寒说的，作为小心眼的我，当时决定晚上写一篇文章把他们俩各自骂一顿，好在到晚上我想明白了，确认了一下，果然是他杜撰的。

至于说我的文字，首先我必须承认，书出来之后，我在家认真读了好几遍，确实写得不错。文字是一流的，但是肯定不是超一流。希望大家对我成长的故事多看一下。

柴静：你说，比人家哪些成名作要好？

罗永浩：我觉得这样不好，在自己的发布会上点名攻击其他的成名作家，这是很糟糕的方式，所以请允许我不回答这个问题。但是我可以等这本书卖出去之后再说。

柴静：以前罗永浩说他每次上这种访谈会紧张，我不信。后来我们一块玩"杀人游戏"，世界上最弱的"杀人"，不用猜，只要摸他的后背，全是汗。

罗永浩：所以我知道我混得多不容易。小的时候，去打架，双方的实力都不知道，但是我就吓得冒汗，看我冒汗，他们就打，我们就被打得很惨，但他们不带我，就不会出这个问题。我一直认为柴老师是比较坦诚，比较没有心计，比较不善掩饰的，因为"杀人"总是要眨眼的，但是那天我观察到她确实"杀人"不眨眼，为什么？非常冷静、沉着，以至于后来我都有点怕她了。就是这个原因。我不知道"杀人游戏"到底是谁想出来的，确实是非常灭绝人性的东西。

柴静：回到文学上来。我看了豆瓣上的评论，说你的书文学性不强，全是语录。

罗永浩：是这样，他肯定只看了后三分之一，因为前面完全不是语录。文字有两种，一种是浑然一体，整个非常牛，但是单独句子都不出彩。文章写得非常好的，摘出来，都不出彩。我自己没有刻意怎么样，但是陆续有些话传开了。我在网上找到文字版的老罗语录，第一条说，日本男人喜欢看什么片，日本女人喜欢拍什么片，那里面有10%的内容不是我讲的，90%的内容是我讲的，但是转述得非常糟糕。但是即使这样，也非常流行。所以我这次出书的时候，想了想，到了最后的节骨眼上，我就整理了一些陆续写过的博客文章，有一些话重新一看，很感动，心想这是谁写的，曾经带给过我这种感觉。但也从网站上看读者反馈，发现他们对这部分都很不满意，他们喜欢的还是日本男人喜欢看什么片，日本女人喜欢拍什么片这些东西。大多数人对我个性不了解而导致的这种情况，其实，我还是挺排斥的。唉。

柴静：他们没明白你叹气是什么意思，但是鼓掌象征一下。我发现即使很熟的朋友对你的期待也是把你当成单口相声大师，你会觉得悲哀吗？

罗永浩：还好吧，谁忍心为他悲哀呢。他是骨子里很单纯、可爱的朋友，所以我不忍心为他做任何事——除了对他好的事。你说的那篇，我也看了。

柴静：中间这部分是新写的，我记得当时写的时候我有一个疑问，我觉得你完全可以再往下写，像普鲁斯特一样，但是不知道为什么，没有写。

罗永浩：你提到普鲁斯特，我觉得我的文字跟其他成名的作家还是有差距的。我刚才提到可能比很多成名作家的文字好，但肯定不能跟普鲁斯特相提并论，所以不管怎么样，谢谢你。

四

即使不出名，我也是牛人

柴静：我的意思是如果你把那部分作为完整的书来讲，会让人觉得看起来写得更有诚意，或者写得更完整。

罗永浩：实际上后面还有大概 5 万多字是没有发的，这个也在前言里讲了，我觉得 10 万字足以撑起一本书。后面 5 万字有两个原因没有发，我不知道你看没看序，你可能直接看了文字电子版，出版社要求不要流传出去，这不是我的原因。所以你可能没有看到书的前言，前言里说了我砍掉几万字的主要原因。大家知道一般写回忆录的人都是七八十岁开始写，我想为什么不趁着年轻的时候写一个回忆录，到中年的时候写一段，晚年的时候再写一段，但是我写回忆录写到 20 岁就发现为什么七老八十才写回忆录，原因是你写回忆录的时候难免要写到你的爱情故事，但是当事人都活着，七八十岁写回忆录的时候要么当事人都去世了，要么老到不当回事了。我 20 多岁写一些东西，尽管我把当事人的名字都隐去了，但是我老家朋友圈子里都知道写的是谁。我以前的女朋友结了婚，他老公我也认识的，是我的老同学，所以这里边有一些东西你不方便发表，因为一旦发表可能给别人的家庭生活带来一些不愉快。虽然没有什么很怎么样的内容，但是毕竟会带来一些不愉快。这就是删掉这部分的原因。还有一部分在前言里讲了，我在 2006 年离开"新东方"以后的下一份工作是做网站，而且牛博网做了两年多，2008 年我又回到老本行做英语培训了，所以跟我的老东家是竞争关系，本来我在"新东方"时代的回忆写了也有几万字，这个其实是不太方便发表的，因为我没把它当成材料写，但是不能避免写到理念的冲突以及为什么离开他们这部分内容，若这些内容写到一本书上出版出来，可能会被当成打击对手的目的。所以考虑到这两点，我很为难地把这部分给拿掉了。那么这两部分我会在什么时候发表呢？第一就是七老八十的时候，以前的女朋友都去世了，或者是将来看谁身体好，也可能我先去世，但是我不盼这个。我只是说要等到那个时候，也有可能他们两口子都老到对这个事情完全不介意了，这时候我可能会把那部分发出来，这个可能会比较晚一些。我原来也有计划写一个长篇小说，可以把我的真实经历和感受以小说的形式发出来，有真有假，这样可能会好一些。

　　另外一个是跟我的老东家"新东方"的那些恩怨以及我在"新东方"时代的一些感受,我会选择在一种情况下发表,就是我这个学校做得特别好,特别大,以至于把"新东方"都灭了的时候,遵循鲁迅先生的遗教,以打落水狗的姿态写出来。但是不能是现在,因为我们是小机构,他们是大机构,这个很丢人。所以等我们市场份额做大的那天就是我公布的那天。但是这部分的公布不用七老八十,也不用谁死掉,大家活蹦乱跳地挺十多年就行了。如果我们从业务上把"新东方"全面灭掉,我就公布这段文字,我还会多写一些;如果我们永远干不掉它,我就永远把它埋在肚子里,这是一个职业尊严的问题。请大家谅解。

　　柴静:你原来说"新东方"是理想的学校,后来堕落了,所以你要办一个理想的学校,然后有人就说你们俩不都是商业机构,还谈什么理想,又不是反清复明。

　　罗永浩:你问到这个问题不可避免地攻击到"新东方",我不回答,但是至于怎么样,上过课的同学心里还是有数的。他报名培训托福,如果满意,他也会在这个学校报名培训 GRE,也有一些人上完课觉得不满意,可能会直接尝试另外一个。基本上我觉得尝试过不同学校的同学都会有一个感受。还是不太方便说……

　　柴静:还是说文学吧,我看到你在报纸上说王小山写的不算。

　　罗永浩:如果你是说他骂我的内容,欢迎你继续往下说。如果是夸我的话,江湖上都知道他只是"帮亲不帮理"的人,他的动机是高度可疑的,可疑的意思不是要讨好我。他是我大哥,因为私交而虚写的东西不具有任何参考价值,但是骂我的可以说,如果是夸的就别说了。

　　柴静:说你跟王朔可以比拼。

　　罗永浩:这个我不反对,王朔写得很好,我是他的粉丝。但是差距还是挺明显的，我是王老师的粉丝嘛。

柴静：人家有点疑问。

罗永浩：人家？

柴静：就是王小山。

罗永浩："王人家"怎么说？

柴静：你今天跟大家说励志，说成功，其实你本身是一个特别大的偶然。比如你当时要没进"新东方"，或者讲课的时候没有被学生录下放到网上，你便不会在"新东方"出名，然后你就不会办"牛博网"，就不会出这本书了。

罗永浩：我也经常感慨无常的人生。如果人家说我一些成就的事情全都是必然的话，我觉得这也是不成立的，这里面有很大的偶然因素。但是如果他们把它说成偶然的，我也认为有很多必然的因素。我只是客观看待这些事情，并不是抬杠，你说偶然，我说必然，你说必然，我说偶然。首先我一直同意一个观点，我们看一个人到底怎么样，是看他骨子里是什么样的人，而不是看他做成了哪些事情。希望大家明白我这句话的意思。比如，我接受媒体访谈，他们经常拿一些没有上过大学的人去说一些道理，比较常见的是提到我，还有韩寒，他会拿这些去举例讨论"到底应不应该上大学"的问题。我就以我很喜欢的韩寒为例，他的成名和后来赚到很多钱等等，也有很大的偶然性。我始终有一个看法，就是如果韩寒当时没有成名，也有可能他后来没有赚到很多钱，没有得到很大的名声，也没有那么多的女朋友，等等。但是即便没有这些，又怎么样呢？你可能只是没有机缘认识他，但是如果有一天你路过上海郊区的那个小镇，碰到一个默默无闻的年轻人叫韩寒，你有幸跟他坐下来，聊聊天，你仍然会感觉这是一个非常牛的年轻人，也就是说，你有没有成就，并不重要，重要的是他本来就是

我不纯洁，巨复杂　　**253**

非常好的人。因此就像回到你的问题上，王小山提到的这个东西，我觉得如果我一生默默无闻地在东北小镇里，很寂寞的，直到死掉了，也是一个非常牛的小镇的年轻人，这跟我做成了哪些事业其实是没有关系的，唯一的区别就是一个默默无闻的人和一个功成名就的人。两个人可能是一样牛的，只不过一个被更多的人知道，另外一个人只有小圈子知道，仅此而已，所以我不觉得这是一个什么问题。

五 —————————————

我站到哪，哪就是道德制高点

柴静：还有一个问题，这本书的后面，我引了一句话，后来引起一个小小的风波："很多人喜爱老罗是觉得他彪悍，叛逆，幽默，独立，诡异……但他对这个世界有我所知的罕见的善意和温柔。"有一个哥们说，柴静在网上说这话，可真是一个"文科傻妞"，老罗在公共领域还凑合……

罗永浩：他没说凑合，他说在公共领域做得挺好。

柴静：你把后面的话说了吧。

罗永浩：批评的还真想不起来了。我有这种感恩的驱动力，觉得夸得真好，但是我想让他骂嘛。

柴静：意思就是说你在个人生活中是一个挺小心眼的人，挺在意别人的看法，有什么仇也必报。

罗永浩：对，我是这样的一个人。我在家里把自己弄上神坛的时候，我意识到自己是一个有血有肉的人，是一个活生生的人，这些缺点我都承认。严格地讲，不算缺点，只能说特点。一个人小心眼有什么不对呢？只要你道理站得住脚，是非没有问题的话，没什么关系。我对自己要求并不是很高，我只对大的原则性的东西要求非常高，这方面我看得非常淡，无所谓。说实话，在过去我也努力掩饰我的小心眼，因为我毕竟是一个胖子，小心眼可能在审美上不是很配套，所以我也做过一些克制的努力。但是群众眼睛是雪亮的，你隐瞒不了太久，时间一长，大家都看出你是小心眼，也只好承认了。

柴静：之所以提这个事是因为我看书评的时候有人说，看你三万字的时候有一个感觉，觉得你不断在反思，在纠结，他甚至觉得你总是想站在道德的制高点上来回忆自己的过去，你怎么看？

罗永浩：我觉得我不用站到道德的制高点上，我站到哪，哪就是道德制高点。我不敢说我是一个完人或者是一个圣人，但是在我这37年的生命里，我确实在身边的人里极少见到道德、自律、原则性方面对自己要求比我更严的人，只是我嘻嘻哈哈惯了，他们有的时候把这句话当成玩笑。刚才那句话说得真好，我再来一遍——我不用站到道德制高点上，我站到哪，哪就是道德制高点。但是我觉得还有很大提高的余地。

其实最近我也有一些感受，回头我整理一下，我脑子最近比较乱，回头对这个问题我还会深入探讨一下，为什么我往那一站，那就成了制高点。

柴静：刚才王小峰跟我说，他也是心疼你。

罗永浩：是，谁不心疼。

柴静：他说，你在意他，你有很多的看法，还给人退书。他说，你不用蹬鼻子上脸，何必那么在意呢？

罗永浩：这一点我也不知道为什么，我有不同状态的，男人也有生理周期。有的时候比较低潮，压抑一些或者心情不好，这时候，我挺愿意跟他们较劲的。但是退书不是较劲，首先你既然觉得上当了，我事先也公布过这些内容，但是你仍然觉得上当了，就给你退了，因为这个书退过来对我来讲也没有什么损失。我的网站、王小峰的网店，还有张立宪的网店在卖我的签名版，我自己也准备做一个网站卖签名版，他退回来，我签个名还能卖，只要没有污损的就可以。我公司凑巧有人员，他们时间用得不是那么满，对我们来讲是举手之劳。这里面有没有现实的考虑呢？也有，比如我把这事做得这么敞亮，让你完全说不出话，也有话题性，有话题性对卖书有好处。我原始动机不是要炒作什么事情，既然你不满意了，我顺便搂草打兔子———一块做了。

六

我从来不纯洁，巨复杂

柴静：也有人说"高，实在是高"，吐血退货。

罗永浩：不一定吐血退货，如果人家做过，效果就不那么好，那只是单纯退书，现在变成多功能的事情了。

柴静：你不会觉得这样做会有人反感吗？

罗永浩：我不介意。首先，我给大家讲商业营销知识的普及课。有人问，为什么在书上写"近30年的中国"？这30年的数字哪来的？你到博客、论坛上去看，大家也在讨论这个问题，所以从营销的角度显然是非常高明的，因为你给一个具体数字，他很容易就产生疑问，为什么不是20年或者40年，偏偏是30年？于是，就会产生这样的关注效果，这也是我写这句广告词的原因之一，它并不是阴险的、狡诈的，是聪明的、智慧的，并不是骗你的。在这方面没有问题的原则下，动动脑子，完全没有任何问题。是不是单单为了噱头而起了"30 年"？原因也不是。我起这个名字时，咱们刚好是改革开放 30 年左右，从三中全会搞经济改革到今天，中国社会普遍感受到大家日子好过一些了，但是整个社会的道德集体下降了。在这样的情况下，在这 30 年里，我看到的励志书就这两种，一种是励志的故事，励志的主人公都是包装出来虚假的东西，里面掺杂大量假的东西，造神运动。另外，最近十几二十年里，主要是大骗子写的，就这么两种。

我再举个例子，牛博网去汶川赈灾的时候也是一样的，我这一生做的好的选择，绝大多数的选择通常都不是特别纯洁的。因为我作为一个想问题特别复杂的人，我一件事情想做的同时也能想到很多与之相关的东西。比如"5·12"的时候，我和牛博网的合伙人黄斌老师决定去四川赈灾。我们"5·12"当天知道了地震，晚上回家看到了新闻报道，看到了那个惨况，我们凑巧手里有人气不错的牛博网平台，可以利用它做点事情。商量好了之后，我们同时马上想到，我们一旦去赈灾，肯定会被媒体关注，一旦被媒体关注，对网站是有好处的。所以你懂我意思吗？我不是为了网站的好处去做一个事情，但是我做一个我认为是正确的事情的时候，我考虑到了这个好处，这跟另外一种我佩服的人是不一样的，他们比我纯洁，他们做一件事情不想那么多，只是想很单纯的事情。我从来不纯洁，我巨复杂，但是我不能因为人家考虑我去灾区赈灾是为了名誉就不去。所有媒体找我们的时候，我们只谈赈灾的问题，不谈别的，免得让人家觉得我们是为了名誉。你做好事时，首先要有这个驱动，做这个事情才有可能得到公众的认可。实际上牛博网因为汶川赈灾的事情，知名度翻了好几倍，这个是我们事先就能想到的，但是我们不能考虑这个结果，怕人家说我们，我们就不去做这个事情。我这辈子总是感觉活得很累，我做一件事情的时候，我首先要想它是否正确，去做的时候还要考虑它可能产生各种好的影响和坏的影响。刚才柴老师问到什么来着？

柴静：很多人都有这个想法，也不一定像你这样非得把它说出来，你是为了满足"我自己是一个诚实的人"这样的感觉吗？

罗永浩：基本上应该是吧，但我怎么觉得你说得很难听。我不会生你的气，我觉得应该这样。我这辈子写成长经历的时候写了很多，我从来不认为我天生就很牛，我是努力做一个牛人。我的朋友曾经讲过一句话：要为我们年轻时候吹过的牛而奋斗终生。我自己对这句话是深有感触的。年轻的时候，比较单纯，知道什么是好的，什么是正确的，什么是牛，你朝着那个方向努力，但是岁数大了，就放弃了。我要一直朝这个方向努力。我为什么要努力呢？有很多人上小学、初中的时候，不是特别懂事，但是每一个班总会有一两个男孩子身上具有天生老大的气质，我不知道你们有没有经历过。比如他数学很好，做事很有担当，让身边的人很佩服，具有天生老大的气质。我自己想朝着这方面努力，但是我天生就不是这样的人。比如，我和小朋友干了什么事，被大人抓住，吓唬，我就供了，供了后，我觉得非常自卑，我觉得如果是换了我们那个圈子里的某某某，死也不会把大家供出来，虽然他也没有成年，大概十三四岁，但是身上有这种气质。我想朝这个方面努力，是因为小的时候有压力才要这么做。刚才柴老师问到为什么把诚实的东西表现出来，我有这样的驱动力，我不是浑然天成、天生牛逼的人，所以我要给自己一些压力和动力把它完成。但是柴老师既然语气那么难听地说到了，我也说一下，实际上你真正做到了之后，你去展示你的诚实、善良、正直，其实也是很有快感的事情。这也是我不知疲倦地在全国高校巡讲的原因。希望大家有一个认识，我展示这个东西的原因是很有快感的事情，也不相信它对别人有伤害，所以我这么做了。这是我 35 岁以后逐渐意识到的一点。我年轻的时候，特别不理解为什么那些成年人喜欢跟年轻人倚老卖老，我特别讨厌。但是当我赫然发现，如果不意识清醒地板着自己的话，我也很喜欢跟年轻人倚老卖老，我觉得这是很有快感的，但是这种快感给别人带来伤害，就不对了。但是有一些快感对别人没有什么伤害，比如我出去吹吹牛，对别人有什么伤害呢？所以我吹了，事实证明，大家都很喜欢，就双赢。

柴静：刚才罗永浩上来之前，上来的光头（沈浩波），我认识他时，我还是湖南卫视的主持人，做《新青年》，特别糙的一期节目。在工会大礼堂，底下站了一千多人，谁也不认识，我们那个时候做得很怪异，题目叫"中国新锐诗人——用下半身写的诗人"。那天，上来一个光头，二十四五岁吧，拿张纸，大大咧咧开始念他写的诗，那是电视节目，我们台长坐在下面。我还记得一句："南川兄，你问我，我的文学成就究竟有多高，我可以告诉你，我正在通往牛逼的路上一路狂奔。"我们台长坐在第一排，笑得前仰后合，十年之后，我很高兴看到这两个人，这两个人能够做到与人无害、与己无害的事情，希望他们能够一直狂奔下去。

如何成为一个怪物

——冯唐眼中的尘世风暴

一————————————

现场碰撞会产生奇妙和美好的效果

冯唐：大家好！我先跟各位聊一下在别处开会的常规。第一，在这么拥挤的地方，要先看怎么逃跑，万一着火、地震、房塌了怎么办。这个房子里的标识就有问题，估计楼道可能在后边，没有其他的逃生通道。靠近出口的先跑，不管你是不是领导，跑完之后再打手机、发微博、发短信，万一出事，我们三个嘉宾最后跑。

第二，其实我是最不爱做现场活动的。原因有很多，其中之一就是从小结巴，不太会说话，所以自然不太爱见人。其次因为自己又特别内向，见很多的人很耗损"内力"，要好多天才能缓过来。当然还有个劣势就是我认识的像罗永浩这样的，把他摆在这，不用插电也不用喇叭，他能说四五个小时，大家也很开心，我偏巧不是这类人。罗老师刚才也说了，他会的活儿比较全，大家可以对他多提些要求。李银河老师德高望重，有很多的人生积累和见解。请各位多向这两位提问。

第三，为什么还做这个现场活动？首先，因为我基本上不看电视，一年会做一两场活动。我认为现场活动很重要，过去有一句话说现场有神。现场能传递的感觉不是你看看书、听听声音就可以完全获得的，比如我结巴，在文字上就显示不出我结巴。当然说这个结巴也是题外话，可能在座还有一些正在发育、正在成长，讲讲可能对大家也有用。以前父母说吃啥补啥，学啥像啥，后来发现学别人很难，学人结巴很容易变成结巴，这个大家还是要小心，不要嘲笑残疾人。

其次，我好久没见李老师了，跟老罗也很少有机会在一起聊天，现场几个人碰撞会产生一种很奇妙的美好的效果。原来我认识一个诗人，他写了一些一般的诗，有一回在现场，在一个很小的空间里，他读了几首自己写的诗，我突然非常感动，觉得跟当初看这个人的感觉完全不一样了。所以我希望今天大家也能产生类似的感觉。

我还想说，像这样的书店越来越少了，但凡这种现场活动，让大家能从计算机前面走出来，让眼睛从手机屏幕上移开，喝喝咖啡翻翻书，离开自己熟悉的环境到一个陌生环境跟其他人接触接触，这对每个人都有一定的好处。

我就说以上三点，现在直接进入老罗阶段和李银河阶段，以及提问阶段。我没有做任何其他准备，就以闲聊的姿态来见大家。在此给大家鞠躬，感谢各位的到来。

中国的文字是有过断裂的

读者：冯唐和小波的文字，三位老师觉得最大的差别在什么地方？

李银河：我觉得这个女孩可能看过冯唐这本书里的一篇《王小波有多伟大》，可能对王小波有一些负面的评价，觉得他文字不怎么样。如果大家注意看，在我的序里专门提到了这个，我觉得小波的文字还是有他的特点，有他自己的风格吧。你不看名字，你一看他的文字，你能知道是出自他的手而不是出自别人的。我觉得能做到这一点已经很不容易了，他有他的风格、特色。我觉得冯唐的古文特别好，他的古文功底比我跟王小波都强，我就想为什么冯唐的文字能那么好。我在序言里是这么写的，当初"文革"，该学古文的那段时间我们都在闹革命，所以没有好好学。后来我想了想，我把王小波也说成古文不好，其实对他还是不公平的。王小波的古文还是不错的，我比他差多了。记得有一次我跟李零聊天，看到李零的一篇文章，就是写落水狗的那个。我给他写信，问他那个"节"是"关节"的"节"的意思，还是说竹子的"节"的意思。李零非常认真地跟我说，这个"节"是古代的一种乐器。这件事足以说明我的古文有多差。但是王小波古文不像我这么差，比如他写了好多故事新编，都用到了《太平广记》，所以我觉得他们各有特色。

罗永浩：我觉得冯唐和王小波没有任何相似之处，除了他们都是非常好的作家以外，因为我通常不会把这两个人的作品放在一块比较。你提到文字上的差异，刚才李老师也讲了，冯唐的文字看起来很漂亮的原因是他旧学的底子比较厚，这个对写作确实有很大帮助，所以说冯唐的文字好跟这个是有很大关系的。从其他的现代作家身上不太容易看到这些旧学底子给现代的文字造成的影响，从这一点来看我觉得还是挺珍贵的。但我也不主张年轻作家去看好多旧书、古书，主要是冯唐看文言文的时候我都出去玩儿了，所以说不出什么体面的话来。

冯唐：文章跟文字还是有区别的，咱们还是先说文章吧。文章劈开两块，一块是表现形式，包括文字、布局谋篇这些东西。另外一块，如果粗略地分可以说是内容，你想表达什么意思，你的观点是什么，你看到的状态是什么。我觉得小波难能可贵之处是他有非常独特的视角。这话听上去像套话，但实际上不是的。是不是好小说，你拿过来看二三十页就知道了，不用看完两三百页。小波最特别的就是他的调调，他的调调来自他的视角。我觉得一个好小说在内容方面要能够影响读者的世界观、人生观，甚至价值观、道德观，一方面是他的论点，另一方面更多的是小说家对一些细节的把握，他看到的你看不到，他看到的那个深度可能比你的深，广度比你的广，角度可能跟你看的不一样。从这些方面来看，小波是个非常好的小说家。但如果从形式上来讲这个就众说纷纭了，说文字好和文字不好，其实也有很多说法。

中国的文字是有过断裂的，这个断裂跟当时辛亥革命也有关系，当时鼓动白话运动的那拨人很可惜没有多写一点东西，多把语言转化得好一点。比如说一头猪生了一只羊，并不是说猪好或者羊好，而是小羊长得变成四不像了。羊如果完全长开的时候也是挺好的，这就好比现代汉语里面内涵的东西跟过去的汉语不在一个数量级，而又没有一拨人很好地把这个鸿沟弥补上，缺乏一代人的努力。后来一批批的人也尝试过，但都因为各种历史关系没能做得很好。在我这边，相对来说运气好一点。我小时候体弱多病，没什么可干的，当时也没多少书可看。比如那时希特勒《我的奋斗》读不着，老罗的《我的奋斗》也读不着，七八十年代去书店看没有几本书，所以那个时候能做的，就是反反复复看那几个经典，看那几本古籍。我比较喜欢杂拌，把现在街上的话跟过去的话掺在一起写。

我这辈子就烦别人逼我做事

读者：李老师，您为什么请冯唐做这样一个结集？这本书（《如何成为一个怪物》）的四个部分您是怎么选出来的？还有罗老师，您觉得冯唐哪些作品比较有他的代表性？

李银河：我先来回答第一个问题。当初约冯唐，是打算出一套知识分子丛书。知识分子丛书里面，实际上有两批人，一批是比如徐友渔、许纪霖、李零，都是那些五六十岁以上的知识分子。我也约了一批冯唐他们这个岁数的，老罗我也约过。还有像王小山，王小山说他的东西不成熟，出一本书怕脸红。结果他们这辈里就冯唐一个人答应了。但是到最后，等到稿子来了一看，关注点完全不一样。那一批老知识分子，写的都是哲学、社会这些，可冯唐由于年龄的关系，关注点完全不一样；再一个他的文字确实跟那些人不一样，那些人都是写论文的，他是写小说的，最后搅不到一块，就单出了，也就是现在的《如何成为一个怪物》。

冯唐：这本书是 2010 年前杂文的精选，除了实在看不上眼的我删了，其他都在这里。所有的文章在网上和我网站里都有，你要是觉得翻翻网站就 OK 了，也就不用买了。当时的四个分类，一个是"耕读"，这块基本收的是干活的和读后感，基本跟我的生活比较相似，一边干活一边读书，生活比较简单。再下一个门类叫"琴鹤"，说了一些工作之余玩儿的一些地方。再往下走是"饮食"，讲吃的。因为好多时候见朋友，基本一半以上时间是吃东西喝酒。最后一个是"男女"，各位谈过恋爱，我也谈过，写了点男女之事。差不多就这样简简单单的。"耕读"跟"琴鹤"基本是我生活的状态，差不多都编到这本书里了。删的东西不多，我平常写东西的时间少，一定是到了特别想说的时候再去写点文章，写的时候比较有洁癖，没有意思就不写，所以里面干货比较多。

罗永浩：我先说一下，刚才李银河老师说给我打过电话，约过稿，我确实不记得有这回事。我写字比较慢，到现在就写了一本书，而且是拼凑感很强的书。如果当时有人打电话我没答应，可能就是没什么可出。后来也证明我没再出过第二本，所以应该不是不答应的情况。但是王小山我可以作证，他后来又出了好几本书。约老六（张立宪）是因为他做《读库》，他基本不写东西。冯唐小说写得多，杂文相对而言比较少，我要编他杂文集的话，会把他所有文章都编到一本里，不会比这个厚太多。

读者：冯老师好多小说都是看的英文原版，你是什么时候解决英文阅读的？靠自学吗？

冯唐：应该是在初二、初三和高一。我学英语是有故事的。小学时，我爸逼我读英文，我就特别反感，我这辈子就烦别人逼我做事。他当时逼我学，觉得特没劲，结果就有了逆反心理。我逆反得比较早，小学五六年级就彻底不学了，到初一英语成绩特别差。小时候成绩一直特别好，英语一差，就觉得不行，应该把学习弄上去。我就想了个办法，由于当时没有那么多和外国人接触的机会，我就读英文小说，挑那种厚的读。一八几几年那些人写书都是全景式的，写个山坡五千字，写个大树五千字，书都特厚。我记得一页书上恨不得全用铅笔画满，全是生词。后来看字典发现太累了，一边读一边看，就像学游泳，先看一下怎么学，然后跳下去，然后再上来看，再跳下去。后来就用笨人的办法，我先看，哪怕看不懂也先看，不管懂多少先看，看的时候我用写小说的角度猜猜里面的角色会说什么话，这个人怎么害他妈的，怎么欺负他爸的，连蒙带猜从头看到尾，这么看了三四本之后套路基本摸得差不多了，然后再把字典从头到尾背一遍，从 A 背到 Z，反反复复这两招掺着用，基本三年左右看英文书就没问题了。

冯唐说诗

读者：冯老师您的《冯唐诗百首》里的情诗有具体对象吗？还是把女性作为一个整体的抽象符号来写的？

冯唐：实际情况应该是介于这两者之间。比如说你想象小时候做作文，记一件好事或者记一个可爱的人，你往往把好几个人的可爱之处都搁在一个人身上。所以在两者之间，首先有百分之七八十的原形，然后再把猫肉、狗肉全贴在这个人身上。

读者：她是具体人物吗？这人物是很多个还是其中某一个？

冯唐：基本上就一个。我不知道你看没看过我的诗，我那些诗都很短，抓一个非常小的点，比如能用十个字我绝不用十五个字，所以基本都是一个点，但那个点往往是有一个具体的对象，这个具体的对象都要受到其他类似的通感的补充和凝练。而且写的时候，诗跟小说有很大不同。有时候诗好像藏在什么地方，好像是归你，但实际上也不归你，在某些时候忽然有一条小道闪开，你进去之后抓了几个句子出来，但有时候又关上了，你怎么都打不开这个门。

读者：您如果有一些灵感或感慨，是当时把它们记下来吗？

冯唐：你最好马上记下来。我就是马上记下来，尤其是梦里的时候最惨，你经常会挣扎。如果醒了记一下就怕再也睡不着，起来记完之后基本睡不着。但有时挣扎醒了记下来，第二天发现跟垃圾一样。

二

医院应该回归"医生应该怎么看病"的理念

读者：冯老师，我看网上说您想开医院，在目前这种医疗体制环境下，老百姓看病看不起的情况下，您对自己的医院是怎么设想的？如何运行？

冯唐：这个题目很大。我们在过去十天说了至少上百个小时，就是关于这个事怎么做。我想这个场合不适合说得很细，简单地说有两个理念：第一，要遵从市场化。这个市场化并不是说一定是价钱很贵，市场化是资源的最优分配，是效率的最大化。我举个例子，比如现在很多公立医院没有什么动力挣钱，因为都是财政拨款。如果它每年挣很多钱，第二年拨款就会少很多。第二个，举一个真实的例子。一个妇女有一个小孩，她带着小孩去了一家典型的公立医院，这个小孩发烧总不退，医生给开了七八百块钱的药还是不退，去了两三次买了两三千块钱的药，而每次就看三分钟，可能连三分钟都不到，把药一开你就走了。到了一个私立医院，一个相对来说比较规范的私立医院，看了小孩之后，跟小孩妈妈聊了大概四五十分钟，医生的问诊费很高，600块钱，一盒药没开，就说你回去每天喝多少水，应该怎么样，不需要吃任何药，让小孩慢慢好，那个小孩过几天就好了。

我说第一是价格问题，价格也是从管理上要出来的。第二，其实是体制问题，怎么把这个事情回归最本源的"医生应该怎么看病"，用这个理念来做医院。第三，这一定存在双轨制的问题，存在对于不同层次的需要，你要用不同级别的医疗服务来满足。就像你住酒店，你说我只想简简单单的，因为我现在钱不多，正处于事业上升期，我就

如何成为一个怪物　　267

住快捷酒店。你如果挣的钱还可以，就住四星级酒店。从另外一个角度也是劫富济贫的过程。对于医院也是这样，想花钱花不出去，想省钱也许省不下来，是一个死结。这个死结只有一条路：适度的多元市场化。

罗永浩：我再补充一点，无论你开医院还是开学校，最好不要得罪小人。

冯唐：这个就跟病似的，任何地方都有病毒，得不得病不是病毒的事，是你的事。小人到处都是，你要不要主动惹小人，以及小人上身之后你怎么处理，这是另外的事。

罗永浩：我不建议你就这个话题说太多，因为你还没见过这种小人，要不然你所有的医院马上就是非法的。你不要再说了，我这是为了保护你，就让我一个人在火坑里吧。

读者：冯老师您对弃医从文有什么看法？能不能讲一个女患者的故事？

冯唐：第一个问题，我想这可能是一个假象，就像好多歌星影星也出书一样。学医可能有两个好处，一个是人体结构学得比较清楚，描述起来比较准确。比如你都不知道鸟的分类，你一看只能说是鸟。你不能写十万字都是鸟 A 说、鸟 B 说，你应该是麻雀说、黄鹂说，这样立刻深刻很多。如果学医的，可以很深刻地描写出来，就像你有素描功底之后弄现代艺术就容易一些。第二，我学医的时候见过的死人太多了，死人对世界观、人生观有蛮大冲击的，你看一些东西都是浮云，相对来说作为旁观者看一些事，更容易看到真相。

讲个故事？通常医生有职业道德，女患者的故事一般都不讲，我这块就免了。

做事利落一点就好

读者：冯老师这么年轻就拿到硕士、博士学位，而且这么风牛马不相及，还读了几十箱书，从您的作品中还感觉您交了不少女朋友。请问您的时间怎么分配？您觉得自己是天赋特别好，还是说特别勤奋？

冯唐：这个问题很难回答，可能关键还是别惹小人，你可以省出不少工夫，这是第一。第二，我不看电视，这个可能省点工夫。第三，比较实事求是，遵循自己的真想法、真爱好去花自己的时间，不把时间花在自己认为只是为了别人花的事情上。比如说父母非让我去看亲戚，我小时候就说你们去我不去。比如在网上你发现几个主要看的网站都已经看完了，这时候身体有巨大的惯性，说接着耗两三个小时吧。像这种时候，你要警醒，说不行我不看了，把电脑一关自己该干什么就干什么。再比如你稍稍忍不住把别人骂了，但是后来你想打瞎子骂疯子没什么意思，你忍一下就走了。这种事可能我干得多一点。最后，我可能会拎重点，我在每天或者一段时间内总问自己最该干的三件事是什么，把这三件事做好了，其他的有时间做，没时间就算了。至于女朋友，时间太久远，就忘了。

读者：没有觉得自己命特好吗？

冯唐：我做事利落一点，想了的事别搁在脑子里，该办就办完了，简简单单，清清爽爽。其实在座所有人的命都非常好。

罗永浩：我有很多困惑，比如说小时候经常要去亲戚家，我也不想去，但是给压岁钱的时候我又拿了，所以这个很难处理，你怎么处理的？

冯唐：我没有这个矛盾。我爸是老大，他从来不走亲戚，他一般都看电视、看电脑、看山水，一般都不看人。我妈在家是小辈，所以我妈喜欢见人，基本都是我妈领着我去看亲戚，所以说我去看亲戚从来不是被看，不去就没钱。

罗永浩：而且冯唐年轻的时候都把时间用在真正的学习方面，这也解释了为什么他学的是妇科。

冯唐：妇科也是一个正当行业。而且妇女们都很辛苦，经常比男的更容易得病。

三 — — — — — — — — — — — —

有时糊涂，有时明白

读者：您出了一本新书叫《不二》，我特别想买，但买不着。期待这本书在大陆出版。这个系列有三本，剩下两本大概什么时候出版？

冯唐：老实讲，作为一个写书的，我也很想在大陆卖，心情跟你一样急迫。但是我问了两个出版人，好像可能性不是特别大。慢慢来吧，我也知道网上有盗版，偶尔闲翻翻。但是坦率讲，我自己试过各种电子书的阅读方式，包括笔记本、iPad，感觉达不到纸书的效果。

香港、台湾都有，香港方便一点，像淘宝上面有不少盗版，有很多很便宜的。如果原价80港币的话，可能60块钱以下人民币都是盗版。这也属于没办法的事情。

下面的两本我想先缓一缓。因为写这种东西非常累，我想先写点中短篇，静下来再读读书，不是那么着急。因为本身我写得也不多，慢慢写、慢慢看吧，没有特别的任务。

读者：你写《不二》的原因是什么？你有没有到达不二的境界？

冯唐：我网上有一篇文章叫《不二的后记》，说得很清楚为什么写《不二》。你说我是不是达到这个状态，应该说有时候糊涂，有时候明白。

文化不应该成为运动

读者：中国现在的文化发展跟经济发展不是一个方向，文化发展从"文革"开始一直影响到现在，造成了很严重的文化沙漠，还没缓过神来又遇到物质的极大发展，等于把文化沙漠朝更严重的方向发展。文化沙漠体现在好多富人为了他们子女的教育，为了将来他自己的发展，让孩子接受国外教育。好多人又愿意把自己的企业安排在中国，继续在中国经济土壤里吸取营养。当然这种吸取营养的方式也许有健康的，也许有不健康的，比如官商结合。我个人认为，文化发展被所有有成就的人渐渐唾弃，经济发展又诱惑所有人把中国当成投资的重大市场，这种担心不知三位老师会不会认可，这种担心未来会不会得到缓解？

冯唐：我理解你的担心，文化不应该成为运动，它只是一个个独特的个体，冒出几个个体其实就够用了。简单地说，我可能没你这么悲观。

李银河：我觉得这个事恐怕是有这样一个趋势，社会商品化，它是伤害文化的。什么东西卖不出钱来就不会发展，就会死掉。就像民营书店，书店一个一个死掉了，因为它不赚钱。这种东西确实很残酷，但是我觉得还会有一批文化人在坚持，卖不出钱来也做，比如说我就爱写小说，卖不出钱我也要做，所以文化还会在这些人的坚持中发展。

读者：冯老师，读您的文字开始都很欢乐，但后来慢慢有点不开心的感觉，觉得里面一些美好的东西好像失去了，比如天真、青春。

但到后面又很感动，感觉您在抵抗一些东西，是时间还是其他什么？

冯唐：我觉得你读的也是我对世界的看法。我认为这个世界可能就是这样的，春夏秋冬起起落落，说到最后有一些无常和虚无感。可能个人风格不一样，看似矛盾。有一些细小的快乐，但是也会相应地有很细小的幻灭，就像一个泡泡，只要有泡泡出来就会有泡泡灭掉，生成、破灭，生成、破灭，过一阵你可能跟泡泡一样也就破了。

读者：你觉得这个时代、这个社会对你的文学创作有没有影响，或者说你自己想走什么样的路？

冯唐：这个简单，别逼自己一定要怎么样或者一定不怎么样。对我来说，把这个时代放到一个更开阔的时间轴上来看，也不是说一定要批判，也不是说一定要躲避，毕竟是你的生活环境。但是你有这个自由去把它打开来看，比如跟汉唐去比，跟宋元去比。用自己的方式和自己的想法去写。

读者："翠儿"确实有原型吗？现在有没有什么是你可望不可即的梦？

冯唐："翠儿"是有原型的。鱼玄机是选的别的原型。

现在我一直想怎么能够没有痛苦地死掉，有时候一直在琢磨这个问题，人的疼痛感多长时间消失，别的我都不是特别想，没有可望不可即的事。

读者：我看过您的《十八岁给我一个姑娘》，里面提到大导演，我想问这些在现实生活里都是有原型的吗？

冯唐：是拼凑的，有原型，不完全是一个人的。

读者：我在采访李健的时候，他说他拒绝信仰宗教，如果信的话他可能会放下创作。你会不会拒绝？他认为现在是搞创作的比较好的时期，但是我们看到的书就那么几个人，您觉得现在的创作机遇好吗？

冯唐：我们小时候是没有宗教信仰的，现在从我个人角度来讲，我是读一点，想一点，但是也没有遇到"上师"的指导，还是沿着自己的路子往上走，也没有觉得有太多解不开的结，更多的时候这是一个小脑智慧。就像骑自行车，我跟你再怎么讲怎么骑都没有用，你自己要慢慢学，而且学不会之前好像非常难，一旦学会之后你连想都不用想，自己就往前骑。

还有现在是不是一个创作的好时候，我认为对个人来讲是好，因为从来没有人拦着你写什么、不写什么，但是出版越来越紧，至少我个人有些书出不了，以及有些旧书再出的时间拉得很长，审查的时间长了一些，我不知道什么原因。没觉得有特别大的变化。我个人观点，所谓艺术创作，包括一些研究，是个人的事情，自己的坚持是最重要的。

过日子就像下棋

读者：能讲一个喝酒的故事吗？

冯唐：我喝酒最惨的一次，快把下颌关节吐掉了，吐得非常厉害。但是一般我会抱着马桶吐，所以外面人也看不到。还是那个道理，你自己可以 High 你的，但是最好不要影响别人。

读者：您的创作过程中有没有从太太身上得到很多灵感？

冯唐：说到我太太，我觉得我太太是一个非常宽容的人。我最喜欢的人是不给别人添麻烦的人，是比较宽容的人，她能心大到说我理解这个世界上发生的所有事情。

读者：冯老师您跟老罗如果不是朋友，老罗和方舟子这事发生前和发生后您怎么评价？

冯唐：说两点，他跟方舟子这个事我完全没有仔细关注，所以我

在微博上也问有没有人给总结一下，因为如果两个话痨说好几天，你基本就不知道怎么回事了，所以在街上我喜欢看打架，不喜欢看吵架。通常打架时间很短，两三分钟，有时候一分钟就过去了。原来我不理解，拳击为什么三分钟一个回合休息一下再打，后来就理解了。骂街这个不太容易看，因为你不知道前因后果，不知道谁因为什么骂他，分不清楚，所以对此事我基本没关注。另外一个，我觉得你想得相对狭隘，做人跟做企业很类似的，影响因素很多，有些短期你认为好、坏的东西不重要，关键是你要有一定的操守。有些东西你认为是对的，就坚持去做，过程中无论小人还是贵人，都不会影响大局。

读者：您在书中说三十之后事事渐明，发现企业家基本是骗子，科学家基本是傻子，您自己的经历也是做过企业，做过科学，您怎么概括现在从事的文学领域？

冯唐：当时写关于科学家、企业家，一方面有夸饰的成分。夸饰是一种文学手法，你在街上见俩红灯，你说一路红灯，这是一种正常说法，但是也有真实性。在我成长的环境里，在中国这个地方，说假话的、不懂装懂的太多了，没有灵魂的、没有操守的、没有明确的人生价值观的人太多了，所以我认为那句话也是对的。因为我的确见过我刚才说的那类科学家，每当想起他们的时候我就想起小时候老师问我们长大想不想当科学家，就觉得这个老师真王八蛋。具体例子就不举了。企业这边也是一样的，你看上去好像挺有钱的人，如果没有当时那个环境，你觉得他还能成吗？我觉得他们老老实实的话，百分之八九十都成不了，以他们的素质、人品、做事风格不应该享有他们现在享有的这些财富。这是我自己个人的观点，总体来说也是浮云。

读者：第一次看您的文字觉得很震撼的是《十八岁给我一个姑娘》

开篇那段文字，那段文字您是怎么想到的？是不是真的有老流氓这个人？是他的人生观还是您的人生观？看您的小说觉得您的文字很彪悍，但是您刚才介绍说您是很内向的人，小说中跟散文中文字的形象是您自己的一个目标？您的经历很传奇，从学医到出国留学，从外企跳到国企。这些传奇的经历感觉是完全不同的人生，在这些节点上是否有些机缘巧合，某些人、某些事促使你有这个决定？

冯唐：关于《十八岁给我一个姑娘》开篇那段话，我个人的成长经历是一直喜欢跟比我大十几岁的人一块玩儿，我哥就比我大九岁，他那些朋友基本比我大十来岁，这个人的形象是从几个人身上择过来的。我想大家成长过程中都有一个类似扮演你人生导师的一个人或者几个人，这些人会影响你的人生观、世界观，但是不见得现在我还这么看，只是记录那个热血澎湃的时候。

第二个问题，内向跟张扬不张扬，其实是两回事。内向，以我的定义来看，如果让你选择是自己一个人待着还是见生人，选择自己待着的这类人是内向的。他跟陌生人谈话会花掉他很多能量，他自己待，跟很熟的人坐一坐喝杯小酒，他有很多能量补充。但是并不意味着内向的人是很软的，其实有时候这些人非常强悍，对自己有时候非常狠，对别人也会非常狠，这可能有一个细微的差异。

第三个问题，你说到人生经历转化的过程。我不会整天做人生规划，我上协和八年，当时非常明确，但以个人看，当时的医疗环境基本很灰心、很丧气，基本没什么指望。作为肿瘤科大夫，也跟我的性格不太符，它规定得非常死，比如今天给你下多少药，明天、后天下多少药这都是规定好的，并不是说你想今天下多少就可以下多少的，跟我的做事方式不是太一致。当时一想，我自己学的是医，数理化又很一般，文科又不用学，出于这种状况我干吗去？还是先去美国学 MBA，也因为给的奖学金大概算了算觉得自己能过，就这样过去了。去麦肯锡是因为原来从来不知道有麦肯锡这个公司，到那边才知道这个公司还不错，训练、学习还是挺好的，所以就去了。就这么简单，没有太复杂的，不是谋划好的。过日子就像下棋似的，可能有的时候才想九步，但是你想九步会有太多的过程。刚才说到医生的问题，我们当时学的是 80% 的病自己会好，但是还有 20% 的病自己好不了。我一直坚信这个行当应该回归到本原：医生对病人的服务、医生对病人的关心、医生对于病人尽自己的所能。我当时在文章里也说，你给他治愈并不是太常见，稍稍缓解这个比例就高一些，你让他觉得更舒服一点，这应该是你永远能做到的，哪怕你拍拍他肩膀，哪怕你跟他说明天可能疼痛会好一点，哪怕你这时候在撒谎，也比病人在一个人的情况下茫然无知地忍受痛苦要好。

读者：您认为不容易控制和实事求是这两方面是怎么结合的？

冯唐：很简单，但是比较难做到，就是"眼高手低"。你看事情要看得远一点，宽一点，空一点，但是做事的时候手要低，一定要落到实处。很多时候我们只能改变局部，只能把一些小事做好。

刚才问到资金问题，比如 70 后原来写东西的人也不多，反而是到了这个岁数越来越多了。原来做记者的出来写东西，原来做情感问答的也出来写东西，就好像有些人有电影梦，有些人有小说梦，在一个人开始有自己的房子，不为衣食住行发愁的时候，一些理想会蹦出来，才会让你做一些真正有意义的事情。

读者：小时候长辈教育我们干什么都要从一而终，长大之后长辈告诉我们什么都要干一点。您怎么看这个问题？

冯唐：所谓"大人"很多话通常都是没过脑子说出来的，报纸上说啥他就说啥。有一个例子，我身体差想跑跑步，有的大人说要早上跑，有的说中午跑，有的说晚上跑。后来发现每个人都有自己的说法，就像你脚崴了，有人说热敷有人说冷敷一样。这个世界上自以为是的人太多了，要以不变应万变。后来我能跑的时候就跑，有时间就跑，想跑就跑，不想跑了、这事不想做了，就算了。我好多事没怎么计划，大致一个方向，跑着跑着就到今天了。

罗永浩：冯老师是妇科大夫，虽然他学的是医，但跌打损伤他可能没弄明白，受伤以后首先应该热敷。

读者：三位老师眼里什么样的女生可以称作是美好的、可爱的，可以激起你们的喜爱之情？对在座的女生有什么寄语？冯老师，您先说说什么样的女孩是您欣赏的？

冯唐：萝卜白菜各有所爱，有时候自己都不知道，有时候喜欢这种类型的人，有时候喜欢那种类型的人，没道理的，你很难解释清楚的，因为有太多因素在里面。

你首先就不用去分析，在能够自给自足的状态下，你自己喜欢什么就做点什么，这不碍着别人的事情，也不犯天条，也符合自然规律。关键你内心要足够强大，别人爱说什么说什么，反正我也没吃你、没喝你，我就是做自己的事情。

李银河：我对女人不感兴趣。王小波有一次说过一句话，特别漂亮的女的也属于凤毛麟角。像章子怡，长成那个样子当然是非常好。周迅我喜欢，长得很漂亮。我觉得身材特别好也是非常好的。另外就是聪明、颖悟，有灵气。

罗永浩：我现在是教育界的，不喜欢女人，没感觉。

谈"性"，色不变

读者：李老师，我在读书的时候形成一个观念，就是一个人要付出更多的痛苦才能被拯救，痛苦的力量更强大。去年看了一点人类学的书，自己有了一个很荒唐的想法，突然想问可不可以被快乐的力量所救赎，比如说神圣的欢爱，好像那才是一种给予的力量，那才是一种生命的力量。

李银河：这个问题有点太抽象，挺难说的。你的问题让我想起叔本华说的钟摆，人总是在痛苦和无聊中间晃来晃去，当他有什么欲望满足不了的时候他是痛苦的，比如你吃不饱、穿不暖，你找不到性伴，但是一旦这些东西你都得到以后马上会变得无聊。人生确实在这之间晃来晃去。但是我注意到他另外还说到，在钟摆摇摆的这两端之外，你还可以通过一些真正创造性的工作来得到快乐。但不是每个人都能摆脱钟摆的这两端，去做一些自己喜欢的创造性的工作并从中得到快乐的。

读者：李老师，人对美好的东西会很自然地想得到，那么同性恋产生冲动是病态心理还是正常心理？

李银河：你刚才说人对美好的东西会很自然地想要得到，我觉得你这里有一个先入为主的概念，就是同性恋好像不追求美好的东西似的。比如说在一个同性恋男孩的眼睛里，男体也是非常美好的，但是至于说它的成因，先天论、后天论，始终是分成两大派，到现在并没有定论。比如在美国有一期《科学》杂志上，有一个叫列维的人，用人体解剖的证据证明同性恋和异性恋的下丘脑确实有所不同。但是好多人攻击这个结论，所以现在还是在先天论和后天论之间摇摆，没有定论。应当说它不是病，美国在 1973 年把它从精神病手册里删掉，中国是 2002 年把它删掉了，认为它不是病，而是一种少数人的性取向。

　　读者：李老师做过很多关于同性恋的研究，他们都是在什么情况下发现自己是同性恋的，您有没有印象比较深刻的故事分享一下？

　　李银河：多数人都是在青春期的时候发现的。如果异性恋的孩子他就会喜欢异性，一个孩子突然发现自己对异性一点兴趣也没有，而喜欢同性，这是多数情况。但的确也有那样的，比如结婚很多年，三十多岁了，忽然觉得自己是同性恋。调查过程中发现好多男孩都喜欢中学体育老师，这可能也是比较典型的。

　　读者：李老师，现在性援助行为越来越多，原来是 90 后比较多，现在出现了 70 以后的人或更老一点的人，这两者之间区别是什么？

　　李银河："援交"这个词是从日本传来的，就是援助交际的意思。援交有点像小三、二奶的意思，但是人家援交的对象是比较小的、没有结过婚的单身女人。从 90 后发展到 70 后，恐怕有增多的趋势。为什么呢？因为整个社会越来越商品化，性也商品化了。如果是一个 70 后的孩子，在她青春期时候还没有那么商品化，所以好多人还不知道性是可以拿来卖钱的，或者觉得拿性来卖钱是可耻的，会有比较多这样的想法。可是越年轻的小孩——现在上海发生的中学生援交事件，最小的才 14 岁——她们生长的环境太商品化了，好多小孩就是为了去买点化妆品，买点奢侈品，就去出卖自己的性。另外有一个，整个社会风气被破坏了，大家没有给爱情这些东西再留更多的空间。像我们小的时候，大家都觉得爱情特别美好，拿爱来卖钱是非常下作、非常堕落的事情，现在的小孩恐怕不这么想了，这个可能也是援交越来越多的一个原因。

　　读者：李老师希望看到性学研究在中国发展成什么样子？比如 30 年或者 50 年，您希望我们对性学接受到什么程度？

　　李银河：性学发展程度，当然是越大越好。现在恐怕我们也就是三个半人，全中国研究性的，一个是我，一个是潘绥铭，还有一个是刘达临，还有一个方纲，是一个后起之秀。我 1988 年刚回国的时候，在北大做费孝通的博士后，北大要求开课，我说我开一个"性社会学"，拿美国大学本科的性社会学为例，北大不批准，觉得这个太敏感了。人的思想那个时候还是谈性色变。最后潘绥铭在人民大学终于开出了中国的性社会学的课。我希望它发展得更好一点，像我搞的研究，你如果想申请课题费之类都是不被批准的。比如同性恋研究，都不会有什么课题费的。我有一个学生，他当时想做一篇博士论文，是关于虐恋群体的具体生活状态，也被否定了，一方面说有那么多重大课题你不去研究你研究这些东西，另外又说太敏感了吧。我希望将来性话题不会那么敏感，而且有一个大的背景使得性会发展起来。中国人老话说温饱思淫欲，共产党这几十年解决的就是吃饭问题，大家都吃饱以后就要谈性了。食色性也。有了这个需求之后，供给就会有，比如艾滋病一泛滥国家也会关注同性恋群体。

　　读者：李老师能不能讲一个同性恋的故事？

　　李银河：这是人家个人隐私，不适合讲，但有个挺有意思的事。当初我和王小波共同署名写的《他们的世界》，中间他写了一段，有熟悉王小波的从整本书里马上就能看出哪篇是王小波写的，这个可以看出来他写东西确实很不一样，有他的风格。我写的那些案例平铺直叙，都是比较枯燥的。有两个同性恋，他们两个出差去上海，其中有一个非常年轻漂亮，另外一个是结过婚的。在同性恋的圈里，你如果结过婚的话就掉价了，所以他一直没敢告诉这个漂亮的小伙子他是结过婚的。回来路上他觉得不能不说了，他说我有件事得告诉你，我其实是结了婚的。当时那位一听就打了他一耳光。王小波说，我当时问，你是打了他一个大耳光，还是打他三个小耳光。他说不是，就打了一个大耳光。反正他写得很有意思，一看就知道不是我写的。

跋：天空还有飞鸟的痕迹

现在，这样一辑书就在你面前了。

你手上这本，如果不是《临渊》，便是《盗火》，或者《野渡》。这三册书，便是我们凤凰读书几个年轻人近几年周折于京城书店或讲堂之间，集的一些关于读书会的文字。每本书都是简简单单两个字的书名——《野渡》，与文学和艺术有关；《临渊》，与历史掌故有关；《盗火》，则为思想。作为"凤凰网读书文库"的第一辑，我们希望还会有第二辑、第三辑……将这些书，恭恭敬敬地放到你面前。

一些朋友应该是熟悉我们的。比如在"凤凰网读书会"的豆瓣小站上，如今有八万余位读者，他们是爱书之人，见证着我们一起走过的日子、一同读过的书。阅读的趣味是多样的，有人因作家莫言而来，有人不愿错过一次与梁文道先生对坐谈书的机会，有人常常只是为了与朋友一起享受周末难得的阅读时光，或者恰好在单向街与我们不期而遇，我们就算认识了。

当你读到这里，心里一定有一份恰当的书单了。某些书你和我们一同读过，某些书你打算买来一读。现在，我们剩下一些关于它的故事，可以谈谈。

去年七月，凤凰网读书会恰好办到第100期，在国家图书馆有一个半天三场的读书会，大的主题是"常识"，前后约一千位读者，与秦晖、熊培云、李敬泽、阿乙、梁鸿、十年砍柴一道，分文学、思想、民生三个方向来谈。当天的特约主持是凤凰卫视的沈星女士。后来有媒体问我，"你们如何想到要做这样一个读书会？""三年了，你们如何坚持做一个读者喜欢的读书会？"……

确实，到了一定时间，就适合一起谈谈几个简单的问题，回答"为什么"，以及"如何"，或者"将要"。2010年5月1日，我们选择在北京的单向街书店，邀请香港导演兼作家的林奕华来谈一本名为《单向街》的杂志书，当期主题为"先锋已死？"要知道，5月1日不是什么特殊的读书日，林奕华也不是以作家的身份闻名，而且当时的单向街书店在圆明园一角一间狭窄的屋子里。那天之前约一月，我和同事曾宪楠女士在日常的工作之余，谈起是否做一个在书店举行的读书会，缘由很简单：既然都是为了读好书，别人做过，我们是否也可以做，甚或可以做得更好，何况，我们各自还有几个作者朋友，也熟悉几家书店。做的是细腻的文化活，但我们免不了互联网行业的速战速决，很快便扛着宣传品，确定好选题和流程，开始了第一期。

现在来看，第一期读书会不是我们最好的一期读书会，更不是北京城最好的一次读书会。读书需要精心和沉淀，四年了，我们现在才敢回头，发现我们不止简单，不避烦琐，也曾文艺清新，也曾心怀天下，毕竟是过来了。就在昨天，在北京大学二教109教室，杰克·哈特教授刚与我们分享过"故事背后的故事：普利策非虚构写作的创作秘籍"。

处在这样一个大变革时期的互联网时代，信息以各种大小的单元充斥着我们的时空，今天来不及回首昨天，而我们竟不忍埋没曾经最为留恋的这些读书岁月。于是，同样经过并不太复杂的考虑，特别地，经由广西师范大学出版社"新民说"品牌策划人范新先生的鼓励和肯定，我们决计将四年来读书会上的语言交流凝于纸上。

在此，要感谢范新兄对本辑图书的悉心提点。我们于咖啡馆数次谈书，终于付梓。

感谢为这几本书付出心血的广西师范大学出版社的编辑：余慧敏、徐婷、赵金，没有你们数月的伏案，散乱的数百万字不可能集结成书。

也不能不提及四年来为读书——我们这件共同的小事，做过工作的同伴：创始人之一、读书会策划执行人曾宪楠，第二任活动策划与执行人马培杰，先后在凤凰网读书会实习过的同学们——孙玉坤、吴毅恒、果旭军、欧阳萱、徐欢、邓欢娜、谢生金、杨涛、师义帆、李奥林……以及我们可亲的支持或不反对我们因读书而夜归的家属们，还有好心的志愿者们。我们一起做过这样一件事情，曾与中国最值得阅读的书籍和最好的作者为伴。

这一生有几件事情值得书写并且被阅读？你我都很幸运。

读书没有止境，我们还在路上。

严彬于北京郎园执笔

二零一三年十月二十七日

新民说·书目（已出）

Http://e.weibo.com/xinminshuo
E-mail:fanxin@bbtpress.com